MARINACARVALHO

Um
DORAMA
para
chamar de
MEU

Copyright © 2019, Marina Carvalho
Todos os direitos reservados à Astral Cultural e protegidos pela Lei 9.610, de 19.2.1998. É proibida a reprodução total ou parcial sem a expressa anuência da editora.
Este livro foi revisado segundo o Novo Acordo Ortográfico da Língua Portuguesa.

Produção editorial Aline Santos, Bárbara Gatti, Fernanda Costa, José Cleto, Luiza Marcondes e Natália Ortega
Preparação de texto Luciana Figueiredo
Revisão de texto Alline Salles
Capa Marina Avila
Foto da autora Arquivo pessoal

Letras de músicas retiradas e adaptadas de: Letras <www.letras.mus.br>. Acesso em: 07/08/2019.

Dados Internacionais de Catalogação na Publicação (CIP)
Angélica Ilacqua CRB-8/7057

C321d
    Carvalho, Marina
        Um dorama para chamar de meu / Marina Carvalho. — Bauru, SP : Astral Cultural, 2019.
        320 p.

    ISBN: 978-85-8246-978-1

    1. Ficção brasileira 2. Coreia (Sul) - Ficção I. Título

19-1448
                                                        CDD B869.3

Índice para catálogo sistemático:
1. Ficção brasileira B869.3

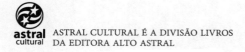

ASTRAL CULTURAL É A DIVISÃO LIVROS DA EDITORA ALTO ASTRAL

BAURU
Rua Gustavo Maciel, 19-26
CEP 17012-110
Telefone: (14) 3235-3878
Fax: (14) 3235-3879

SÃO PAULO
Alameda Vicente Pinzon, 173
4º andar, Vila Olímpia
CEP 04547-130
Telefone: (11) 5694-4545

E-mail: contato@astralcultural.com.br

*Para meu querido
pai, que não teve tempo de
conhecer esta nova história.*

NOTA DA AUTORA

Toda a concepção de entretenimento despretensioso que eu tinha mudou quando aceitei dar uma chance a séries produzidas em alguns países da Ásia — Japão, Tailândia, China e Coreia do Sul. Apesar de saber que a Netflix disponibilizava certos títulos, sempre que eu via os anúncios, ignorava-os, acreditando que não eram de qualidade.

Na época, eu passava por uma ressaca, causada por séries turcas, pelas quais me apaixonei. Acontece que eu já tinha visto todas do catálogo e não conseguia me prender a outras histórias. Nem mesmo filmes norte-americanos estrelados por atores de quem sou fã tiveram o poder de prender minha atenção novamente. Depois de *Kurt Seyit ve Sura*, eu meio que morri para as demais produções cinematográficas.

Até que, em novembro de 2017, de tanto receber indicações de algumas leitoras, escolhi aleatoriamente um título, disponível na plataforma de *streaming*, e dei play no controle remoto. Fiquei surpresa ao me ver presa ao enredo, bobinho, mas muito envolvente. Devorei os episódios e, quando terminaram, fui atrás de mais opções.

Bom, só precisei assistir a um drama japonês e a um histórico sul-coreano para perceber que tinha entrado num caminho sem volta, consolidado após começar a ver *Descendants of the sun* — até hoje, a série mais emocionante de todas (e olha que já devorei mais de cinquenta).

Resultado: eu me viciei, assinei dois serviços de *streaming* exclusivos, fiz mãe, irmã, tias e betas se apaixonarem também e, vejam bem que audácia, escrevi este livro inspirado nessa minha paixão.

Não me julguem pela ousadia e pretensão. Existem dorameiras de raiz, aquelas que estão nessa vida há anos, enquanto eu sou um embrião ainda. Mas acredito que a história de Mariana e Joaquim — Hwa-In na Coreia —, contada nas próximas páginas, seja um tributo não só às excelentes produções asiáticas, mas também uma maneira de mostrar, sob meu ponto de vista, que o mundo é plural e que vale, sim, a pena valorizar as manifestações culturais existentes aqui e acolá. Principalmente, aprendi, por meio dos doramas, que o lado oriental do mundo nem sempre é visto com bons olhos, costumeiramente dominados por estereótipos do tipo "japa é tudo igual", "essa gente é brava" etc.

Que bom que dei uma chance! Que bom que ouvi os conselhos, ainda que tarde!

Só posso agradecer às pessoas que se dispuseram a abrir meus olhos e que compartilham comigo esse entusiasmo gigantesco pelos doramas, ou dramas, ou séries asiáticas. Hoje, além de espectadora fiel e viciada, sigo páginas, blogs, perfis em redes sociais, tudo que possa melhorar meus conhecimentos sobre o assunto.

Por fim, peço desculpas por possíveis incoerências e assumo totalmente a responsabilidade pelos erros que porventura cometi ao ousar escrever "Um dorama para chamar de meu".

No mais, espero que se divirtam e se apaixonem, como eu.

Com carinho,

Marina Carvalho

PREFÁCIO

Nada me dá mais prazer que encontrar, nas páginas de um livro, um tema de que gosto tanto; e, como amante da cultura asiática, estava contando os dias para que algum autor juntasse esses dois mundos de forma tão brilhante. Posso dizer que agora estou satisfeita.

Por esse motivo, gostaria de ressaltar como fiquei honrada por ter tido o privilégio de apreciar e prefaciar esta obra. Quando completei a leitura, meu coração estava tão cheio, tão completo, que só pude agradecer e sorrir.

Dramas asiáticos fazem parte da minha vida há muitos anos. Ainda consigo lembrar o sentimento de plenitude dos primeiros dias e como cada pequena novidade desse mundo me emocionava — e ainda emociona —, pois qualquer cultura é uma fonte borbulhante. E foi a mesma emoção que encontrei em Mariana, uma mulher multifacetada, que tem prazer na profissão, é carismática e pratica boxe desde pequena. E que, por causa do trabalho, conhece um sul-coreano introspectivo e cheio de mistérios.

Através da personagem, vi em primeira mão alguém admirando a cultura coreana e um coreano — e não era na televisão! Alguém assim como eu, que um dia viu a vida virar de cabeça para baixo (de um jeito muito maravilhoso!) e o mundo expandir como nunca antes.

Observá-la vivendo esse primeiro amor trouxe-me sentimentos tão bons que, durante a leitura, me peguei experimentando tudo novamente: o novo, o idioma, a empolgação, o êxtase, a admiração e o respeito.

E, mais empolgante do que isso, foi me deparar com uma narrativa em que o fluxo de pensamento da protagonista revelava uma vivacidade cativante. Personagens que são mais do que ficção, são reais. Joaquim é um homem de personalidade forte, misterioso e com uma sensibilidade à flor da pele. Foram muitas nuances que esse personagem transmitiu pelas sutilezas do seu íntimo e por meio do seu talento.

Neste livro, Mariana vive seu próprio drama asiático com direito a mistério, paixão e uma maravilhosa *road trip* pelo Brasil. Uma aventura que fará duas pessoas aprenderem a conviver com suas diferenças e perceberem que são mais compatíveis do que imaginam. Não esquecendo o quanto a família e os amigos são enriquecedores e essenciais.

Nesse delicioso romance, Marina Carvalho nos prestigia com um casal contagiante de se acompanhar. Não são necessários rótulos, é um romance bem escrito, com uma carga nacional muito grande e uma pitada asiática que deixa tudo mais envolvente e atual.

UDPCDM é uma obra original. Se você é do universo dos doramas — *anneyong haseyo, chingus!* —, com certeza vai relembrar sua trajetória. Se ainda lhe for novidade, seja mais do que bem-vindo, pois aqui você vai se apaixonar por uma cultura e abraçá-la como se fosse sua.

Lisse Cunha
@lissecunha
@Lisse_Cunha

PRÓLOGO
SÃO PAULO, OUTUBRO DE 2018

Caía uma chuva tão forte na cidade naquela noite de sexta que o bar estava apinhado de fregueses, mais cheio que de costume. Mariana chegou atrasada e precisou se sacudir feito um cachorro molhado antes de passar pela porta. Não queria deixar poças à medida que andasse até a mesa onde suas amigas estavam.

Com dificuldade, ela seguiu se esquivando do mar de gente, pedindo desculpas para cada um em quem esbarrava. Detestava lugares lotados, mas não teve opção a não ser dizer sim para o convite — não, convocação — das amigas, quando o que queria mesmo era virar a noite maratonando uma série qualquer.

Acontece que as meninas já estavam no limite com Mariana por causa dos seus bolos constantes. Também, com um emprego como o seu, era difícil ser fiel aos compromissos sociais. Sem opção, lá estava ela, prestes a ser derrubada e pisoteada pela manada de gnus vestindo ternos e roupas de grife.

Enquanto atravessava a extensão do bar, era inevitável não ouvir algumas cantadas. Por ser alta e ter um corpo curvilíneo, Mariana raramente passava despercebida, o que, na profissão dela, não era um requisito desejável — para funcionário algum, aliás. Mas ela fazia questão de ignorar todas, porque eram uma mistura de falta de originalidade com machismo.

Depois de muito empurra-empurra, finalmente Mariana avistou as amigas, três mulheres com personalidades bem distintas e ligadas a ela por motivos diferentes.

Quem a viu primeiro foi Isa, sua irmã mais velha, que ergueu os braços, acenando loucamente para Mariana. Logo, todas as outras se juntaram para saudar a chegada da amiga tratante.

— Viva Mariana! Viva Mariana! — entoaram, arrancando risadas e olhares tortos dos bêbados ao redor.

— Gente, que chuva! São Paulo está derretendo outra vez — comentou ela, passando os dedos pelos fios úmidos de seu cabelo.

— Não se acostumou até hoje? — Quis saber Elisa, enquanto Mônica tentava atrair a atenção do garçom.

— Chove demais, mas eu gosto.

Mariana havia se mudado de Belo Horizonte para São Paulo há mais de um ano. Fora uma exigência do emprego e, embora estivesse feliz morando com os pais em Minas, não achou ruim a transferência. Agora ela dividia um apartamento com a irmã e o cunhado.

— Mais uma rodada, meninas? — perguntou o simpático garçom e em quem Mônica dava umas encaradas desde o começo do *happy hour*, pronto para anotar os pedidos.

— Vai tomar o quê, Mari?

— Hmmm, vou de *mojito* hoje, bem gelado, por favor.

As quatro rapidamente engataram uma conversa animada, cheia de frases atropeladas e interjeições.

Mônica estava cansada do namorado, mesmo não tendo um motivo claro que justificasse o desânimo com o relacionamento.

— Acho que preciso de uma nova motivação — ela brincou com sua *long neck* de modo sugestivo. Assim não precisou se explicar.

Elisa tinha acabado de ser promovida no trabalho. Passou de analista para gerente de Recursos Humanos em uma multinacional.

— Só acho que você tem que bancar a noite de hoje — disse Mônica, apontando para a amiga. — Agora você está rica, minha filha.

As demais bateram palmas, concordando com a sugestão. Tanto escândalo atraiu a atenção do grupo reunido na mesa ao lado. Os rapazes, todos com feições asiáticas, viraram-se para as quatro, deixando claro que podiam ouvi-las perfeitamente.

As meninas escolheram ignorá-los, afinal, estavam em um bar, não em uma reunião de negócios. Quem se importava com o que falavam — ou berravam?

— Não vou me conter por causa deles — avisou Isa, torcendo o nariz.

— Nem entendem o que dizemos. Estão conversando em outra língua. — Muito observadora, Mariana notou esse detalhe antes das outras.

— Chinês? Japonês? — Elas morreram de rir. No dia seguinte, porém, com o organismo livre do álcool, acabariam se lamentando pelas palhaçadas, mas não naquele momento, quando tudo parecia hilário e divertido.

— O que importa? É tudo a mesma coisa.

— Credo, Elisa, lógico que não! Por exemplo, japonês tem os olhos mais assim... — Mônica fez uma careta, demonstrando seu ponto de vista nada claro. — Já os chineses são, tipo...

— Ah tá! Sabe muito.

— Pra mim, é tudo japa — interveio Elisa, torcendo os cabelos num coque alto.

Mas o olhar apurado de Mariana já havia captado detalhes que passaram despercebidos pelas amigas.

— O que eles são, não sei. Mas reparem no mais alto, bem atrás da Isa. — Todas se viraram ao mesmo tempo, dando pinta de curiosas. — Não olhem assim!

Não teve jeito, já era tarde demais. Elas não só olharam, como exclamaram juntas:

— Uau!!!

— Nossa!

— Pois é! — Mariana suspirou, enfatizando seu encantamento apoiando o queixo sobre as duas mãos. — Que homem lindo!

— Um gato!

— Sexy pra caralho.

— Lindo... — repetiu ela, sem tirar os olhos dele nem diminuir a altura da voz. — Acho que nunca vi um japa tão charmoso assim.

— Nem sabia que era possível ser tão gato — declarou Mônica, de todas, a mais ansiosa por novas aventuras.

— Pegável.

— Totalmente.

— Mas quem viu primeiro fui eu! — Mariana encerrou a questão de modo categórico.

E, daquele momento em diante, a noite mudou para ela. A moça só fez suspirar e soltar elogios sobre a aparência do homem em questão na mesma proporção que o teor alcoólico subia em seu organismo.

— Ele vai escutar tudo, sua louca! — preveniu Isa.

— Grande coisa, se não pode entender o que digo. Porque, se fosse o caso, eu jamais diria em voz alta que com um cara desse toparia uma noitada anônima sem compromisso. Por ele, tiraria a roupa de luz acesa, até aceitaria ser Anastasia Steele por algumas horas.

— Sua louca! — Isa deu um beliscão no ombro da irmã.

— Até parece! Você só está falando essas besteiras porque sabe que nada disso vai acontecer — retrucou Elisa, enquanto mastigava um pedaço de queijo.

— E porque está bêbada — completou Isa.

Mariana deu de ombros e bebeu mais um gole de seu *mojito*.

— Minha folga começou há poucas horas. E uma noitada com um *crush* desses ficaria mais interessante.

Ela suspirou e de repente sentiu que precisava ir ao banheiro.

— Volto logo.

Com os passos meio instáveis, Mariana seguiu seu destino rumo ao toalete, não sem antes dar uma bela conferida no bonitão da mesa ao lado, que a olhou de conto de olho, sem esboçar reação alguma e interesse zero.

No banheiro, ela se assustou ao se ver no espelho.

— Jesus!

O delineador que passou pela manhã tinha mudado de lugar, formando uma sombra escura sob seus olhos. E os cabelos, sempre arrumados e brilhantes, formavam uma maçaroca meio disforme em torno de seu rosto avermelhado pelo excesso de álcool.

Na medida do possível, Mariana tentou se ajeitar. Agora sentia vergonha por ter paquerado o estrangeiro charmoso. Mesmo que ele não pudesse compreender a língua portuguesa, certamente captou os inúmeros sinais que ela emitiu e deve ter chegado a uma conclusão nada lisonjeira.

— Pelo menos nunca mais vou vê-lo — resmungou; o teor alcoólico em seu sangue parecia ter evaporado de repente.

Subitamente mal-humorada, doida para ir embora, Mariana saiu do banheiro determinada a vencer a resistência das amigas, partir para casa e se refugiar no conforto do seu quarto. Mas acabou trombando com uma pessoa no corredor.

— Desculpe — disse no piloto automático.

Então, uma voz poderosa assaltou seus ouvidos, instigando-a a erguer a vista e descobrir a quem pertencia. E foi assim que Mariana levou o primeiro susto.

É ele!

O segundo, mais forte, certeiro como um golpe de pugilista profissional, aconteceu em seguida, deixando Mariana sem chão:

— Sorte sua eu não saber quem é a tal Anastasia Steele, senão cobraria agora mesmo sua promessa.

Assim, sem mais nem menos, o lindo asiático — opa, não, brasileiro mesmo, com características asiáticas — virou as costas e entrou no banheiro masculino, deixando para trás uma Mariana boquiaberta e muito, muito chocada.

1
SÃO PAULO, SEIS MESES DEPOIS...
Meu nome é trabalho e meu apelido, lerdeza.

Limpo o suor que desce da minha testa e escorre pescoço abaixo, sem tirar as luvas. Meu treino acabou e me resta pouquíssimo tempo para me aprontar e voltar ao trabalho. É mais um daqueles dias em que troco o horário do almoço pela malhação.

— Seu golpe de direita estava meio fraco hoje, Mariana — alerta Pedrão, meu treinador, enquanto eu detono uma garrafa de água. — Vamos corrigir isso na próxima aula.

Meu pai me daria uma bela bronca se ficasse sabendo disso. Como me ensinou tudo que sei a respeito de boxe, tendo me treinado por anos, vê-se no direito de exigir que minha luta seja pura perfeição.

Ainda bem que ele mora a quilômetros de distância.

Faço sinal de positivo para o treinador, já sem as luvas, e corro para o vestiário, ansiosa para checar o celular, hábito de quase todo mundo hoje em dia, principalmente daqueles que, assim como eu, vivem sendo acionados pelos chefes.

— Pepino? — pergunta Carol, colega de academia. Deve ter reparado em minha expressão de espanto, armada logo que constatei a quantidade de ligações perdidas, todas do escritório.

— Só pode. — Mostro meu celular a ela.

— Depois me conte onde é o incêndio.

— Primeiro, vou tomar banho e me arrumar. Por enquanto, estou no meu intervalo de almoço, então, meu chefe precisa esperar meu horário de voltar a trabalhar.

O chefe em questão é uma mistura de rottweiler com yorkshire: às vezes, só late, mas, em outras, age com a intenção camuflada de atacar para arrancar pedaço. Eu já estou acostumada com os surtos dele, afinal, são quase dois anos de convivência.

Faço o caminho de volta ao prédio do escritório a pé, aproveitando o sol de começo de outono. Trata-se de um trajeto com o qual já me habituei, portanto, sinto a familiaridade do percurso, como uma habitante antiga desta imensa cidade. Sei de cor o nome de todas as lojas e até conheço algumas pessoas que trabalham por aqui. Sempre fui muito comunicativa.

— Oi, menina! Não vai levar laranjas hoje? — Quer saber a senhora da banca de frutas assim que me avista. — Estão fresquinhas e suculentas.

Acabei comprando as frutas só para me arrepender segundos depois. A sacola ficou pesada.

Quando chego ao escritório, meus dedos da mão direita estão marcados pelas alças da sacola. Da próxima vez, comprarei uvas.

— Mariana!!! — Margô, minha vizinha de mesa, parece ter visto um fantasma. — Alfredo está soltando fumaça pelas orelhas porque você não atendeu às chamadas dele.

Como minha colega tem uma tendência ao exagero — e adora ver o circo pegar fogo —, não entro na onda dela. Guardo as laranjas debaixo da mesa e me sento diante do meu computador.

— Não ouviu o que eu disse?

— Ouvi, sim. Mas, além das ligações do escritório, não há nenhum indício de que eu deva ir falar com o chefe.

— Mariana!!!!!!

As paredes do escritório tremem com o berro de urso que ele dá. Alfredo adora um escândalo desnecessário.

— Aí, viu? Não falei? — Margô engancha as mãos na cintura, fazendo cara de vitória.

— Venha aqui na minha sala! A-GO-RA!

Vamos pedir piedade, Senhor, piedade... Cantarolo, mentalmente.

Dou três batidinhas na porta, que está aberta, anunciando minha chegada, ainda que Alfredo consiga me ver. Ele é cheio de manias, todas com intenção de fazê-lo parecer um ditador. Não existe aquela máxima shakespeariana sobre fazer muito barulho por nada? Então...

Quem apenas escuta os urros do meu chefe jamais desconfiaria da verdade chocante: sua altura não passa de um metro e sessenta. À boca pequena, costumamos comentar no escritório que a gritaria serve para compensar a baixa estatura. Sendo assim, deixamos pensar que nos amedronta — bem, às vezes, fico com um pouco de medo mesmo.

— Estou aqui, chefe.

— Onde se meteu? Faz mais de uma hora que estamos caçando você! — esbraveja ele, coçando a cabeça lisa feito ovo.

— Fui fazer meu intervalo de almoço, assegurado pela CLT, lembra?

Alfredo abana as mãos, minimizando minha declaração com um dar de ombros desinteressado.

— Estamos com uma nova cartela de clientes e muito serviço devido a isso. A Editora Só Pra Ler solicitou uma reunião conosco, gostaria de nos encontrar hoje ainda, e quero que você seja a responsável por essa conta.

Eu me formei em Jornalismo, mas nunca trabalhei na imprensa diária. Sempre preferi assessoria de comunicação, logo, organizei minha trajetória na profissão para que pudesse seguir por esse caminho.

Em Belo Horizonte, estagiei em uma agência que cresceu em pouco tempo e acabou me contratando assim que me formei. Um dia, me disseram que a matriz, em São Paulo, precisava preencher uma vaga, então me indicaram. Fiquei muito lisonjeada e aceitei a proposta em um piscar de olhos. A mudança de ares era mais que bem-vinda, uma vez que sempre morei com meus pais.

    O trabalho na capital paulista se mostrou mais intenso do que eu imaginava. Tive que parar com os treinos de boxe por uns tempos até conseguir organizar meus horários, o que nunca chegou a acontecer de fato. Por isso, ando trocando as duas horas de almoço pela academia. Meu pai acabaria com a minha raça se eu largasse os treinamentos definitivamente — eu não aguentaria ficar longe do ringue no fim das contas.

    — Esteja pronta em meia hora — ordena Alfredo, o tampinha. — A reunião será lá na editora.

    — Adianto alguma coisa daqui?

    — A diretoria não antecipou o assunto, então vamos esperar e ver o que ela quer de tão urgente.

    Faço que sim e sou dispensada.

    Trabalho com paixão, porque escolhi a profissão certa. Não ligo se o serviço exige que eu corra para lá e para cá. Aliás, essa característica é, na verdade, um combustível para minha motivação.

    Ajeito apressadamente alguns itens que levarei para a reunião, como o notebook, a agenda — gosto de manter a minha de papel, porque sou lerda demais para lembrar que anotei compromissos no celular — e o bloco de rascunhos. Tenho meus métodos para enganar os lapsos de memória.

    — O que o projeto de ditador queria? — Margô aparece ao lado da minha mesa e pergunta ao mesmo tempo que lixa a unha.

    — O de sempre, ué. Distribuir serviço.

    — Você pegou a editora?

    — Sim, Alfredo quer que eu assuma a conta. — Bato o indicador no queixo, sendo incomodada pela sensação de que estou deixando algo para trás.

— É isto que está procurando? — Margô gira meus óculos de grau por uma das hastes, praticamente esfregando-o no meu nariz.

Dou um sorriso encabulado, porque hoje em dia nem justifico mais minha lerdeza.

Pelo menos, sou pontual. Isso, assim como o boxe, aprendi com meu pai. Chego à recepção da agência antes de Alfredo, que, quando aponta no final do corredor, demonstra seu estresse vindo até mim ligeiro como uma lebre.

— Já chamou o carro? — indaga, dirigindo-se a Lídia, uma das recepcionistas, mas olhando para a tela do celular.

Porque ninguém é doido de contrariar esse chefe ligado em potência máxima, lógico que o carro da agência está devidamente estacionado na entrada do prédio, com Seu Jorge, o motorista, já nos esperando de portas abertas.

Vou na frente, batendo papo com o amável condutor, enquanto Alfredo passa o trajeto gritando com alguém ao telefone. Troco olhares com Seu Jorge, porque nós dois sabemos que, perto da esposa, nosso chefe deixa de ser esse urso assustador para assumir a identidade de um dócil labrador.

— Andei pesquisando sobre a Só Pra Ler e fiquei admirada com o perfil editorial — comento com Alfredo já no elevador que nos leva à sede da editora. — Publicam desde infantis até literatura especializada, além dos badalados livros para o público juvenil.

— Investem sem dó em conteúdo. Por isso a editora alcançou todo esse *status* no mercado, além do trabalho sério que realizam.

— Fora que publicam nomes de peso, um marketing e tanto.

Realmente estou admirada. Gostaria de ter mais tempo para me dedicar a leituras gostosas. Talvez agora, trabalhando diretamente com uma editora bacana como a Só Pra Ler, eu acabe me inspirando e dando um jeitinho de introduzir literatura na minha louca rotina.

Não sabia que sentiria cheiro de livros assim que pusesse meus pés no andar da editora. Mas está lá, forte e pujante, e é uma delícia.

Somos recebidos por uma mulher, que nos encaminha até uma sala de reuniões, daquelas com uma grande mesa retangular no centro, rodeada de cadeiras com estofado que denota sofisticação. As paredes estão repletas de pôsteres de *best-sellers* e de fotos daqueles que imagino serem os autores estrelas da casa. Reconheço a maioria, o que me faz sentir orgulho de mim mesma.

— Nossa! Que parede estrelada, hein! — observo, o olhar cheio de admiração.

— Essa parceria com a Só Pra Ler veio em boa hora para a agência. Tudo indica que teremos um casamento feliz, desde que você faça seu trabalho direito. — Alfredo não perde a chance de me alfinetar.

Franzo a testa para ele, bem na hora em que três pessoas entram na sala; duas mulheres e um homem.

— Boa tarde! É um prazer reencontrá-lo, Alfredo, e conhecer a pessoa que quebrará um galhão para nós. — A mulher que fala estende a mão para nós antes de se apresentar a mim. — Sou Ângela Lisboa, presidente da Só Pra Ler, e esses são Nina Colasanti e Diogo Pimenta, diretora-executiva e editor-chefe, respectivamente. Estávamos ansiosos por este encontro.

Há aquele momento inicial e embaraçoso dos cumprimentos antes de nos sentarmos em torno da mesa. Reparo que os três executivos são bem joviais no modo como se vestem e se comportam, embora pareçam ter mais de quarenta anos.

A primeira parte da reunião é para tratar dos serviços de assessoria de comunicação. Eles expõem o que esperam da parceria, ao mesmo tempo que Alfredo explica tudo o que temos a oferecer. É um encontro normal de negócios, mas ainda não entendi qual é o meu papel nesse meio, já que está na cara que é mais um papo de executivos do que voltado para quem põe a mão na massa, ou seja, eu.

Tomo nota de tudo, como de costume — e para ter o que fazer. Tanto trabalho no escritório me esperando, e eu aqui dando uma de assistente pessoal do minichefe.

— Mariana, deve estar se perguntando por que pedimos ao Alfredo que viesse à reunião acompanhado quando, até agora, só tratamos de negócios. — Credo! Que mulher intuitiva a tal Ângela presidente! — Eu, pessoalmente, pedi a ele que indicasse o melhor jornalista da equipe para a missão que teremos pelas próximas semanas.

Abro um sorriso recatado em nome do profissionalismo, mas não estou cabendo em mim de tanto orgulho. Quer dizer que o urso falastrão tem a mim tamanha confiança assim?

— Ele nos disse que você é muito dedicada, além de caprichosa e profissional — Nina, com sobrenome de gente famosa, acrescenta mais alguns elogios à minha pessoa. Tenho certeza de que logo, logo, vou flutuar.

Alfredo pigarreia, claramente incomodado por ter sido desmascarado na reunião.

— Precisamos de alguém com essas características, Mariana, e que tenha paciência para lidar com as adversidades inerentes ao trabalho.

Uma luz amarela acende dentro da minha cabeça. Algo me diz que esse povo está usando uma psicologia infantil comigo. Primeiro, os elogios para amaciar meu ego, então enfiam a palavra *adversidades*, sinônimo mais simples para *pepinos*, como quem não quer nada. Onde deixei minha armadura?

— Ora, não queremos assustá-la. — Já vem a leitora de mentes outra vez. — Pelo contrário. Todos nós acreditamos que será uma experiência fantástica, uma oportunidade que gerará vantagens para nós e para a agência de vocês.

Sinto o olhar de Alfredo pregado em mim, emitindo um aviso claro: não ouse retrucar.

— Perfeitamente — murmuro, repetindo o jargão de Elisa, que sorri e acena o dia inteiro sendo gerente de Recursos Humanos.

O único homem do trio finalmente se manifesta. Ele empurra em minha direção um livro enorme, tanto no tamanho quanto na espessura. Coloco os meus óculos e logo vejo que é um livro de fotografias. Acho que ele quer que eu folheie, então passo as páginas com cuidado, sinceramente admirada com a qualidade do trabalho.

— Nossa... — É só o que consigo dizer. Estou impressionada demais para ser articulada.

— Esse livro aí é o terceiro de uma coletânea do nosso autor Joaquim Matos, que também é fotógrafo e publica, principalmente, registros de suas viagens — explica o editor-chefe. — A série é dedicada a cenários e pessoas comuns.

— Impressionante — digo, sem nem ao menos conseguir tirar os olhos do livro.

— Como tudo feito pelo Joaquim até hoje, essa obra já é sucesso antes de chegar às livrarias, inclusive no exterior.

— E todo mundo quer o autor em sua cidade — completa Nina.

— Mesmo que ele não seja a mais sociável das criaturas.

Como alguém com o olhar tão calibrado para capturar as sutilezas humanas pode ser antissocial?

— Precisamos de alguém que acompanhe o Joaquim nessa turnê, Mariana. — Ângela é direta. — E, como acertamos a parceria com a Comunicarte, incluímos esse serviço no pacote.

— Entendi. Eu seria a assessora de comunicação do autor ao longo das semanas em que passará lançando o livro pelo Brasil afora. — Sinto uma pontinha de euforia brotar em meu peito.

— Isso mesmo. E, pela expressão em seu rosto, eu me arrisco em afirmar que você gostou da ideia — sugere Ângela, acertando em cheio.

Como eu haveria de não gostar desse trabalho? Além do boxe, viajar é outra das paixões que cultivo. Mesmo que seja a trabalho, há de ser incrível andar pelo país. Esse pensamento me leva a uma dúvida; a duas, aliás.

— Qual o número de cidades no roteiro e por quanto tempo ficaremos fora?

— Todas as capitais e mais alguns municípios importantes — responde Nina. — A princípio, quatro semanas...

Exalo o ar com força e arregalo os olhos.

— Tudo isso? — murmuro.

— Haverá pequenos intervalos entre uma cidade e outra, quando vocês voltarão a São Paulo por alguns dias, não se preocupe — Alfredo se apressa em esclarecer. Talvez esteja preocupado, não com a minha pessoa, mas que eu acabe estragando o lindo e rentável casamento que acaba de acontecer.

Assinto, voltando a folhear o livro de Joaquim Matos.

Como não tenho nada a acrescentar à conversa depois que os detalhes são expostos, concentro-me em analisar o belo trabalho do autor. Eu deveria estar envergonhada por nunca ter ouvido falar dele, mas confesso que não. Levo essa ignorância numa boa, uma vez que, mais tarde, no aconchego do meu quarto, poderei passar a noite na companhia do Google e de todas as informações que precisarei saber para lidar profissionalmente com o tal Joaquim.

Por curiosidade, vou à última página do livro, onde normalmente fica a biografia dos escritores.

Bingo!

Encontro a foto dele e um pequeno texto, que o descreve de modo sucinto:

Joaquim Matos descobre na fotografia a melhor maneira de se posicionar frente às questões da sociedade. Seguindo por esse caminho, é reconhecido como um dos mais importantes fotojornalistas da atualidade. Adepto das imagens em preto e branco, ele procura retratar o ser humano comum, em seu cotidiano, fazendo do mundo seu verdadeiro escritório.

Retratos é o terceiro livro da coletânea Faces da humanidade, *best-seller mundial.*

Reparo na foto do autor e o que me chama mais atenção são as suas feições orientais. No entanto, como São Paulo é a metrópole das múltiplas nacionalidades, nada mais comum que encontrar descendentes de todos os estrangeiros do planeta.

— Marcamos com o Joaquim, que já deve estar a caminho. — Escuto essa informação e decido que é hora de voltar a me concentrar na conversa. — Assim, deixamos resolvidos todos os detalhes para o começo da turnê. Alguma dúvida, Mariana? Está tudo bem para você?

Abro um sorriso sincero para os executivos à minha frente. Nunca fugi de trabalho e os desafios só me deixam ainda mais entusiasmada.

— Tudo. Tenho certeza de que será uma ótima experiência para mim — afirmo, deixando transparecer meu elevado estado de espírito no tom de voz.

Meu currículo também agradece.

2

Eu malho nos ringues e na vida.

Fizemos uma pausa na reunião para esperar o famoso — e nada pontual — fotógrafo. Nesse meio-tempo, serviram um lanchinho, o que veio a calhar, já que não tinha almoçado e meu estômago estava prestes a me fazer passar vergonha.

Alfredo precisou ir embora, mas não partiu sem antes deixar claro que eu precisava segurar as pontas e demonstrar todo o meu profissionalismo, já que aquela conta milionária — segundo ele — dependia da minha performance. Eu não iria dizer, mas estava blindada contra os ataques daquele homem nanico, afinal, mesmo não admitindo em voz alta, o fato de me indicar para esse novo trabalho já demonstra o que ele pensa do meu trabalho.

Sempre me dei bem nas aulas de interpretação de texto.

— Ele está chegando! — avisa Ângela, soltando um suspiro aliviado.

Chego a sentir um tremor no estômago, afinal estou prestes a conhecer o cara com quem passarei semanas a fio. E se ele for babaca? Ou estrelinha? Ou simplesmente tiver tendências esquisitas?

— Com licença. Boa tarde.

Joaquim Matos finalmente aparece e a primeira impressão que me assalta diz respeito à sua voz. É grave e baixa, do tipo que pode tanto impressionar quanto amedrontar.

Já ouvi essa voz antes? Não, eu me lembraria, se fosse o caso. Era uma voz marcante.

— Desculpem o atraso. O trânsito me pegou de jeito.

Ninguém retruca, a não ser Ângela, que emite um "sei" nada sincero. Todos acham graça. Eu sou só expectativa.

Reparo, logo em seguida, como o fotógrafo é alto, mas não de um jeito esquisito, como um jogador de basquete enorme, cheio de pernas e braços.

Interessante esse japa. É a conclusão a que chego depois dessa análise instantânea.

— Você recebeu o e-mail com as cidades e as datas do lançamento, certo? Está de acordo com tudo? — Nina pergunta, antes que alguém se dê ao trabalho de nos apresentar.

— O que posso fazer a respeito? Mesmo que seja um sacrifício viajar em turnê, tenho que ir. Então, tanto faz a sequência.

Pelo jeito, não é muito simpático.

Joaquim se senta e só então repara em mim. Faço um movimento sutil com a cabeça, cumprimentando-o, mas ele apenas estreita o olhar — já estreito por natureza.

— Oi. — Balanço os dedos da mão direita, procurando ser simpática, ainda que esteja me sentindo uma amostra de tecido num microscópio.

— Ah, acho que fiquei devendo as apresentações — diz Ângela, alternando sua atenção entre mim e o fotógrafo. — Joaquim, essa é a Mariana. Ela trabalha na agência de comunicação que contratamos e será sua assessora de imprensa ao longo das semanas do lançamento de *Retratos*.

Ele continua me olhando fixamente, embora não demonstre qualquer reação.

— O que aconteceu com a última jornalista? — indaga.

— Como trocamos de agência, então ela não poderá mais trabalhar conosco.

Espero que Joaquim abra um sorriso e estenda a mão para que possamos nos cumprimentar direito, mas ele se restringe a acenar com a cabeça e muda o rumo da conversa.

Ai, ai... Já vi tudo: estrela.

Passamos quase uma hora acertando os detalhes da turnê, principalmente minhas atribuições enquanto assessora de Joaquim Matos, que pouco opinou no decorrer da discussão. Contanto que não tenha aborrecimentos e preocupações, está tudo bem para ele.

Como o cara é frio! Deveria fotografar pinguins na Antártida, isso sim.

Sinto-me aliviada quando a reunião termina e eu fico livre do clima claustrofóbico presente na sala desde a chegada do autor. Não volto ao escritório, porque já passa das seis da tarde. Tudo o que mais quero é ir para casa, tomar um banho e comer algo gostoso.

Estou fantasiando com um prato de espaguete à bolonhesa quando entro no apartamento que divido com minha irmã e meu cunhado. Bom, na verdade, foram eles que abriram um espaço para mim logo que decidi me mudar para São Paulo. Ambos são médicos e têm uma rotina maluca. Por isso, pensei que me enfiar na vida deles não seria muito justo. Acontece que não aceitaram minhas recusas e eu acabei sendo a colega de quarto, que faz de tudo para não incomodar o casal de pombinhos atarefados.

— Gente, estou em casa! — aviso assim que passo pela porta. Virou costume eu chamar atenção para minha chegada desde que peguei Isa e Otávio numa situação que ficou registrada em minha memória por tempo demais.

— Estamos na cozinha! — responde minha irmã e eu rezo para que ela esteja preparando algo bem saboroso para o jantar. — Chegou cedo hoje.

— Saí de uma reunião direto para casa. Hmmm... Que cheiro bom! É sopa? — pergunto ao mesmo tempo que levanto a tampa da panela para conferir.

— Uma releitura da receita da mamãe.

— Oba! — Minha boca chega a salivar. — Estou faminta. Só comi um lanchinho na reunião.

— Se continuar nesse ritmo, vai adoecer — Otávio me alerta pela milésima vez, interpretando seu papel de médico da família. — Você gasta energia demais treinando boxe diariamente, Mariana. Precisa repor as calorias perdidas se alimentando direito.

Mostro a língua para ele, como se eu fosse criança. Temos um relacionamento bem legal e nos tratamos mais como irmãos do que cunhados.

Apesar de morarem juntos, Otávio e Isa não são casados — ainda. Eles se conheceram na faculdade e se apaixonaram depois de alguns meses de convivência. O assunto matrimônio sempre entra em pauta quando estamos em família, principalmente porque minha avó fica no pé deles. Ambos afirmam que, quando a rotina estiver mais calma, terão tempo de planejar o tão discutido casamento.

— Essa sopa tem de tudo, Mari. Faça o favor de comer bem. O Tavinho tem razão. Parece criança!

— Sim, mamãe.

Nós três nos reunimos em torno da pequena mesa de quatro lugares posicionada no centro de nossa minúscula cozinha, cada um com seu prato de sopa fumegante.

— Deliciosa, Isa — elogio, pois é a mais pura verdade.

— Igual à da sua mãe.

Concordo com Otávio. Ter uma irmã que cozinha bem compensa eu ser muito limitada nesse departamento.

— É impressão minha, ou você está meio preocupada hoje, Mari?

Acho que sou a pessoa mais transparente do mundo. Não tem nem meia hora que cheguei em casa e já vem minha irmã constatando aquilo que não revelei — não em palavras, pelo menos.

Respiro fundo, ganhando tempo limpando a boca com o guardanapo de papel de estampa floral. Minha irmã adora essas frescuras.

— Só um pouco, mas não é nada de mais.

Então, conto aos dois sobre meu novo trabalho na agência, deixando claro que estou contente pela oportunidade, mas um pouco incomodada em ficar tanto tempo ao lado de um cara que me pareceu meio arrogante.

— Ele não foi nem um pouco simpático, praticamente me ignorou durante a reunião inteira e ainda teve a cara de pau de perguntar pela última assessora de imprensa que o acompanhou em turnê. Essas atitudes foram meio que um banho de água fria no meu entusiasmo.

— Bobagem! Artistas costumam ser assim mesmo. Seja profissional, assuma essa nova função, acumule experiência e volte cheia de moral. — Otávio parece ou não parece um irmão mais velho, hein? — E aproveite porque vai conhecer uma porção de lugar no Brasil para onde ainda não foi.

— Nossa, é mesmo, Mari. Agora fiquei com inveja — admite Isa. — Quem dera uma oportunidade assim batendo na minha porta!

— Viajar sozinha com um desconhecido?

— Claro que não, Tavinho! Foi isso que eu disse?

— Não, mas ficou subentendido.

Pronto. Lá vão os dois para a rodada noturna de discussão. Apesar de se amarem, vivem envolvidos nessas briguinhas nada a ver.

Passo uma água no prato e nos talheres que usei e saio de fininho. Os dois sempre têm essas briguinhas bobas, por isso, resolvi não me meter nesta.

Tomo um banho demorado, aproveitando para lavar o cabelo enquanto deixo rolar uma *playlist* do Spotify. Tenho mania de levar música para o banheiro. Uso esse momento para pensar.

Quando eu era pequena e meu pai decidiu que era hora de me introduzir no universo do boxe, ele ligava o rádio em uma estação de rock sempre que eu estava no ringue, aprendendo os primeiros movimentos. Dizia que a música ajudava na concentração. Então, fui levada a desenvolver duas paixões simultâneas, ainda criança: pela luta e pelo rock.

Já no quarto, pego o calendário de mesa e conto os dias que faltam para o início da turnê. Em uma semana, cairei na estrada — e subirei ao céu, pois serão muitos trajetos aéreos. Talvez eu tenha que consultar os amigos mochileiros ou até mesmo um blog especializado em viagens, porque não faço ideia do tipo de mala que precisarei preparar.

Dedico-me aos cuidados pós-banho com a pele do meu rosto antes de me aconchegar na cama com o notebook no colo. Quero pesquisar sobre Joaquim Matos, porque não sei trabalhar no escuro, sem saber exatamente do que ou de quem estou falando em meus textos.

Embora eu encontre diversas menções a ele no Google, inclusive na Wikipédia, é tudo mais do mesmo.

Joaquim, na verdade, Yoo Hwa-In — estou passada com esse nome! —, nasceu na Coreia do Sul, em Seul, mas aos dez anos se mudou com os pais para o Brasil. Em São Paulo, a família se estabeleceu no bairro Bom Retiro, onde abriu uma cafeteria que também serve comidas típicas coreanas.

Ergo os olhos e passo alguns minutos encarando a tinta do meu teto. Isso porque estou digerindo o que li até agora. Se Joaquim é coreano, não é japa, um jeito bem indelicado de se referir às pessoas de olhos repuxados, por sinal. Não usarei esse termo mais.

Volto à pesquisa e descubro que seu pai, Yoo Ji-Sub, faleceu há poucos meses. A mãe, cujo nome brasileiro é Lili, uma brincadeira fonética com o original Lee Min-Ah, administra o café sozinha hoje em dia e é a única parente de Joaquim no Brasil.

Ele, por sua vez, cresceu ajudando os pais no pequeno negócio. Estudou em uma escola pública do bairro e, mais tarde, cursou Jornalismo, assumindo a função de fotógrafo em alguns jornais.

Também foi *freelancer* até largar a profissão de vez e se dedicar à fotografia artística e aos relatos de viagens.

Seus trabalhos ganharam notoriedade devido à maneira como Joaquim se expressa, seja lá o que isso queira dizer.

E é isso. O moço é bastante reservado, logo, além das informações básicas, não encontro quase mais nada. Mas, antes de deixar o Google de lado, dou uma xeretada nas imagens dele, sendo obrigada a admitir que o Senhor Coreia é bem bonitão — como se isso fosse de alguma ajuda — e me traz a sensação de que já o vi em algum lugar, talvez em algumas publicações da imprensa especializada mesmo.

Fecho o notebook com força, empurrando-o para o lado. Sofro de ansiedade, por isso, o boxe é indispensável na minha vida. Espero que, durante a turnê de Yoo Hwa-In — não é incrivelmente complicado esse nome? —, eu tenha condições de continuar os treinamentos. Caso contrário, posso me tornar uma bomba-relógio prestes a explodir em cima do fotógrafo prodígio-coreano-brasileiro-tromba de elefante — este último por conta de Joaquim estar sempre emburrado.

3

Se eu soubesse em que tipo de encrenca estaria me metendo meses atrás, jamais teria feito aquele happy hour com as meninas...

Foi Elisa quem me ajudou com a bagagem no final das contas. Ela passou a tarde inteira de sábado no meu quarto separando as peças necessárias, isso depois de eu quase desistir de tudo porque não consegui enfiar o guarda-roupa todo na mala. Mas não posso ser criticada, afinal, nunca passei tanto tempo fora de casa assim, longe das minhas coisas. Acho que vou ser obrigada a usar o serviço de lavanderia dos hotéis pela primeira vez na vida.

Ao longo da semana, estive na editora Só Pra Ler mais duas vezes. A diretoria é muito criteriosa e cuidou para que todas as informações importantes e indispensáveis fossem transmitidas a mim sem ressalvas. Minha responsabilidade no sucesso da turnê de lançamento de Joaquim Matos é grande, portanto, não me foi dada a opção de falhar.

Eu não vou falhar.

Na véspera da primeira viagem, fiz um *happy hour* com as meninas. Ficaríamos muitas semanas sem nos ver, então elas concluíram, sem me consultar, que deveríamos fazer uma pequena despedida. Fui apenas comunicada de que Isa, Mônica e Elisa me esperavam no mesmo bar de sempre. Tive que ir, né? Fazer o quê?

— Não apareça na frente do cara com aquelas roupas que você usa para treinar — recomendou Mônica, de volta ao mercado dos solteiros recentemente. — Ele vai achar que tem a versão feminina do Rambo como assessora de imprensa.

— Quando estiver em cidades com praia, aproveite para dar uma escapulida. Não pode só trabalhar. Não se esqueça de que as leis trabalhistas estão do seu lado. — Claro que esse conselho quem deu foi Elisa, a poderosa do RH.

Eu só escutava, bebericando calmamente minha caipivodca de kiwi.

— E o mais importante: se alimente direito. Você já está um palito, Mari. — Isa fez seu papel de irmã mais velha direitinho, como se estivéssemos em casa, não em um bar lotado de gente jovem e descolada.

— Nada disso é o mais importante, Mariana. Não escute sua irmã — Mônica retrucou, apontando um canudinho para mim. — Aproveite essas férias para ficar livre da teia de aranha. Está na seca há quanto tempo, amiga?

Revirei os olhos para ela, recusando-me a comentar.

— Ela não está de férias, Nica.

— E nem faz tanto tempo assim que a Mari esteve com um cara.

Impressionante como a noite esteve toda focada em mim. Se fosse em outra época, teria me rebelado, mas já que eu estava meio nostálgica antes mesmo de partir, então deixei para lá.

Isso tudo aconteceu ontem, e agora, esperando o carro da editora passar para me apanhar, agradeço por ter maneirado na bebida, falado pouco e dormido bem.

Esforço-me para enxergar meu reflexo na parede de vidro que separa o *hall* do meu prédio da rua. Assim que minha imagem se ajeita no foco, aproveito para retocar o batom, que saquei da bolsa sem dificuldade.

Estou esfregando um lábio no outro quando vejo um carro preto, todo preto mesmo, inclusive os vidros, estacionar rente à calçada. Dele sai um senhor de terno e celular na mão. Um segundo depois, meu telefone toca.

— Senhorita Mariana?

— Eu mesma.

— Aqui é o Evandro, o motorista da Só Pra Ler. Estamos em frente ao seu prédio.

Aceno para ele, que me vê imediatamente.

Saio puxando minha mala de dimensões avantajadas, balançando o rabo de cavalo e sorrindo simpaticamente.

— Bom dia! — Evandro assume a tarefa de carregar minha bagagem, enquanto abre a porta de trás do carro para mim. Quanta destreza. — Por gentileza.

Meu sorriso amplia em agradecimento à educação do motorista.

— Obrigada. — Mal pronuncio a última sílaba da palavra quando, já dentro do carro, me vejo diante de Joaquim Matos, o poderoso fotógrafo. Fico meio sem jeito, ainda que ele esteja no banco da frente, alheio à minha chegada. — Bom dia.

— Bom dia. — A resposta dele é seca, mas acho que o cumprimento foi para o para-brisa, já que o babaca não se deu o trabalho de mover a cabeça para me olhar, nem que fosse por míseros segundos.

Afe! Que cretino!

Gosto do fato de viajar sozinha no banco de trás. Como fui ridiculamente ignorada pelo cara a quem tenho de seguir semanas a fio, tiro minha agenda de dentro da bolsa e verifico, mais uma vez, os compromissos da semana.

— A senhorita prefere temperatura ambiente ou ar-condicionado? — indaga Evandro, assim que dá a partida.

— Ar-condicionado. — A resposta não é minha, preciso salientar.

Ranjo os dentes e solto um suspiro longo. Que Deus me conceda o dom da paciência.

— Não precisa me chamar assim, senhor Evandro. Só Mariana está ótimo.

— Apenas Evandro também.

Fechamos esse acordo com uma troca de sorrisos pelo retrovisor.

Enquanto isso, o coreano brasileiro esconde sua babaquice atrás de um par de óculos escuros que só consigo ver de esguelha.

Repasso a agenda consciente de que a rotina será pesada. Se fossem só os eventos de lançamento, tudo bem. Mas há entrevistas, participações em programas, visitas a algumas instituições e palestras em faculdades. Pensando bem, eu também estaria carrancuda se tivesse que enfrentar tudo isso.

— Na semana passada, entrei em contato com os organizadores dos eventos desta semana. Tudo está previsto para acontecer conforme combinado — digo, tendo um surto de empatia.

— Ótimo — Joaquim murmura, imprimindo zero emoção na resposta. — Espero que tenha reforçado a importância de manter aquele número máximo de senhas para cada sessão de autógrafos.

Puxa! Ele proferiu uma frase inteira, cheia de verbos, substantivos e adjetivos!

— Sim. Prometeram não distribuir mais do que o estipulado.

E minha frase morre no ar.

Uma pessoa como eu, comunicativa desde o berço, pode morrer de ansiedade ao lado de um sujeito tão fechado como esse fotógrafo. Meu coração chega a estar disparado de tanto nervoso.

— Assim que chegarmos em Campinas, teremos cerca de duas horas antes do evento na livraria — prossigo com a missão de manter uma conversa. — Ou melhor, você terá, porque eu chegarei antes para garantir que tudo esteja organizado.

— Não confia no trabalho das pessoas?

Dessa vez, Joaquim entorta o corpo no banco e olha para trás. Nossa! Os óculos dele são incríveis! Será que ficariam bons em mim?

— Eu... — Demoro uns instantes para assimilar o questionamento, porque acabei me distraindo. — Ué, confio, sim, mas me certificar de que as coisas estão em ordem faz parte do meu trabalho como sua assessora de comunicação.

Escuto uma risadinha sacana e fico com vontade de abraçar Evandro. Esse é dos meus.

— Que profissional dedicada, gente!

— Rá! Nisso você tem razão.

Nós nos encaramos com chamas nos olhos — bem, pelo menos nos meus, já que os dele estão cobertos. Então Joaquim tira os óculos e quase fura meu crânio com um olhar de gângster. No entanto, apesar da intensidade de sua expressão, é impossível não reparar nos bonitos traços. E, de novo, a incômoda sensação de que o conheço de algum lugar me cutuca por dentro.

— Evandro — diz ele —, temos uma estressadinha desta vez.

— Cuidado com as palavras, Hwa-In, porque a moça não me parece de brincadeira.

Não sei o que mais me deixa chocada: esse diálogo divertido entre duas pessoas que pensei não terem intimidade alguma ou o pequeno sorriso que Joaquim esboça.

— Hwa-In? — murmuro, perplexa também com o uso do nome coreano por parte de Evandro.

Esse questionamento apaga o sorriso do rosto do autor, que volta a colocar os óculos e vira o corpo para a frente.

Talvez ele não goste de expor sua vida particular. Talvez, nada, isso está na cara. Ele é um sujeito do tipo fechadão, que dificilmente baixar a guarda para ter a vida especulada. Melhor eu registrar bem essa informação tirada do contexto e usar em benefício próprio.

Tomada essa decisão, seguimos viagem mudos, os três. Pelo menos Evandro colocou uma *playlist* para tocar, ainda que as músicas estejam me dando sono.

Acho que dormi. Recobro a consciência assim que um solavanco joga minha cabeça para a frente. Só então noto que passei parte do percurso pela rodovia dos Bandeirantes dormindo feito um bebê.

Tento me recompor sem chamar muita atenção, mas já é tarde. Evandro novamente encontra meu olhar pelo retrovisor e me lança um sorriso de contador de piadas. Finjo que não percebo.

E é nesse silêncio que finalmente chegamos ao hotel e eu agradeço por ter um quarto só para mim. Dentro dele, poderei relaxar sem ter que pisar em ovos porque meu novo "trabalho" não gosta de conversa.

Fazemos o *check-in* — cada um o seu, porque não sou a secretária do bonitão — e constatamos que seremos vizinhos, parede com parede. Quase brinco com a situação, pedindo que Joaquim me poupe de barulhos esquisitos no auge da madrugada, mas me contenho a tempo.

Mariana, Mariana, o cara não tem senso de humor.

Evandro se despede de nós, prometendo nos encontrar mais tarde, quinze minutos antes do evento, com o carro estacionado na frente do hotel. Antes de perdê-lo de vista, repito:

— Eu vou para a livraria mais cedo. Então, não precisa se preocupar comigo, certo?

Joaquim, que seguia na frente rumo ao elevador puxando sua mala de rodinhas, toda em couro legítimo — o cheiro condena a qualidade —, para e me olha, já sem os óculos, com esse olhar estreito que estou aprendendo a temer.

— Não é necessário chegar na frente — ele diz; a voz, uma trovoada já conhecida. — É melhor seguirmos juntos.

— Mas normalmente...

— Normalmente quando? — questiona o fotógrafo, demonstrando irritação. — Esta não é sua primeira vez em turnê de lançamento?

Argh! Que irritante!

Fecho o semblante para ele, porque não estou em pé de igualdade nessa discussão. Quer saber? É até bom não sair primeiro, assim fico mais tempo de bobeira no quarto.

Finjo estar lendo algo de extrema importância no celular enquanto subimos ao nosso andar de elevador, mas a verdade é que sinto os olhos de Joaquim em mim. Ele não está me avaliando de cima abaixo, como esses cretinos que secam as mulheres como se fôssemos pedaços de carne dependurados em açougues. Apenas encara meu rosto sem ao menos disfarçar.

Será que tem alguma coisa presa nas minhas bochechas?

Solto a alça da mala e passo as mãos discretamente por toda a extensão da face.

E esse andar que não chega!

Por conta de toda a tensão represada dentro do maldito elevador, quase morro de alívio quando o apito informa que chegamos ao nosso destino.

Saio na frente, tendo um pouco de dificuldade para dirigir minha mala, que se choca algumas vezes contra a parede. Joaquim me segue, apressando o passo até me alcançar.

— 702, 703... Aqui estamos. — Ele aponta para os números nas duas portas.

— Então até daqui a pouco.

Toda vez que estou com pressa, tenho dificuldade para lidar com essas chaves de cartão magnético. Adivinhem se agora não é um desses momentos?

— Merda — murmuro, querendo golpear a porta com um chute frontal bem executado.

— Me dá isso.

Joaquim toma o cartão e, em um segundo, destranca a fechadura. Ele deslizou o código no leitor, a luz ficou verde. Simples assim.

— Obrigada. — Empurro a porta para entrar, mas ele a segura pela maçaneta, forçando-me a ficar exatamente no mesmo lugar.

— Você não tem mesmo nenhuma noção, não é?

Enrugo a testa e olho para ele, tanto desentendida quanto irritada.

— Sem noção? Eu? — bufo. — Por que está me chamando assim? Até agora só fiz executar meu trabalho da melhor forma possível e é esse tratamento que recebo?

Um sorriso matreiro se insinua nos cantos da boca de Joaquim.

— Não foi isso que eu quis dizer. Perguntei se não se lembra mesmo de mim. Pelo visto, não.

A irritação evapora e dá lugar a uma curiosidade que me consome. Penso nas vezes que tive aquela sensação de reconhecimento.

— A gente... se conhece?

— Eu não diria isso.

Observo-o com mais atenção, travando uma batalha com minha memória, que volta a me dizer que o rosto dele não me é estranho.

— Nem pense em dizer que japonês é tudo igual — adverte Joaquim, estreitando ainda mais os olhos.

— Você não é japonês.

— E nem se fosse. Esse senso comum é ridículo. — Enquanto ele expõe sua opinião, eu só estou interessada em resolver o enigma.

É tanta curiosidade que nem me admiro com o fato de Joaquim estar mais relaxado perto de mim, bem diferente do que se mostrou até agora.

— É, está na cara que esqueceu mesmo. Cheguei a pensar que fosse um esquecimento por conveniência.

— Ai, fala logo! Está me deixando aflita! — Bato o pé no chão.

— Vou refrescar sua memória então. — Ele se aproxima e nivela seu rosto à altura do meu, colocando-nos cara a cara. — Alguns meses atrás, bar lotado, um dilúvio do lado de fora, meus amigos coreanos e eu, você e suas amigas tagarelas e de pileque, declarações estereotipadas sobre asiáticos do extremo oriente, um esbarrão perto do banheiro e uma tal de Anastasia sei lá o quê.

Ele descreve a situação com tantos detalhes que consigo reviver aquele *happy hour* com as meninas. Sinto o estômago gelar, ao mesmo tempo que abro a boca em um "o" perfeito.

— Você, você...

— Sim. Sou aquele com quem você toparia uma noitada sem compromisso e... Como foi que disse? — Ele olha para cima e em seguida torna a me encarar. — Ah! Tiraria a roupa de luz acesa.

— Oh! — ofego; o rosto em chamas. Preciso do Corpo de Bombeiros!

— Lembra agora?

Eu poderia ser resumida a uma única imagem neste momento: daquele macaquinho com as duas mãos tapando o rosto. Que vergonha.

Depois dessa revelação bombástica, Joaquim me deixa de pés fincados na porta do meu quarto e segue para o dele, onde entra calma e tranquilamente.

4

Não julgue um livro pela capa (ou defina um estereótipo pelos olhos puxados).

Será que, se eu alegar uma virose daquelas bem contagiosas e nojentas, o projeto de ditador arruma alguém para me substituir nessa turnê?

Porque, gente, como vou encarar Joaquim Matos de hoje até... várias semanas depois?

Repasso minhas conversas com as meninas naquele maldito bar, mas eu estava um tanto quanto bêbada demais para ter clareza das coisas. Eu me recordo da mesa cheia de japas, digo, sul-coreanos falando a própria língua pelo jeito, e de eu ter ficado impressionada com um deles. Falei um monte de besteira e acabei sendo ouvida. Disso também me lembro. E do esbarrão no corredor.

E quando ouvi a voz do cara, tive um pequeno siricutico. Sim, ele era um gato. Ai, ai...

Ei, minha filha! Ele é o Joaquim carrancudo! Repreendo a mim mesma. Que situação essa em que fui me meter...

Verifico minha aparência no espelho de corpo inteiro do quarto e concluo que as roupas escolhidas estão adequadas para a ocasião. Um terninho preto de corte elegante seria demais, então optei por uma calça jeans tradicional, escura, e uma camisa de seda bege, bem ajustadinha para ficar estilosa. Apesar de preferir meus tênis, sejam para malhar ou montar um look jovial, calço scarpins nude, porque preciso demonstrar meu profissionalismo.

Sei muito bem que estou enrolando para sair do quarto, com medo de enfrentar Joaquim, mas o horário marcado com Evandro está próximo. Chega de protelar o inevitável. Confiro se tudo de que preciso está dentro da bolsa antes de abrir a porta, por onde primeiro passa apenas minha cabeça.

O corredor está limpo.

Mas o alívio dura pouco, porque tão logo me vejo do lado de fora do hotel, me deparo com Joaquim e Evandro conversando. Eles interrompem o assunto assim que me veem. Volto a ficar de rosto quente.

— Não estou atrasada — declaro antes que receba uma acusação injusta e porque preciso falar alguma coisa senão o constrangimento vai acabar comigo.

Passo por eles rumo à parte de trás do carro, fingindo estar concentrada nos ponteiros do meu relógio de pulso. Evandro faz que vai abrir a porta para mim, mas, quando ele se aproxima, eu já entrei.

Só ouço a risadinha dele.

Deixo minha bolsa enorme sobre o banco, ao meu lado, feliz por ter todo o espaço apenas para mim.

— Evandro, hoje não farei companhia a você aí na frente, tá?

E não é que Joaquim entrou pelo outro lado e agora está bem aqui, com apenas uns trinta centímetros nos separando? Ele me lança um olhar que é pura safadeza, dando tudo de si para me provocar. Babaca!

— O evento está marcado para as oito horas, mas gosto de aparecer cerca de cinco minutos atrasado. Então, vamos entrar pelos fundos, de modo que ninguém me veja antes.

Artistas e suas manias.

— Tudo bem.

Ele abre mais as pernas, daquele jeito que os homens costumam fazer quando se sentam, e quase encosta a direita na minha esquerda. Ignoro a provocação, observando o movimento da rua pela janela, mas está difícil não ser afetada pela proximidade de Joaquim, já que ainda estou bastante envergonhada. Além disso, ele passou perfume depois do banho e a fragrância é envolvente, tornando o clima ainda mais crítico.

Meses atrás, naquele bar onde o vi pela primeira vez, apesar da bebedeira e de estar sem meus óculos de grau, enxerguei aquele cara charmoso perfeitamente bem. Bom, não deu para ver detalhes, mas gostei daquilo que meus olhos frágeis conseguiram captar.

Agora que veio à tona a verdade sobre ele, tenho medo de ser traída por meus hormônios bobos, ou seja, existe o risco de eu agir feito uma adolescente sempre que o encontrar só porque estou ciente de que Joaquim é aquele cara do bar.

— Ei, você não ouviu o que eu disse?

— Hã?

— Meu Deus, Mariana, por onde anda sua cabeça?

Ele falou meu nome pela primeira vez! Não consigo deixar de notar a novidade.

— Eu... estava reparando na cidade. Nunca estive em Campinas. — *Nem jamais vi você falando tanto, sendo menos carrancudo. Tudo isso está me deixando meio doida.*

— É uma cidade muito boa, inclusive para morar — afirma Evandro, suspirando. — Já quis me mudar para cá algumas vezes, mas ainda é impossível para mim.

— Por causa do trabalho? — arrisco.

— Também.

E Evandro não diz mais nada, deixando a resposta no ar.

Encho meus pulmões para dar continuidade ao assunto, porém recebo uma censura pelo olhar de Joaquim, que faz um movimento de cabeça quase imperceptível, mas emitindo uma mensagem clara: não.

Nunca lidei com pessoas misteriosas. Na minha vida, convivo com gente tão normal que sempre achei que a característica taciturna se restringisse aos personagens ficcionais, dos filmes, das novelas e dos livros. Agora estou assim, no meio de uma dupla que em nada se enquadra no padrão de seres humanos da minha realidade. Vai ver que tudo isso é um sonho e, quando acordar, constatarei que não existe Joaquim, nem Evandro, nem turnê, nem constrangimento causado pelo meu bocão.

— Cuidou para que o bate-papo antes dos autógrafos não passe de uma hora de duração? — Sou pega de surpresa por essa pergunta feita a poucos palmos de distância do meu ouvido.

Eu me ajeito no banco para ganhar mais espaço, porque ficar tão perto desse fotógrafo está me incomodando. Será que não percebe o quão melindrada fiquei depois de saber quem ele é?

— O mediador está avisado.

— Só responderei a, no máximo, sete questões do público.

— Sete é número de mentiroso — murmuro, doida para dar uma sacodida nesse artista cheio de manias.

— Falar baixinho é coisa de fofoqueiros.

Argh! A peste ouviu!

Evandro solta uma gargalhada estrondosa, que ressoa pelo carro feito um trovão em dia de tempestade.

— É muito bom que vocês dois estejam se dando tão bem — declara, cheio de ironia.

Luto boxe há anos. Por isso, muitos acabam achando que gosto de encrenca, um estereótipo equivocado de quem aprecia esse esporte. Mas é justamente o contrário. Quando o clima começa a esquentar, prefiro bater no chão, avisando que estou me retirando da luta.

Então, fecho a boca, mesmo que no fundo esteja com vontade de falar umas poucas e boas para esse fotógrafo metido a besta.

Na livraria, fazemos conforme o combinado. Joaquim entra pelos fundos, conduzido por representantes da loja, os quais prepararam um camarim para ele, cheio de guloseimas.

Como sou nova nessa área, não imaginava que alguém que publica livros pudesse ser tratado com tamanha consideração. Temos a ideia de que apenas cantores e atores badalados recebem esse tipo de tratamento. Fico feliz por descobrir que não.

Sozinha — graças aos céus —, vou até o auditório onde acontecerá o bate-papo. Está lotado! Passo os olhos pela plateia, concluindo que não há nem mesmo um único lugar vago. Joaquim Matos é realmente alguém conhecido e as pessoas, pelo jeito, apreciam mesmo seu trabalho.

— Olá! Você é a Mariana, assessora de imprensa do Joaquim? — Sou abordada por uma mulher mais ou menos da minha idade, vestida com o uniforme da livraria.

— Eu mesma. — Abro meu sorriso profissional.

— Sou Arlete, gerente desta loja. Gostaria de conhecer a pessoa que fará a mediação do evento?

— Claro!

Ela me leva aos bastidores, onde encontro Afonso Borges, um jornalista de cultura, muito conhecido no meio. Ele está se preparando para entrar. Somos apresentados e trocamos algumas informações a respeito da condução do bate-papo.

Enfatizo a importância de as condições de Joaquim serem seguidas à risca, o que gera uma expressão meio de deboche em Afonso. Volto para o auditório com a impressão de que nosso autor não é visto com muita simpatia por aí.

Arlete me informa sobre a contratação de um fotógrafo que cobrirá o evento, enviado pela Só Pra Ler. Ainda assim decido fazer minha própria cobertura com o celular, para agilizar as postagens nas redes sociais.

Começo com umas fotos do público, depois dedico alguns cliques ao apresentador, que entra lendo uma pequena biografia de Joaquim. E este chega em seguida, recebendo uma saudação calorosa de seus fãs.

É impressionante a quantidade de palmas dirigidas a ele. Estou admirada.

Vejo Evandro acompanhando tudo de um canto do auditório. Aceno enquanto caminho até ele.

— Gente, não sabia que o Senhor Carranca era uma espécie de celebridade — comento.

O motorista solta uma risadinha igual à do Rabugento, balançando a pança avantajada.

— Aonde quer que ele vá, é assim. Casa sempre lotada, todo mundo maravilhado por vê-lo.

— Sério?

Não consigo parar de olhar para Joaquim. Ele já se acomodou no palco e dá as boas-vindas ao público com sua voz cheia de poder. No entanto, não me parece muito à vontade, apesar da aparência de segurança total.

E o idiota é bonito, viu?

Pego meus óculos na bolsa para ver tudo com mais clareza, então noto algo que me chama a atenção.

— Ele está meio ruborizado ou é impressão minha?

— Por que você acha que Hwa-In limita o tempo e o número de perguntas do público? — Evandro me questiona e eu levo apenas uns cinco segundos para entender.

— Timidez?

— Ser o centro das atenções o incomoda. Ele ama o trabalho que faz, mas até hoje não consegue lidar bem com a euforia dos fãs. O Joaquim é bem reservado, Mariana.

É um alívio saber que tanta regra imposta pelo fotógrafo não significa que ele despreza seu público. O comportamento arredio devido à timidez é mais fácil de aceitar.

Joaquim responde pausadamente a cada pergunta feita por Afonso, todas sobre seu último trabalho, que o público abraça como se fosse um talismã.

— Sou um silencioso observador da vida e os seres humanos, principalmente os mais comuns, me inspiram. *Retratos* revela a natureza instintiva das pessoas, mais aparente na lida do dia a dia, ou seja, na busca pela sobrevivência — explica ele.

É fascinante ouvi-lo falar, ainda que isso seja algo difícil para Joaquim.

— O cara tem lá suas neuras, mas é fera — elogia Evandro.

— Vocês se conhecem há muito tempo? — sussurro para não atrapalhar a conversa no palco.

— Desde que ele se tornou celebridade depois de publicar o primeiro livro, um sucesso de vendas logo de cara. Sou eu quem o leva para todo lado. Como sou enxerido, acabei forçando Joaquim a sanar minhas curiosidades sobre ele.

Sinto um quê de otimismo ao ouvir essas palavras. Quer dizer que eu também alcançarei esse feito?

— Mas, se me permite um conselho, não o pressione para saber demais. Sou velho e os sul-coreanos levam essa questão de diferença de idade muito a sério, por isso ele cedeu um pouco mais para mim.

— Ele não é mais tão sul-coreano assim, já que se mudou para cá bem novo.

— Aí que você se engana, Mariana. Vai perceber, ao longo destas semanas, como Joaquim valoriza e perpetua a cultura do país dele. É bonito de se ver.

Afonso Borges anuncia que o público terá direito a sete perguntas, escolhidas aleatoriamente pelo autor.

Nesse momento, várias mãos são erguidas, um número muito acima do estipulado. Troco um olhar com Joaquim, que me diz com um ligeiro movimento de cabeça que não mudará de ideia.

Arlete leva o microfone até os leitores eleitos. Faço algumas fotos deles, pensando em criar um álbum desta turnê.

— Joaquim, você ouve K-Pop?

Franzo a testa. O que é K-Pop, meu Deus?

Ele solta uma risada antes de responder.

— Não é meu gênero favorito, mas escuto uma ou outra música de vez em quando.

— Siri, o que é K-Pop? — indago ao oráculo digital, cura de todas as nossas ignorâncias.

Abaixo o volume do celular e aproximo o ouvido do microfone para ouvir a resposta.

É um gênero musical originado na Coreia do Sul, que se caracteriza por uma grande variedade de elementos audiovisuais. Embora designe todos os gêneros de "música popular" dentro da Coreia do Sul, o termo é usado mais frequentemente em um sentido mais restrito, para descrever uma forma moderna da música pop sul-coreana, que abrange estilos e gêneros incorporados do ocidente, como pop, rock, jazz, hip hop, R&B, reggae, folk, country, além de suas raízes tradicionais de música coreana.

— Interessante — murmuro. Prometo pesquisar mais sobre o tema quando voltar para o hotel. Sinto que serei surpreendida ao longo dessa investigação.

— Li que você esteve na Coreia do Sul algumas semanas atrás. Não sente vontade de voltar a morar no país onde nasceu?

Joaquim olha para o teto e solta um suspiro.

Encaro Evandro por cima dos ombros, buscando uma explicação para esse gesto. Sigo a direção do dedo dele, que aponta de volta a Joaquim.

— Estou sempre entre aqui e lá.

Que evasivo!

— Assunto proibido?

— Deu pra perceber? — Evandro devolve a pergunta.

Desisto de assuntar, até porque chegou o momento dos autógrafos.

Os fãs se organizam em uma fila por ordem de chegada, estabelecida pelas senhas entregues na entrada, e eu me posiciono próximo a Joaquim, de modo que seja possível fotografar cada leitor, um por um.

Ele atende a todos, seja com dedicatórias e autógrafos ou concordando em fazer *selfies*, algo que estava entre os itens não permitidos pelo próprio Joaquim. Quase dou um jeito de resolver essa situação, mas ele faz um sinal de que tudo bem e eu acabo ficando na minha.

Demora, viu! Como demora! Chego a ter cãibra na ponta dos dedos dos pés, enfiados nesses scarpins torturadores de mulheres. Mas estou satisfeita. Tudo parece ter transcorrido muito bem, a julgar pelas expressões de satisfação dos fãs.

Percebo que Joaquim sacode a mão direita algumas vezes, sinal de seu cansaço. Pudera, coitado.

Quando tudo termina, rapidamente ele escapole para o carro, onde Evandro já nos aguarda, pronto para sair. Dessa vez, o fotógrafo vai direto para o banco da frente e respiro aliviada por não ter que dividir o espaço de trás com ele. Ufa!

— Querem parar para comer em algum lugar? — sugere nosso motorista, que é quase uma fada madrinha de uniforme preto.

Meu estômago ronca em resposta, porque faz horas desde a última refeição que fiz.

— A Mariana que sabe — Joaquim diz, sua voz meio embargada pelo sono.

Quase solto uma interjeição, porque não esperava que o temperamental artista pensasse em mim primeiro. Então, decido por aquilo que acho ser o mais justo:

— Vou pedir um lanche no quarto. — Não explico o porquê dessa resolução.

Só quando já estamos no corredor dos quartos, saindo do elevador, que Joaquim volta a se pronunciar, dessa vez sem qualquer sinal de superioridade, sarcasmo ou deboche.

— Obrigado. Estou morto. Parar para comer teria sido um sacrifício.

Sorrio, agradecida por ele ter se dado o trabalho de reconhecer minha atitude sem que eu precisasse explicar.

— Fico te devendo um almoço caprichado. Quem sabe amanhã?

Então, ele faz uma espécie de reverência, não muito acentuada a ponto de eu sair por aí acreditando que sou da realeza, e parte para o quarto.

Solto o ar devagar e faço o mesmo. Já deu por hoje, né?

5

Fico torcendo para que chova. Melhor do que o sol, dias chuvosos me fazem enxergar com mais clareza (apesar do meu problema de vista).

Já estamos em outra cidade quando chega a hora do almoço. Hoje haverá dois eventos em Jundiaí, então partimos cedo de Campinas para que Joaquim tivesse um tempo maior de descanso.

Em vez de seguir com ele para o hotel, fui ao encontro dos organizadores da palestra que ele fará à noite para estudantes de uma faculdade local. Havia alguns detalhes que eu precisava acertar com eles de modo que tudo transcorresse bem mais tarde.

Quando o compromisso acaba, peço um carro pelo aplicativo porque marquei de me encontrar com Joaquim em um restaurante. Ele frisou durante a viagem para Jundiaí que promessas existem para serem cumpridas, portanto, não abriria mão de me pagar um almoço.

Confesso que não estou me sentindo à vontade quanto a isso. Pode até parecer que já abstraí a vergonha causada pela revelação da identidade de Joaquim, mas não. Acho que serei obrigada a conviver com esse constrangimento até o final da turnê. Chato isso, né?

O carro para bem na entrada do restaurante, que graças a Deus não é daqueles chiques demais, cheios de etiquetas. Fineza não combina nem um pouco com a minha fome.

Aliso as roupas porque muito provavelmente estou meio desgrenhada, afinal, me encontro em um processo de levanta e senta desde cedo. E eu acreditando que trabalho duro era o que fazia no escritório...

Está bem, confesso: estou enrolando para entrar de uma vez e encarar Joaquim. Meu coração palpita em um ritmo frenético, tudo porque agora esse meu órgão vital sabe que me encontro à mercê da memória fotográfica do cara — perdão pelo trocadilho.

Executo uma técnica de respiração para lutadores — *lenta para exercícios lentos*, sou capaz de ouvir a voz do meu pai me ensinando — antes de iniciar o percurso da vergonha. Fico tentando imaginar que tipo de assunto nós dois teremos enquanto almoçamos.

Hipótese 1: "Você não é daquelas que fica sem roupa em ambientes claros? Como faz para ir à praia então?"

Hipótese 2: "Uma hora dessas, durante a turnê, ficaria feliz se me pagasse a promessa feita naquele bar."

Não. Balanço a cabeça, recusando-me a pensar nessas bobagens.

Não preciso ser encaminhada à mesa de Joaquim porque o lugar está quase vazio e eu o vejo assim que entro. Então, vislumbro minha salvação: Evandro.

Agora, sim. Faço um gesto de vitória, erguendo o punho direito e flexionando o bíceps.

Mais tranquila, vou ao encontro dos dois, grata pela chance de não ficar em uma saia-justa com o fotógrafo Brasil&Coreia.

— Boa tarde, gente. Estão esperando há muito tempo?

— Olá, Mariana. Que nada! Não faz nem dez minutos que chegamos, não é, Hwa-In?

Ele concorda, com o olhar soltando faíscas sobre Evandro.

Um dia, tendo a oportunidade, perguntarei por que Joaquim não gosta de ser chamado por seu nome de nascença. Um dia, porque agora é melhor eu ficar na minha.

— Está tudo acertado para a palestra hoje à noite, viu? Tive uma longa conversa com a chefe do departamento, que providenciou toda a estrutura necessária — relato, tentando fazer sinal para o garçom, mas quem consegue chamar a atenção dele é Joaquim. Prossigo: — A rede de tevê local fará a cobertura do evento, no formato reportagem, mas gostaria de conseguir uma entrevista para passar na edição noturna do jornal. Acha que é possível?

— Uma água com gás, gelo e limão para mim, por favor. Vão beber alguma coisa?

Levo uns instantes para assimilar a pergunta e perceber que Joaquim está se dirigindo a mim, quando o questionei primeiro. Marrento!

— Um suco natural de... Hmmm, quais sabores vocês têm?

Um cardápio praticamente aterrissa diante de mim, lançado do outro lado da mesa. Sei que não foi Evandro que agiu com essa grosseria toda. Portanto... nem preciso completar a frase.

Coloco os óculos e leio a coluna de bebidas.

— Vou experimentar o de tangerina com gengibre.

Sorrio para o garçom ao devolver o cardápio.

Evandro pede uma Coca.

Bebidas definidas, volto a questionar Joaquim sobre a entrevista.

— Antes ou depois da palestra? — ele quer saber.

— Fica ao seu critério. O que achar melhor.

— Antes então. Sempre estou exausto no fim dos eventos.

Posso imaginar. Vida de artista não é pouca coisa, não.

Pego o celular e digito rapidamente a resposta para o produtor que solicitou a entrevista.

— Ele está perguntando se há algum enfoque que não deveria abordar na conversa.

— A gente tem que ensinar repórter a trabalhar agora? — resmunga no instante que o garçom volta com as bebidas. — Diga a ele para se restringir ao meu trabalho.

Reviro os olhos quando abaixo a cabeça. Apesar da timidez que transforma Joaquim em um sujeito fechadão, não é só ela a responsável por esse gênio instável.

— Outra coisa: tudo bem se você falar um pouquinho da cultura sul-coreana?

Eu me assusto quando duas mãos grandes e cheias de dedos tomam o celular de mim.

— Que tal elaborar uma pauta e me enviá-la pronta? — Digita Joaquim enquanto lê a resposta em voz alta. — Assim discuto tudo de uma vez com o... — ele finge pensar, mas sei que é puro teatro —... chefe.

— Me dá isso aqui!

Ao que parece, foi uma cena hilária para Evandro e o garçom, que riem da minha cara de pateta.

Fuzilo Joaquim com o olhar e ele retribui com um sorriso maldoso.

— Vão pedir a refeição agora?

Nem tive tempo de escolher o que quero comer, então me dedico a essa ação, indecisa entre uma massa e peixe.

Nunca tive problemas com comida, porque meus pais jamais permitiram frescuras e desperdício. Por não termos sido criados no luxo, aprendemos a dar valor a tudo que nossa mãe colocava na mesa.

— Para mim, pode ser este prato. — Mostro no cardápio. — Pescada com pesto de manjericão.

Meus acompanhantes, os dois, pedem carne vermelha. Surge aquela ligeira dúvida de que vou acabar gostando mais dos pratos deles. Isso sempre acontece comigo.

— Mari, posso chamá-la assim?

— Fique à vontade, Evandro. É como a maioria das pessoas me chama.

— Maravilha! Sua simpatia deixa tudo mais suave. Uma pena que não estarei com vocês durante a turnê inteira. Depois das cidades de São Paulo, serei trocado pelas horas alegres de espera nos aeroportos.

— Pena mesmo — concordo. Aí seremos somente Joaquim e eu. Prefiro não antecipar a situação, pois tremo só de imaginar o desconforto.

— Pelo sotaque, imagino que seja mineira. Mora em São Paulo há muito tempo? — pergunta Evandro, que, graças a Deus, está monopolizando a conversa. Pode ser que ele esteja fazendo isso de caso pensado para deixar o clima leve.

— Há dois anos. Eu me mudei porque a agência indicou minha transferência. E, como tenho uma irmã lá, que me ofereceu abrigo, saí de Belo Horizonte com a cara e a coragem.

O diálogo, mesmo centrado em mim, não está me incomodando, mas, sim, o silêncio de Joaquim, que quase não desvia os olhos do celular.

— Que beleza, hein! Também tenho duas filhas e elas são muito próximas. Veja como são lindas.

Ele tira uma foto da carteira e exibe as meninas, transbordando de orgulho. Meu pai é do mesmo jeito, adora falar de nós com o peito estufado, mesmo sendo um brucutu do boxe.

— Lindas mesmo.

— Parecem com a mãe. — A opinião de Joaquim me pega de surpresa. Quase me esqueci da presença dele na mesa.

Evandro solta uma risada, balançando a barriga.

— Você sempre diz isso. Acha que me aborrece? Pelo contrário! Minha Clarita é linda.

Há uma concordância subliminar entre eles, o que me deixa curiosa. Detesto saber das coisas a prestação, por conta-gotas.

— E são só vocês duas?

Demoro a perceber que a questão foi dirigida a mim, estava viajando nas conjecturas.

— Não, não. Tenho um irmão também. — Fico indecisa se devo falar da carreira dele, porque pode parecer que estou me exibindo por tabela. — O do meio.

Sou poupada de dar mais detalhes porque a comida chega. Talvez seja encucação minha, mas, sempre que menciono a profissão do meu irmão, as pessoas tendem a ficar mais simpáticas comigo — ou mais arredias, dependendo da situação.

Ué, quem sabe seja uma estratégia boa para Joaquim amenizar um pouco a minha barra?

Que nada! Ele não parece do tipo impressionado por qualquer coisa.

O cheiro das refeições está incrível, porém minha boca saliva mais pelos pratos dos dois homens à minha frente do que pelo meu. Sabia que isso acabaria acontecendo.

Corto o peixe com o entusiasmo abalado, tentando me convencer de que fiz a escolha certa. Então, do nada, algo inesperado acontece. Um pedaço de filé é acomodado no meu prato, cuidadosa e habilmente, pelos talheres de Joaquim.

Durante toda a minha vida, jamais presenciei algo assim. Claro que amigos dividem o lanche, namorados tomam sorvete na mesma tigela, mães deixam de comer para alimentar os filhos. Entretanto, um desconhecido cortar um pedaço de carne — que fosse uma batata, um pão — e transferir para o prato da outra pessoa, com quem não tem intimidade alguma, é algo totalmente novo para mim.

— Aproveite a comida — ele diz, na maior simplicidade.

Arregalo os olhos, buscando a compreensão dessa cena no rosto de Joaquim, mas ele continua comendo sem qualquer sinal de afetação. Então, dirijo minha perplexidade a Evandro, que ri e balança a cabeça, como se tivesse entendido tudo, avisando-me, sem qualquer palavra, que tenho muito a aprender sobre esse fotógrafo, cada dia mais misterioso.

Algo deu errado durante o evento na faculdade e eu estou que nem malabarista tentando equilibrar a situação.

Fazer assessoria de comunicação para empresas ou pessoas físicas é estar ciente de que temos que dançar conforme a banda toca. Nem sempre nós, assessores, concordamos com a filosofia dos clientes, mas nosso trabalho é não só representá-los, como apoiá-los quando necessário.

E apagar incêndios. Somos os bombeiros da comunicação.

Acabou que a entrevista antes da palestra era uma furada, do tipo "estamos aqui para colocar você em uma situação delicada". O repórter foi invasivo, fez perguntas que até eu considerei impróprias, debochou do jeito de Joaquim e sugeriu que o trabalho dele era meio que uma releitura da arte de Sebastião Salgado. Também retratou a Coreia de modo pejorativo, insinuando que o país faz de tudo para ser visto como os Estados Unidos da Ásia. E o pior — o que acabou irritando Joaquim além de um limite suportável: a entrevista foi ao vivo, sendo que me foi dito pelo produtor que ela seria gravada para veiculação no jornal noturno.

E quem levou a culpa pelo fiasco? Exatamente. Eu.

Nada contribuiu para melhorar o humor do fotógrafo, mesmo a palestra tendo sido o maior sucesso. Os estudantes gostaram demais da fala dele. Prova disso foram os aplausos de pé. Mas o estrago já havia sido feito.

Escutei poucas e boas. Tive que ouvir do cliente que minha displicência o colocou em uma posição chata, que não agi como uma profissional competente, já que deixei de prever algo crucial, entre outros questionamentos sobre a qualidade do meu trabalho.

E nem adiantou eu me defender, ressaltando que não tenho uma bola de cristal para adivinhar as más intenções dos outros. Minha autodefesa só o enervou ainda mais.

Tudo que eu queria era estar na academia, dando uns socos e chutes no saco de areia. Não existe remédio melhor para aliviar estresse do que o pugilismo.

Ai... bateu saudade do meu pai. Vou ligar para ele mais tarde.

Neste momento, no banco de trás do *batmóvel*, sou uma montanha de nervos mal controlados. No da frente, Joaquim é uma estátua de gelo. Estou contando os semáforos para chegar depressa ao hotel.

— Evandro, diga para a assessora que, a partir de hoje, não concedo entrevista nenhuma, a não ser para veículos em que confio.

— Oh! — Não acredito que ele está agindo assim, feito uma criança pirracenta. — Você só pode estar de brincadeira comigo.

— Evandro, explique que não brinco com trabalho e não me distraio com facilidade, ao contrário de algumas assessoras.

— Ah, pelo amor de Deus! — Bufo, como uma égua prestes a acertar um coice no peito de alguém.

— Evandro, fala...

— Evandro, pare o carro! — grito, prestes a surtar. Juro que amanhã volto para São Paulo, com pena de ser demitida por abandono de função. — Pare este carro, Evandro!

— Mas Mariana...

— Pare agora ou eu salto com ele em movimento!

Acho que o motorista acreditou em mim — eu mesma teria acreditado tamanha a segurança das minhas palavras —, já que faz o que peço.

Desço do carro, carregando minha bolsa e segurando-me a ela como se fosse uma tábua de salvação. Minha respiração está entrecortada. Tenho vontade de urrar, sapatear, socar alguma coisa.

Já foi ruim o suficiente me deparar com aquele repórter mal-intencionado. Se pudesse, teria estrangulado o sujeito com minhas próprias mãos. Mas fui enganada, igual a Joaquim. Logo, ele deveria ter um pouco de empatia, em vez de descontar sua raiva em mim.

Eu me jogo no primeiro banco que encontro pela frente e ergo a cabeça, buscando as estrelas no céu. Mas hoje elas não deram as caras. O firmamento está nebuloso como meu estado de espírito.

Meu celular toca, toca, toca. Tanta insistência deveria ter despertado minha preocupação. Porém, não quero conversar, seja lá com quem for. Só preciso controlar a respiração e depois lidar com as consequências do meu desatino.

Sentada, admirando o céu esbranquiçado pela possibilidade de chuva mais tarde, remoo minha indignação. Não é fácil lidar com egos. Tenho um irmão que custou a entender que a carreira não o faz melhor do que ninguém. Até isso acontecer, foram alguns anos de embates constantes.

Solto um suspiro desanimado. Talvez devesse ter seguido os conselhos do meu pai e ficado com ele, ajudando-o a tocar a academia. Lá, sempre fui tratada com muito zelo por todos, e olha que a maioria dos frequentadores passa fácil dos cento e cinquenta quilos de músculos. Difícil vê-los como pessoas delicadas. Mas, na verdade, são.

Pego o celular pensando em ligar para casa. De repente me bateu uma saudade louca do meu ninho.

— Posso me sentar ao seu lado?

Quase jogo o aparelho longe por causa do susto. Sou pega de surpresa pelo poder da voz de Joaquim.

Ergo a cabeça, encontrando-o parado diante de mim, com as mãos enfiadas nos bolsos da calça. Sua expressão é uma incógnita, como sempre, mas ele está aqui e isso por si só já diz alguma coisa.

Dou espaço para ele, que se senta, embora não muito próximo.

O céu reage a esse encontro, talvez tomando o meu partido, já que solta rugidos por meio das trovoadas.

Hoje tem chuva na certa.

— Eu exagerei, não foi? — diz Joaquim. Percebo seu olhar em mim, mas não me viro para encará-lo. Continuo admirando o céu.

— Descontei em você minha raiva pela má-fé daquele repórter. Sou péssimo com esse negócio de dar entrevistas. É a pior parte dessa vida que escolhi levar. E, quando me aparece um sujeito como o de hoje, perco a razão. Desculpa.

As primeiras gotas de chuva começam a cair, mas não me movo. São lindas quando iluminadas pela luz dos postes. Depois ficam transparentes de novo, até chegarem ao chão.

— Como se pede desculpas em coreano? — pergunto, sem tirar os olhos da chuva.

— O quê?

Sorrio ao perceber que deixei Joaquim confuso.

Pode ser que ele esperasse uma reação diferente. Na verdade, eu mesma fiquei confusa, já que até agora há pouco estava doida para distribuir uns socos.

Eu me viro para ele.

— Desculpas em coreano. Como é?

Joaquim suaviza a expressão e chega até a esboçar um sorriso simpático.

— *Mianhae*.

— Mianê? — tento pronunciar do jeito que ouvi, mas pela risada aberta do fotógrafo, sei que não obtive sucesso.

— Quase isso.

A chuva ainda cai fininha, é quase um sereno, mas logo começará a nos molhar.

Evandro estacionou o carro na esquina. Então é só darmos alguns passos e estaremos a salvo. Mas, antes disso, retiro minha agenda da bolsa e uma caneta.

— Escreve isso do jeito coreano.

Joaquim franze a testa.

— Por favor...

— Mas o que deu em você? — ele resmunga, embora faça o que peço.

미안해

— Que loucura...

— Não é? — Joaquim fica de pé e segura meu braço. — Agora vamos. A turnê mal começou. Não podemos nos dar o luxo de ficarmos resfriados.

Tudo indica que a chuva recebeu a motivação de que precisava para desaguar de vez, lavando os resquícios do mal-estar que, por pouco, não colocou um fim naquilo que nem bem começou.

6

Sou lutadora sim, senhor! Mas meu coração é de manteiga.

É o último trajeto pelas estradas do estado de São Paulo e o clima está meio moribundo porque Evandro vai nos deixar. Depois de todos esses dias de turnê, não só me afeiçoei a ele, como o tenho como porto seguro, além de já considerá-lo um amigo.

Evandro é dessas pessoas que agregam, sabem ouvir, se importam com os sentimentos alheios.

Ele é gente de verdade. E, nesta viagem inusitada, foi a certeza de que perto dele eu não precisaria pisar em ovos, tomar cuidado com as palavras ou me sentir insegura; o contraponto da relação instável que tenho com Joaquim.

Apesar disso tudo, ele tem também seus mistérios, o que mexe com a imaginação de qualquer pessoa minimamente curiosa — eu, no caso. Mas, graças a Deus, sei me controlar e não saio por aí fuçando a vida de ninguém.

Costumo manter o celular no modo silencioso o dia inteiro. Desde que passei uma tremenda vergonha durante um evento, aprendi a lição. Sendo assim, eu me tornei mais sensível ao seu toque, que na verdade é apenas uma vibração.

Ninguém no carro percebe a chamada, por isso, quando digo alô, tanto Joaquim quanto Evandro viram a cabeça para trás, conferindo se não fiquei louca de vez.

É uma ligação de vídeo, e adivinhe só quem é?!

— Mariiiiiii! — Isa, Mônica e Elisa vibram ao me verem. As três se espremem para caberem ao mesmo tempo na tela.

— Estamos aqui bebendo em sua homenagem hoje — informa minha irmã, erguendo o copo com uma bebida que não consigo identificar.

Arregalo os olhos, com medo do que essas malucas vão dizer em seguida.

— Oi, meninas. O que deu em vocês? Bebendo a essa hora, no meio de um dia de trabalho?

— Hoje é sábado — Elisa declara, revirando os olhos.

— E nos reunimos em sua honra, Mari. Como pôde esquecer em que dia estamos?

Sinto meus órgãos irem paralisando um a um, na expectativa do que sei que vou escutar. Coloco o indicador sobre os lábios, armando aquele sinal de silêncio, mas é como se eu fosse invisível.

Evandro acompanha a conversa alternando o olhar entre a estrada e o retrovisor. Já Joaquim está completamente concentrado em mim, como se assistisse a um programa superinteressante na tevê.

— Porque não tem nada de especial para celebrar... — Estou praticamente desenhando de modo que as três consigam ler os sinais que emito pela força do pensamento.

— Hahaha! Você é mesmo muito engraçada, Mariana. Pensou mesmo que íamos deixar para lá? — Isa estreita os olhos, enquanto as outras duas fazem tim-tim com os copos. — Afinal, faz oito anos que você deu uma nova conotação ao mês de maio.

Elas caem na gargalhada. Como podem ser assim?

Joaquim ergue uma das sobrancelhas, instigando-me a dar mais detalhes, mas eu só quero fugir da situação — ou desligar o celular na cara dessas descaradas.

— Isa, ainda bem que guardou a prova, senão a gente não ia acreditar.

— Eu já disse que aquilo foi por uma boa causa — defendo-me.
— Papai até me incentivou. Isa, você sabe muito bem que ele jamais faria isso se a intenção daquelas fotos fosse outra.

Opa! Falei demais. Alguma coisa se desenha na imaginação de Joaquim, que agora esboça um certo entendimento em sua expressão.

— Um viva à musa do mês de maio, rainha das academias! Vamos brindar, meninas!

Meu rosto queima de vergonha, a ponto de (novidade!) as palavras me abandonarem. Talvez seja até bom, porque assim o assunto morre.

Estou prestes a dizer a elas que preciso desligar, quando escuto uma explosão, muito parecida com o estouro de um foguete de festa junina, seguida de um solavanco violento, que me joga para a frente com tamanha força que o cinto de segurança trava de repente, fazendo meu peito doer devido ao impacto.

Os pneus cantam no asfalto e eu só consigo notar que estamos fora da pista quando o carro para no acostamento. Não sei aonde foi parar meu telefone, mas ele é a última das minhas preocupações neste momento.

— Estão todos bem? — Evandro quer saber, buscando a resposta, olhando de mim para Joaquim alternadamente.

O ar escapole dos meus pulmões, obrigando-me a respirar com ansiedade. Desse modo, não dou conta de responder, porque estou quase sufocando.

Joaquim salta do banco da frente, aterrissando do meu lado com uma agilidade que eu certamente admiraria se não estivesse tão assustada. Ele dá uns tapinhas nas minhas costas, enquanto entoa:

— Calma, já está tudo bem, já está tudo bem.

Sei disso, não foi nada grave. Meu problema é que tenho trauma de acidentes de carro, desde que estive envolvida em um, com meu irmão ao volante, correndo feito piloto profissional. Ele não se machucou, mas eu quebrei o braço e tive um corte profundo no supercílio. Fiquei afastada dos treinos por mais de um mês, além de ter adquirido um pavor de barulho de pneus chiando no asfalto.

— Você se feriu em algum lugar?

Balanço a cabeça, negando, no mesmo instante em que ouço as vozes das meninas gritando desesperadas.

Retiro o cinto de segurança e me abaixo para tentar encontrar o aparelho, pois preciso acalmá-las.

— Aqui. — Joaquim me entrega o celular.

Então, explico a todas, ainda com a respiração entrecortada, que foi apenas um susto.

— Logo que souber o que houve de verdade, conto para vocês.

Evandro já está do lado de fora do carro, com a tampa do capô aberta e a cabeça enfiada lá dentro.

— Vamos sair.

Sigo Joaquim, as pernas tremendo, bambas como as de um animal recém-nascido.

Depois da noite chuvosa, o sol domina o céu. Estreito a vista para conseguir enxergar melhor e tudo que vejo é a quantidade de fumaça que sobe a partir do motor.

— Motor fundido — informa Evandro, limpando o suor da testa com o antebraço. — E olha que fizemos a revisão do carro antes de seguir viagem. — Ele volta sua atenção para mim. — Foi só um susto mesmo. Já vou acionar o seguro. Logo, logo, outro carro chega.

Aproveito para ligar para Isa, agora mais calma, e explico a situação. Sendo eu a irmã caçula, ela tende a agir como se fosse minha mãe, principalmente porque é médica — então pensa que tem uma receita para cada problema que surge — e moramos juntas.

Apesar desse instinto maternal da minha irmã, a mais forte sempre fui eu. Mas acho melhor não relembrar esse fato.

Permanecemos à beira da estrada por um bom tempo, assistindo aos carros passarem em alta velocidade. Nenhum sequer desacelera. Somos invisíveis aos montes de motoristas e passageiros, que continuam seguindo viagem sem ao menos perguntar se precisamos de algum tipo de ajuda.

Sou uma lutadora de casca dura, mas o coração é mole feito gelatina. Por isso, certas coisas me sensibilizam mais do que a outras pessoas.

— Cambada de egoístas — resmunga Joaquim.

É. Pelo jeito, não é só comigo que isso acontece.

Somos resgatados pelo carro da seguradora e levados ao hotel em Piracicaba, cidade do último evento no interior de São Paulo. Depois ganharemos novos ares, partindo para a região Centro-Oeste no dia seguinte.

Todos estamos meio abatidos, então nos encaminhamos aos nossos quartos trocando poucas palavras e despedidas rápidas. Penso em tomar um banho e me jogar na cama, mas meu corpo não está pronto para apagar. Essa ideia é exclusiva da minha cabeça.

— Boa tarde. Vocês têm academia aqui no hotel? — Ligo para a recepção e pergunto. — Uhuuu!

Executo uma cambalhota esquisita assim que a recepcionista me passa a resposta, feliz por ter, na última hora, enfiado na mala os apetrechos para a prática de exercícios físicos.

Elisa disse, na ocasião, que carregar minhas luvas de boxe era um exagero, além de gastar espaço na bagagem, sem a menor necessidade — segundo a opinião dela, que é toda prática. Porém, para mim, é questão de sobrevivência.

Eu me aobrijavento, toda determinada, e antes de sair dou uma ligada para meus pais, com quem ando falando exclusivamente por curtas mensagens no WhatsApp.

Minha mãe é quem atende, então temos uma conversa de praxe, ou seja, ela querendo confirmação de que tudo está bem, inclusive a altura dos travesseiros dos hotéis, de modo que eu não tenha dores na coluna — como se algum dia nestes meus vinte e seis anos de vida isso já tivesse acontecido.

— Seu irmão tem ligado para você?

— E ele tem tempo? O máximo que faz é me mandar umas piadas bestas.

Escuto minha mãe defender o filhinho do coração, ressaltando que o pobre menino tem uma profissão que exige muito dele. Sendo assim, temos que ter muita paciência e compreensão. Como já passei da fase de ter ciúme, só ouço, sem retrucar. Até desenvolvi uma técnica ótima para momentos como estes: ficar repetindo "aham, aham, *cê* tá certa, mãe".

Por outro lado, todo mundo sabe que a menina dos olhos do meu pai sou eu, a única que dividiu o ringue com ele por anos e, mesmo tendo crescido e partido para outras direções, mantém a tradição da família Pena — vejam só que ironia do destino esse sobrenome. Sendo assim, a conversa com Ernesto Pena é muito mais agradável.

— Pai, pedi pela internet um par raro de luvas da Everlast. Vou mandá-las de presente para você. Essas têm o autógrafo de Jon Jones, antes do doping, claro.

— Como conseguiu isso, gente? Trabalhou para o cara e eu não fiquei sabendo? — questiona com sua voz de trovão.

— Quem sabe?

O bate-papo com ele é, como sempre, gostoso, apesar dos vários puxões de orelha que recebo por isso ou por aquilo.

Gostaria que todo mundo tivesse a chance de conhecer meu pai. Ele é grandalhão, fala grosso, não é muito esclarecido, mas é uma pessoa surpreendente, com um coração de manteiga.

Desço de elevador até a academia, envolta em uma onda de alegria por ter conversado com meus pais. Sim, minha mãe é meio tendenciosa, mas também morro de amores por ela.

O que me leva a pensar na família de Joaquim.

Li que ele perdeu o pai recentemente e a mãe mora no Brasil, sua única parente aqui. Será que ele tem alguma relação com outros familiares ou amigos na Coreia? Por que se fecha mais ainda quando alguém tenta falar sobre seu país de origem? E qual é a história com seu nome verdadeiro?

Para minha sorte, a academia do hotel está vazia. As pessoas reparam quando uma mulher pratica boxe. Vivo escutando comentários preconceituosos, como "por que sua mãe não a colocou no balé?", "boxe não é coisa de menina", "se cair na porrada com um homem, apanha do mesmo jeito", e por aí vai. Precisei dar muito soco em saco de areia para não mirar outros alvos — a cara dessa gente maçante.

Ainda que não me importe com a opinião alheia, prefiro malhar sozinha, exceto quando treino na academia do meu pai ou no centro de treinamento que frequento em São Paulo.

Trouxe minha corda e é com ela que começo o aquecimento. Sei pular bonito, que nem profissional.

Ah! Esqueci a música!

Paro um minutinho para acionar uma *playlist* no celular e volto aos pulos ao som de "Shape of you", de Ed Sheeran. Junto com meu corpo, minha mente também se solta. Mais que cultuar o físico, treinar é um poderoso remédio para minha mente.

> *Say, boy, let's not talk too much*
> *Grab on my waist and put that body on me*
> *Come on now, follow my lead*
> *Come, come on now, follow my lead*

Joaquim

Vi Mariana entrar no elevador e quase não a reconheci. Se eu pretendia descer para tomar uma bebida no *scotch-bar* do hotel, mudei de ideia na mesma hora, porque os trajes dela despertaram o curioso adormecido que habita em mim.

Não bastasse o microshort e a camiseta apertada, indicando que ela estava indo malhar — o que teria passado batido se fosse só isso

—, o par de luvas de boxe pendurado em um dos ombros, além da corda no outro, fez com que eu a seguisse, tomando todo o cuidado para não ser pego nessa ação ridícula.

Mariana é uma mulher, no mínimo, peculiar. Já me imaginei fotografando-a, em um ensaio fora dos padrões, mas acredito que ela não toparia. Embora fale umas besteiras quando está fora de si, a moça é puro cálculo e planejamento.

Agora, lutadora é novidade.

A academia tem porta de vidro. Fico meio camuflado atrás de uma pilastra, enquanto Mariana demonstra sua impressionante habilidade para pular corda. Como treinei *taekwondo* por um bom tempo, reconheço nela uma atleta de primeira. Se eu tivesse que adivinhar, diria que seu esporte preferido era corrida, de tanto que ela corre trabalhando. Boxe supera qualquer conjectura que eu pudesse fazer.

Perco a conta da quantidade de saltos que Mariana dá, porque contabilizar tantos pulos sem contar com a tecnologia é quase impossível — e por me distrair (confesso) com o pedaço da barriga dela, aparente sempre que a camiseta suspende por causa do movimento de subida e descida.

Mas o mais fascinante ainda está por vir.

Primeiro ela enxuga o suor do corpo usando uma toalha puxada de dentro de uma sacola. Em seguida, calça as luvas e soca o saco de areia, armada em uma postura digna de lutadores profissionais.

O rabo de cavalo salta ao ritmo das passadas, seu corpo inteiro brilha.

Automaticamente, volto àquela promessa motivada pelo excesso de bebida. Até que não seria nada ruim se Mariana me pagasse agora.

7

Se pretende sair por cima nas paqueras de bar, não cite Anastasia Steele (com ou sem trocadilho).

Cada dia seguindo Joaquim Matos como uma sombra aumenta minha curiosidade sobre seus mistérios. Tanto que tenho anotado as questões que vêm me atormentando na agenda. Uma hora dessas, tomo coragem e o metralho de perguntas. Por que ele não gosta de ser chamado pelo nome coreano, Yoo Hwa-In? Qual o problema dele em ser claro a respeito de sua cultura? Quem eram aqueles caras com ele no bar naquela (embaraçosa) noite, todos falando em coreano?

Quero obter todas as respostas, mas sei que elas não serão oferecidas a mim em uma bandeja, no café da manhã.

Já que da parte dele é impossível alcançar algum sucesso nessa investigação, recorro ao Google, começando com um tópico básico: cultura sul-coreana. Aparecem tantas referências que fico indecisa sobre por onde iniciar. Então, decido começar pelo básico, mas o básico já é tão diferente de tudo que conheço que não sei se passo mais tempo lendo as informações ou soltando exclamações.

A Coreia do Sul é um país que acolhe os estrangeiros e que se caracteriza por sua hospitalidade.

Os coreanos costumam cumprimentar as pessoas se curvando. Ah... Já vi Joaquim fazendo isso.

Não se divide a conta; ou você convida ou é convidado, mas isso de dividir a conta "por pessoa" é malvisto. Da outra vez, Joaquim me convidou e pagou a conta. Será que agora estou devendo a contrapartida?

Bato a caneta no queixo, refletindo sobre essa possibilidade.

Eles não são muito chegados ao contato físico desnecessário. Não sei o que pensar a respeito desse tópico. Aqui no Brasil, por outro lado, não vivemos sem contato. Seria uma demonstração de frieza da parte dos coreanos?

Os coreanos têm o costume de tirar os sapatos antes de entrar em uma casa. É questão de higiene, mas também de respeito. A-rá! Disso eu sabia.

É tanta informação que chega a dar um nó na minha cabeça. Mas é tudo tão fantástico também. Que cultura diferente. Ficamos tão concentrados em nossas vidas no dia a dia, consumindo as culturas do lado ocidental como se fossem as únicas aceitáveis, que mal prestamos atenção nas demais realidades. Acabamos criando estereótipos, do tipo "japa é tudo igual", seguindo com nossas crenças prestabelecidas.

E o que falar do fenômeno K-Pop? Estou chocada com o que leio. Para mim, o hit "Gangnam Style", do PSY, tinha sido um *boom* passageiro e aleatório. Mas estava muito enganada. O estilo da música sul-coreana atual é o símbolo da expansão cultural do país. Leio, abismada, que o turismo e a diplomacia da Coreia do Sul foram impulsionados ao ritmo do gênero, que movimenta dezesseis bilhões de reais por ano.

Rapidamente saio à caça dos principais nomes desse estilo — todos impronunciáveis. Salvo alguns para ouvir mais tarde.

Até o líder norte-coreano Kim Jong-Un aprecia as melodias desse gênero musical em alta. Como dizemos em Minas: tô boba.

Como se tudo isso já não fosse novidade demais, eis que sou surpreendida por mais uma onda coreana que parece ter tido um efeito tsunami sobre o mundo: as séries de tevê, chamadas de doramas, ou melhor, k-dramas ou dramas coreanos.

Minha noite no hotel em Piracicaba é resumida a pesquisas. Vou descobrindo tantas coisas jamais imaginadas, que preciso salvá-las para voltar a ler depois.

Talvez esteja exagerando, buscando conhecer algo que não me levará a lugar algum, ou quem sabe eu acredite que minha convivência com Joaquim será mais fácil entendendo melhor sua cultura.

Independentemente da resposta, sempre gostei de aprender. Mesmo que não use essas informações para nada, já estou no lucro.

Fecho minha agenda e volto a guardá-la na bolsa. Acabei de conferir a sequência de eventos que espera Joaquim na região Centro-Oeste.

Temporariamente satisfeita, uma vez que já acertei todos os detalhes necessários para a próxima etapa da turnê, suspiro e encontro o olhar de Evandro pelo retrovisor. Sorrimos um para o outro. São nossos últimos momentos juntos.

Estamos a caminho do aeroporto de Viracopos, em Campinas, de onde partiremos em um voo à tarde para Cuiabá. Como será daqui em diante, sendo somente Joaquim e eu? Desconfio de que haverá muitos altos e baixos ao longo das próximas semanas. Fazer o quê?

— Evandro, já ouviu falar numa tal de Anastasia?

Engasgo com a água que acabei de tomar. Não acredito que esse diabo oriental está ressuscitando essa história.

— Anastasia? É escritora?

— Não sei. — Joaquim se contorce no banco para ficar cara a cara comigo. Ele puxa os óculos escuros do rosto, revelando seus olhos, e me lança um olhar que é pura safadeza. — Quem tocou no nome dela comigo foi Mariana. Pelos poucos detalhes que deu sobre a tal Anastasia, imagino que seja uma figura, no mínimo, interessante.

Armo uma expressão de desentendida, como se não fizesse a menor ideia do que ele está dizendo. Filho de uma égua. Como consegue ser tão provocador?

— Digitei o nome no Google e os resultados não fazem jus ao que esse nome sugere — continua ele, esquadrinhando meu rosto, que queima de apreensão. — Claro que aquele ex-governador de Minas Gerais eu descartei de cara.

Reviro os olhos só para, em seguida, ficar ainda mais vermelha, porque a Anastasia Steele era mestre em reviradas oculares.

— De quem você está falando, Hwa-In? Parece maluco.

— Pois é, Evandro. Concordo com você. Tem alguém entendendo alguma coisa aqui? — Pego o celular para fingir não estar preocupada com essa conversa, mas o diabo não alivia.

— Ah, essa mulher... Ela gosta de dar uma de desentendida. — Joaquim digita algo no telefone e em seguida mostra o resultado para mim. — É essa Anastasia aqui? Hmmm, acho que não também.

Claro que não se trata da personagem do conto de fadas. Mas não sou eu quem admitirá isso.

— Evandro, me ajuda com uma questão — peço. — Viajando agora sozinha com o célebre fotógrafo, como devo agir para escapar dessas provocações constantes?

— Pergunte sobre a vida pessoal dele, encha o saco com isso. Aí ele vai correr de você.

Joaquim finge que não escuta e volta a digitar.

Acredito que ele desistiu de me aporrinhar, já que o jogo deu uma pequena virada com o comentário de Evandro.

Até que ele ergue o celular, de modo triunfal.

— Anastasia Steele! Acho que é essa!

Dou um tranco, saltando do meu lugar na intenção de tomar o telefone das mãos do desgraçado. Mas Joaquim age com mais rapidez que eu.

— Só pelas fotos aqui, já entendi o que você estava propondo naquele bar. Olha, Evandro, conhece a moça?

O motorista desvia os olhos da estrada por alguns instantes. Sua expressão demonstra entendimento.

— Clarita é doida com esses filmes. Primeiro, ela leu os livros. Só falava na história por um bom tempo.

— Deixa eu ver aqui: *Cinquenta tons de cinza*...

Escondo o rosto atrás das mãos, tamanha minha vergonha. Por que tive que abrir meu bocão enquanto paquerava esse imbecil meses atrás?

— Hmmm, olha só. Começou bem: o filme é um romance erótico *best-seller*.

— O que foi que você disse para esse cara pegar no seu pé assim, Mari? — questiona Evandro.

— Argh! Nem lembro. Pelo amor de Deus, eu estava bêbada!

Joaquim continua lendo o resultado de sua maldita pesquisa, um sorriso bobo escapando pelos cantos da boca. Quero dar um gancho nesse celular.

— Essa tal de Anastasia pelo jeito bagunça a imaginação das pessoas.

Eu me dou o direito de permanecer calada, porque qualquer coisa que disser será jogado contra mim depois.

— Quer dizer que vocês dois se conheceram antes do começo da turnê?

— Não foi bem assim — desconverso.

— A verdade, Evandro, é que a Mariana tem um jeito muito particular de demonstrar admiração.

— Quando a gente bebe, Evandro, não pensa com coerência.

É um cabo de guerra em que os dois adversários não estão dispostos a ceder de maneira alguma.

— É uma pena eu ter que me separar de vocês. Tenho me divertido muito nesses últimos dias. Durante as outras turnês, os jornalistas não demonstraram ter metade do seu carisma, Mariana.

— Você não faz ideia, Evandro... — Joaquim diz, todo enigmático.

Desisto de tentar me defender. É uma luta inglória. Isso que dá fornecer motivos para gente como esse homem, que os usa como se fossem trunfos mortais. Mas uma hora eu descubro algum podre dele. Aí, ele vai ter que comer nas minhas mãos.

Sempre que derramo muitas lágrimas, meus olhos ficam meio irritados, então passo a piscar mais para lubrificá-los. Despedir-me de Evandro foi um momento que causou esse desconforto em mim, mesmo considerando um pouco exagerada a reação, afinal não o conheço tanto assim — mas já o considero bastante.

Para disfarçar, fingi que estava com vontade de fazer xixi e dei um tempinho no banheiro, antes de entregar a Joaquim um novo motivo para ser avacalhada. Joguei água no rosto, respirei fundo e repeti o mantra *não é nada de mais, não é nada de mais* até ficar (quase) convencida disso.

Evandro e eu prometemos manter contato. Ele até me convidou para conhecer sua família logo que voltar de vez à rotina em São Paulo.

— E me ligue ou mande mensagem sempre que o coreano aqui azucrinar você — falou, antes de partir.

— Então, vamos viver pendurados no telefone!

Assim que saí do banheiro, fui ao encontro de Joaquim na sala de embarque, mas ele não estava por lá. Bom, cedo ou tarde precisaria aparecer, então aproveitei para dar uma conferida em uma série coreana com alta avaliação em um dos sites que ando visitando. O dorama é um dos mais cotados entre os dorameiros, pessoas viciadas em dramas asiáticos. Abri o aplicativo no celular, coloquei os fones de ouvido e...

Faz um tempão que estou concentrada no episódio, admirada com o tanto que o trem é bom. E o ator protagonista é tão... Uau! Dou uma pausa só para anotar o nome dele — algo que requer uma cópia letra por letra. Quero pesquisar sobre ele depois.

— O que você está fazendo?

Não me assusto com a chegada abrupta de Joaquim, que se joga na cadeira ao lado da minha com um pouco de estardalhaço, e continuo de olho no episódio. Não quero — nem posso — perder um lance sequer, já que a legenda aparece miudinha na tela do meu celular.

Joaquim invade meu espaço e checa por si só, já que não lhe dou resposta alguma.

— Isso é um drama coreano?

— Sim.

— *Naneun midji anhneunda*. Não acredito — ele suspira e, pelo canto do olho, noto que esfrega os cabelos com as mãos. — O que está querendo com isso, Mariana?

— Hã? — Estou concentrada demais para dar confiança a ele.

— Perguntei por que está tão empenhada em aprender sobre a cultura sul-coreana. Eu desperto sua curiosidade tanto assim? — indaga Joaquim, puxando os fones dos meus ouvidos.

— Ei! — Eu os tomo de volta, mas pauso a transmissão, porque agora me enfezei de vez. — Não posso assistir às séries? É proibido conhecer seu país? Isso ofende você de alguma forma?

Ele solta uma gargalhada, chamando a atenção das pessoas sentadas por perto.

— Acha mesmo que esses dramas bobos são fontes confiáveis? Você sugeriria a um estrangeiro as novelas brasileiras como exemplos ideais da cultura do seu país?

Paro para pensar por alguns instantes, tentando me decidir.

— Sempre é possível assimilar um pouco da cultura de um lugar por meio da tevê e do cinema — digo, por fim. — Mas é claro que nem tudo pode ser aceito ao pé da letra. De todo modo, estou me divertindo muito. Vocês são bastante criativos.

Tento recolocar os fones, mas Joaquim me bloqueia.

— Não se vicie em doramas. É um caminho sem volta.

Reviro os olhos para ele. Não estou nem um pouco a fim de acatar esse conselho. Eu sei de mim mesma.

Passo o voo inteiro engolindo um episódio atrás do outro, a ponto de rejeitar o lanchinho servido pela comissária, o que não faço à toa, por mais que eu saiba que não vale nada em termos nutricionais. Joaquim me ignora. Não sei o que acontece com ele quando se trata da Coreia do Sul. Aliás, não sei o que acontece com ele. Ponto.

— Não darei entrevistas hoje — repete, no táxi, a caminho do hotel.

— Eu sei. Já garanti que isso não acontecerá.

— No máximo duzentas senhas para autógrafo.

— Eu sei. — Trinco os dentes para não responder como gostaria. Evandro já está fazendo falta.

Joaquim

Passo a impressão de ser temperamental, mas isso está longe de ser a realidade. Claro que tenho minhas manias e gosto de ver as coisas andando conforme planejei. Entretanto, o que consideram um temperamento irascível está mais para um gênio meio introvertido.

Meu pai foi um homem muito duro. Nunca tivemos uma relação amistosa. Para ele, eu era o meio para se chegar a um determinado fim, ou seja, era o filho que lhe garantiria uma velhice tranquila. Não houve abraços, conversas confortáveis, idas juntos a estádios, nada que revelasse um relacionamento típico de pais e filhos. Fui simplesmente Hwa-In, do começo ao fim, o menino que tinha o *dever* de obedecer ao pai, nada mais.

Estudar Jornalismo e, em seguida, me dedicar à fotografia simbolizaram um ato de rebeldia. Para minha família, extremamente arraigada à cultura da Coreia do Sul, agir por conta própria significava ir contra as nossas tradições, em que os mais velhos jamais devem ser contestados. Mas crescer no Brasil fez de mim uma pessoa diferente, o que contribuiu para a relação com meu pai minguar cada vez mais.

De tanto ouvir sermões e tomar tapas na cabeça, inevitavelmente acabei sendo afetado. Como não era daquelas crianças que se voltavam contra os castigos, eu me fechava. Por isso, terminei assim, um tanto introspectivo e tímido, características que acabam sendo interpretadas de outras formas.

Poso para mais uma *selfie*, com o punho doendo de tanto autografar os livros dos fãs. Amo meu trabalho. Fotografar é algo que faço com paixão. Mas não lido bem com esses momentos de estreita interação com o público.

Reconheço que meu lado brasileiro é forte, porém sou muito coreano na maioria dos aspectos. Abraçar e receber beijos de quem não sou íntimo me causam um incômodo enervante.

Mas vamos lá, porque faz parte do pacote. Além disso, não quero deixar a serelepe Mariana ainda mais agitada caso eu me recuse a atender até a última pessoa da fila.

— Pode dedicar este livro à minha mãe? Ela adora seu trabalho.
— Claro. Qual é o nome dela?

Atendo ao pedido da dona da senha número cento e dezesseis, enquanto percebo Mariana fazendo o trabalho dela, ora tirando fotos minhas com o público, ora digitando rapidamente no celular.

Olhando assim, jamais diria que ela é uma praticante de boxe.

Volto minha atenção ao livro, antes que acabe escrevendo besteira — por distração, já errei meu nome algumas vezes. Portanto, por estar concentrado, não consigo relatar com precisão o que realmente acontece deste momento em diante.

Primeiro, escuto um estalo. Depois as pessoas gritam. O auditório perde um pouco de luminosidade, ficando quase na penumbra. Há uma agitação, que culmina com um corpo caindo sobre mim, empurrando-me para longe da mesa, em cima da qual cai um objeto grande e aparentemente pesado. O barulho do choque lembra uma explosão.

Fui derrubado no chão e minhas costas doem. Mas não é isso que mais me apavora.

— Você está bem? Se machucou em algum lugar? — Mariana, estendida sobre mim, tateia meu rosto com as mãos. Os olhos, escuros como calda de chocolate, são duas circunferências arregaladas.

O modo como fui salvo do que acabaria se transformando em um esmagamento causado pela queda do objeto, isso sim me deixa em choque.

8

Se eu fosse descer o braço em todo mundo que me provoca, sobrariam poucos inocentes por aí — e minha manicure não duraria...

— Você é uma super-heroína ou coisa do tipo?

Massageio o ombro mais afetado pelo encontrão com o pé da mesa assim que pulei sobre Joaquim. Apesar de a radiografia ter comprovado que não houve fratura, sinto uma incômoda dorzinha, que só deve passar daqui a uns três dias.

— Porque ainda não sou capaz de assimilar a manobra que fez para me livrar daquela luminária gigantesca — Joaquim comenta, diante de mim, no café do hotel. — Na boa, a essa hora, eu estaria morto, mas passando vergonha em todos os noticiários por ter virado panqueca durante uma sessão de autógrafos.

Só rio, enquanto beberico o cappuccino que acabou de ser entregue pelo garçom.

— Sério, Mariana, preciso entender como você chegou tão rápido até mim.

— Perdi meu celular no meio dessa manobra. Deu perda total — lamento, lembrando do meu lindo aparelhinho, agora todo estraçalhado no fundo da minha bolsa.

— Vou te dar outro. Pode escolher o modelo que quiser.

Depois do "salvamento" — nem eu mesma consigo encontrar uma explicação razoável para a rapidez com que agi —, Joaquim só fica me adulando. A gratidão transborda de seus olhos.

— Li que a Coreia é o país daquela marca poderosa de eletrônicos. Pensei que fosse o Japão — divago.

— Quer o último lançamento dela? Os especialistas afirmam que dá um banho no maior concorrente, a maçãzinha americana.

— Agradeço, mas a livraria vai arcar com a compra, afinal, os responsáveis pela loja estão se sentindo muito mal com o incidente. Ninguém entende como a luminária se soltou do teto, já que houve uma vistoria recentemente.

Depois do incidente, muita gente foi parar no hospital. A correria causou pânico e algumas pessoas caíram e até chegaram a ser pisoteadas. Joaquim e eu também passamos por uma avaliação médica e só nos liberaram no meio da madrugada, quando constataram que estávamos bem.

— A imprensa só fala nesse assunto.

— Não é para menos. Quando se trata de algo com uma celebridade, as mídias se ouriçam. — Dou mais um gole na minha bebida.

Estou distraída. Por mais que a conversa com Joaquim flua, algo me incomoda.

— Não sou celebridade — retruca ele, abusando da intensidade de sua voz.

— Não? E quanto à multidão que comparece a seus eventos? E os pedidos de entrevistas, os convites para programas? Até garoto-propaganda você já foi. Lá na Coreia...

— Você fuça, hein.

Dou de ombros. É meu dever saber tudo sobre os clientes.

— Mas acho que não sou só eu que andei aparecendo em fotos publicitárias, não. Aconteceram tantas coisas depois daquela ligação de vídeo de suas amigas que acabei me esquecendo de perguntar.

Já sei o que vou ouvir, então meu corpo esfria, reagindo por antecedência.

— Por que você é conhecida como musa das academias e garota do mês de maio?

Vou matar aquelas três.

— Qual é o problema com sua memória, hein? Precisa se lembrar de tudo que os outros dizem? — Estou ganhando tempo para decidir como dar essa resposta.

— Meu cérebro registra tudo, inclusive que você está enrolando para contar a verdade. Nosso voo é só amanhã, o evento de hoje foi cancelado. Tempo não nos falta. Posso esperar uma eternidade, mas você não vai fugir dessa.

Fui encurralada. Posso até inventar uma mentira, mas precisarei ser convincente, o que dará muito trabalho. Criar desculpas é cansativo.

Com o rosto ardendo e os olhos fugindo do contato direto com Joaquim, explico:

— Fui indicada para participar de uma campanha beneficente há oito anos, representando a academia de boxe do meu pai.

Paro, esperando que Joaquim se contente, mas ele me estimula a prosseguir, fazendo um movimento com as mãos.

Suspiro.

— As "modelos" selecionadas — faço no ar o universal gesto de aspas — foram escolhidas para serem o símbolo de cada mês. Então fizemos algumas fotos e estampamos o calendário de 2011. Fim.

— Fim coisa nenhuma. Você deixou de fora uma parte muito importante dessa história: como eram as fotos?

— De roupa de academia, uai! — Meu sotaque mineiro sempre ressalta quando fico nervosa. — Conforme as doze modalidades esportivas retratadas.

— Muito inocente, imagino. — Não sei se esse fotógrafo dos infernos está tirando uma com minha cara. A expressão dele é impassível.

— Claro que sim. Senão, meu pai não teria me deixado participar.

Joaquim movimenta a cabeça, concordando comigo. Até que enfim! Escapei do escrutínio dele. Cara mais insistente.

Volto a beber o cappuccino, aliviada por ter finalizado o assunto.

— Você chama essa foto aqui de inocente?

Ele vira o celular, onde ocupo toda a extensão da tela — que é *plus*, vale destacar —, e me vejo sete anos mais nova, vestindo um shortinho preto colado na bunda e um top que só esconde o que importa. A imagem é escurecida, simulando um ambiente meio barra pesada. Estou em posição de ataque, com luvas vermelhas de couro, fingindo socar o saco de areia. Minha pele é puro brilho e óleo de amêndoas, corrigida pelo Photoshop, que me presenteou com um tom dourado que jamais adquiri, nem depois de dias na praia.

Engulo em seco a fim de umedecer a garganta ressecada pelo choque, e finjo minimizar a questão:

— Chamo, sim. Estou vestida.

— Hahaha! — Joaquim quase chora de rir. — Queria ver se não estivesse. Seu pai aprovou isso? É sério?

— Foi um trabalho beneficente. As vendas do calendário foram revertidas para um orfanato — defendo. — Não fiz nada de mais.

— Eu sei. Foi de menos mesmo.

Estou quase cometendo um assassinato com o olhar, quando vejo Joaquim tendo a audácia de salvar minha foto no celular dele.

— Você não fez isso! Apague! — Aponto o indicador para o endiabrado, metáfora do gesto que preferiria estar fazendo, ou seja, empunhando uma arma de verdade.

— Não, deixe aqui. Meu telefone não tem papel de parede.

Como se não fosse ousadia suficiente, Joaquim ainda tem a cara de pau de dar uma piscadinha para mim.

— Ah, Mariana, trabalhar ao seu lado é garantia de altas emoções.

Só quando retorno para o quarto que volto a pensar na pulga que se instalou atrás da minha orelha desde que passei a refletir racionalmente sobre o incidente de ontem no auditório da livraria.

Não sou de cismar com as coisas em vão. Tanto é que da primeira vez, apesar do susto, logo esqueci o incidente, afinal, motores de carro fundem de vez em quando. Mas uma luminária se soltar do teto e cair justamente sobre a mesa onde o artista autografa já não me parece uma coincidência infeliz. Parece?

Rolo na cama, procurando uma posição mais confortável de modo que eu possa raciocinar com clareza. Faz algum sentido levantar uma questão como essa? Porque, se em algum momento admitirmos que ocorreram dois atentados contra Joaquim, teremos que fazer algo a respeito.

Não, não. Que viagem, Mariana! O que você está querendo provar com essas ideias? Bato na testa, esforçando-me para ignorar a dúvida.

Porém, quanto mais reluto em aceitar a possibilidade, mais ela se fixa na minha imaginação.

Talvez eu devesse trocar umas palavrinhas com meu irmão.

Saio à caça do meu telefone e só depois de muito procurar pelo quarto que me lembro do que houve.

— Afe! Preciso de um novo aparelho urgentemente.

Ligo meu notebook para ter acesso aos e-mails. Vou mandar um para os organizadores do evento de ontem, lembrando-lhes do meu celular. Também preciso escrever um relatório para minha agência, descrevendo todo o incidente e explicando por que ando meio incomunicável. Em seguida, tentarei entrar em contato com o relapso do meu irmão. Falar com ele pode surtir dois efeitos distintos: um positivo, obtendo um pouco de luz para aplacar a dúvida que nasceu de repente; um negativo, escutando Miguel ressaltar como sua rotina é puxada para ter tempo de embarcar em minhas maluquices.

Mas, antes de cumprir todas as tarefas estipuladas, paro para ler o e-mail enviado pela editora. A presidente não menciona o incidente de ontem. Ângela apenas acrescenta mais um compromisso à já enorme lista de afazeres de Joaquim Matos.

Haverá um coquetel para homenagear Joaquim. Ele não gosta muito desse tipo de evento, mas é importantíssimo que compareça. Estarão presentes algumas autoridades, todas elas admiradoras do trabalho dele. Viver essa vida de celebridade requer alguns sacrifícios. Faça com que o Joaquim vá, de qualquer jeito. Envio abaixo local e data.

Torço o nariz. Prevejo chuvas e trovoadas.

Porque não posso simplesmente mandar uma mensagem para Joaquim, eu me armo de coragem para bater à sua porta. Como subimos juntos, sei que ele está no quarto. Preciso avisá-lo sobre o coquetel. Êta vida complicada.

Sigo meu caminho fazendo um exercício de controle de respiração, uma vez que estou nervosa com a perspectiva de aparecer assim, do nada, diante de Joaquim.

Desde que ele abandonou mais ou menos a fantasia de carranca, tenho andado meio confusa sobre como lidar com essa nova versão de Joaquim.

Dou umas pancadinhas na porta, tão leves que por pouco eu mesma não escutei. Hmmm, acho que não está no quarto. Aceito essa realidade, ainda que esteja consciente de que engano a mim mesma. Dou de ombros. Paciência. Adio para amanhã o recado, já querendo ficar a sós com o dorama a que estou assistindo. Não é que essas séries produzidas na Coreia são boas mesmo?

— Queria falar comigo?

Dou um pulo no meio do corredor, surpreendida pela voz de Joaquim. Nem escutei a porta dele abrindo. Jesus.

Seguro o peito com as mãos, dando meia-volta para encará-lo. Acabo um tanto quanto abalada ao vê-lo tão despojado pela primeira vez desde que nos conhecemos.

Joaquim, encostado no batente da porta de braços cruzados, usa apenas uma calça cinza de moletom e uma camiseta branca sem mangas, ressaltando os músculos definidos, sempre escondidos por baixo das roupas formais. Nossa! Algum esporte ele pratica para ficar desse jeito.

— Queria ou não falar comigo? — insisto, enquanto reparo na tatuagem que se estende do alto do ombro direito até o cotovelo.

— Ah! — Eu me obrigo a parar de olhar para o cara desse jeito, antes que emita um sinal passível de ser mal interpretado. — Sim, sim! Tenho um recado da Ângela para você.

Dando dois passos para trás, Joaquim, descalço, mantém a porta aberta, fazendo sinal para que eu entre no quarto dele.

Não queria, mas, se eu me negar, parecerei uma adolescente cheia de pudor.

Refreando um suspiro, eu o sigo. Então me lembro, subitamente, das leituras que ando fazendo sobre as tradições coreanas. Tiro as sapatilhas e as deixo arrumadinhas ao lado da porta, entrando sem os sapatos.

Recebo um olhar inquisidor, e respondo com uma expressão de quem compreende bem as coisas:

— Não se entra calçado na casa de um coreano — comento.

— Esta não é minha casa.

— Não é, mas dá no mesmo por enquanto.

— Está realmente empenhada em aprender, hein.

— Bobagem. Dessa tradição eu já sabia.

Sou puro nervoso ao invadir a privacidade de Joaquim. Por isso, fico tagarelando. É mais fácil disfarçar desse jeito.

Como já previa, ele é bem organizado. Comparando com o meu quarto, o dele é quase um modelo de *show-room*.

— É um saco ficar sem celular, senão teria mandado uma mensagem e pronto — explico, travando a maior batalha para não reparar no corpão que Joaquim tem.

— É um crime você bater à minha porta?

— É que eu não gosto de incomodar. Sei lá, vai que interrompi algo importante...

A risada de Joaquim reverbera pelo ambiente.

— Nem te conto.

Pronto. Era o que bastava para eu enrubescer. Devo estar da cor das minhas luvas de boxe.

— E então? O que veio me dizer?

Agradeço pela mudança de assunto e explico a situação. A novidade é suficiente para alterar o humor de Joaquim, que se empertiga ao ouvir a palavra coquetel.

— Detesto essas convenções — declara, demonstrando sua irritação andando de um lado para outro.

— Mas é importante que abra exceções. Você é uma figura pública. Não faz bem para a imagem ficar dando uma de antipático — pondero.

— Ser antipático não é uma intenção calculada. Simplesmente não gosto de socializar por obrigação. Aquele monte de abraços e beijos forçados, gente de sorrisos armados, zero naturalidade.

— Ah, não exagere, Hwa-In. Nem todo mundo é assim.

Estou relaxada, achando graça do discurso do fabuloso fotógrafo, até que resolvo olhar para seu rosto.

— Como foi que me chamou? — indaga, rígido feito pedra.

Penso por alguns instantes, porque não tenho muita certeza do que disse.

— Joaquim? — arrisco, afinal de que outra forma eu o chamaria, gente?

— Agora, sim. — Ele relaxa; consequentemente, eu também. — Porque do outro jeito você não pronunciou direito. Se quiser usar meu nome original, vai precisar aprender a falar certo. Yoo Hwa-In. Entendeu?

9

Há algo estranho nessa história e eu vou descobrir o que é.

Ao saber dos detalhes sobre o coquetel, descobri que deixei de fora da mala roupas do estilo esporte fino. Também, em minha defesa, jamais foi mencionado que haveria eventos chiques ao longo da turnê.

Resultado: vou para o shopping atrás de algo adequado para a ocasião. Levando em conta que não sou exatamente uma convidada, pelo menos não precisei comprar um vestido extravagante nem nada assim. De todo modo, foi um gasto não planejado. E, ainda que o traje seja básico, gerou um furo na minha conta bancária.

Quase comprei um celular também, porque até agora nada de ser ressarcida pelos organizadores do fatídico evento. Mas é um desaforo eu ter que bancar por um prejuízo do qual não tenho culpa. Resolvi, então, esperar mais um dia. Amanhã já viajo outra vez, portanto, é o máximo de paciência que posso ter.

Confiro meu delineador no espelhinho que carrego dentro da bolsa. Joaquim está taciturno desde que deixamos o hotel. Ele mal me disse um boa noite quando nos encontramos no corredor. Deve ser por conta da tensão provocada pela obrigação de ir ao coquetel. Conheço pessoas antissociais, logo, reconheço que é difícil relaxar em uma situação como essa.

Não vou dizer que eu, por outro lado, esteja calma. Como assessora de comunicação, participo de vez em quando de algumas festividades que me fazem querer fugir. Onde há muitos egos envolvidos, sobra arrogância.

Certa vez, a mulher do presidente de uma empresa que a Comunicarte representa fez de tudo para me humilhar durante um evento de inauguração de um produto novo desenvolvido pela companhia. Cismada, ela achou que eu estava dando bola para o marido dela — sendo bem sincera, era o contrário —, então me disse coisas que acabaram com meu dia. É fácil menosprezar as pessoas quando se está em uma posição privilegiada e se tem um coração ruim.

O táxi nos deixa na entrada da galeria onde acontece o coquetel. Basta Joaquim colocar os pés para fora do carro que os flashes começam a espocar. Só agora tenho a real noção do tamanho do evento que prepararam para ele, que arma um sorriso acanhado, apenas para evitar ser chamado de antipático.

Meu irmão passou por uma fase parecida. Mas, diferentemente do fotógrafo famoso e acanhado, Miguel gostava bastante dos holofotes.

Eu me coloco ao lado de Joaquim, mais parecendo sua segurança do que assessora. Entramos na galeria, toda decorada com fotos feitas por ele, e somos recebidos pelo casal que organizou o evento, também responsável pela exposição.

— Estamos lisonjeados por nos ter dado a honra de sua presença — declara a mulher, toda trabalhada no *glamour*, vestida com tamanha extravagância que meu pretinho básico parece uniforme perto do vestido dela. — Venha! Vamos circular para que possamos usufruir de sua ilustre presença.

Antes de sair completamente arrastado pelo candelabro ambulante e seu marido castiçal — que não fica nada atrás no quesito exuberância —, Joaquim me lança um olhar que é claramente um pedido de socorro. Mas o que posso fazer? Começar um cabo de guerra?

Observo-o se afastar, ciente de que passarei a noite circulando sozinha pelo ambiente. Acho que nem trabalho terei, uma vez que tudo parece perfeitamente organizado. Então, só me resta conferir de perto as obras de Joaquim, expostas em tamanho grande, quadros que permitem que os detalhes sejam vistos e admirados.

É fascinação que chama quando ficamos tão atraídos por algo que não prestamos atenção em mais nada? Eu soube, assim que comecei a assessorar Joaquim, que ele é um artista de extrema sensibilidade e reconhecido pela originalidade de suas fotos. Mas, vendo-as de perto, tudo se torna ainda mais fantástico.

— Incrível, não é?

O comentário inesperado é feito por um homem, parado bem ao meu lado, perto até demais. Espio com o canto dos olhos, verificando se as palavras são dirigidas a mim. Então, constato que ele me olha, à espera de uma resposta.

— Hmmm, sim — balbucio, um pouco incomodada com a abordagem.

— Admiro muito o trabalho do Joaquim Matos. Também sou fotógrafo e ele sempre foi uma referência.

— Ah, que bom — digo, com o entusiasmo de um jabuti.

O homem sorri, revelando duas covinhas nas bochechas, que o deixam meio fofo.

— Por favor, não me interprete mal. Puxei conversa porque vi você sozinha aqui e quis ser simpático.

O que acontece com essas pessoas que acreditam que se outra estiver sozinha é digna de pena? Sou do tipo que convive numa boa com a falta de companhia. Entre estar só ou acompanhada por conveniência, a escolha é mole, mole para mim.

— Mas parece que não deu muito certo — completa ele, interceptando o garçom que serve champanhe. — Mentira. A verdade é que vim desacompanhado. Então, estou meio deslocado aqui.

Ele me oferece uma taça.

— Não, obrigada. Estou aqui a trabalho. — E, em uma condição como essa, prefiro ficar totalmente alerta. Bebida nubla minha habilidade de interpretar.

— É mesmo? — O cara me observa com um pouco mais de atenção. — Agora fiquei curioso.

Dou uma vasculhada no salão, ganhando tempo para formular uma explicação evasiva. Durante a varredura, encontro Joaquim em uma roda de conversa. Ele tem os braços cruzados sobre o peito, demonstrando estar pouco à vontade ali, além de desatento, já que seus olhos estão pregados em mim e nesse estranho surgido do nada. Sorrio, mas não sou retribuída. Carrancudo!

— Sou assessora de imprensa do artista.

— Então, suponho que tenha uma rotina puxada, ainda mais em época de turnê, pois soube que ele viaja praticamente todos os dias.

Ergo a visão, sentindo o começo de um ligeiro incômodo. Procuro disfarçar, mas me pego analisando com mais atenção o homem diante de mim. Posso estar enganada, mas algo me soa fora de contexto, só não sei direito o que é.

Aliso meu vestido, enquanto organizo meus pensamentos. Quero me livrar dessa conversa, sem dar na cara que estou encucada.

— Li em algum lugar que dessa vez Joaquim Matos passará por todas as capitais. — Ele mantém o assunto e eu sigo alarmada.

— Ele tem muitos fãs. — Restrinjo-me a essa resposta.

Abro a boca para dar uma desculpa e escapulir, porém travo ao enxergar outros homens que me dão a sensação de serem tão suspeitos quanto esse aqui.

Será que estou ficando maluca? Os homens em questão estão reunidos, meio conversando, meio olhando ao redor. Será?

— Acho que assustei você.

— Não é isso. Quando estou trabalhando, prefiro manter o foco no serviço — desconverso, condenando-me por não ter aceitado a bebida. Cairia bem.

— Agora entendo por que desvia tanto o olhar para o Joaquim — comenta ele, com um sorriso torto. — Está mantendo o foco no serviço, então.

A piada não tem graça. O cara, na verdade, é um chato. O tipo ideal de adversário no ringue, desses que não dão pena na gente quando sangram.

— Desculpe interromper, mas vou precisar que minha assessora resolva uma questão para mim.

Sinto um frio na barriga ao ouvir a voz de Joaquim soar tão perto de onde estou. Quando foi que ele atravessou o salão e chegou aqui rápido desse jeito?

— Licença — completa ele.

Assim, enlaça meu pulso e me leva para resolver a tal questão, que imagino não passar de uma desculpa das mais esfarrapadas.

Joaquim

— Como pode isso, meu bem? Ele nasceu na Coreia, mas fala o português sem nenhum sotaque!

Até a voz da mulher contribui para aumentar a dor que massacra minha cabeça. A enxaqueca começou à tarde, enquanto me preparava psicologicamente para esta tortura fantasiada de coquetel. Piorou com o perfume da *socialite* dona da galeria e chegou a um nível quase insuportável por causa desse falatório sem fim.

Discretamente, confiro as horas em meu relógio de pulso, calculando o melhor momento para escapar sem parecer mal-agradecido. É quando vejo Mariana. Ela conversa com um homem, cujos olhos estão prestes a devorá-la inteirinha. Não o culpo. Mais cedo, quando nos encontramos no corredor do hotel, tive que fazer um esforço enorme para não apreciá-la abertamente.

Como um simples vestido preto pode ser a roupa mais bonita da noite?

Eu não deveria me incomodar com o lero-lero dos dois. O problema é que há algo estranho no ar. Mesmo a essa distância, está nítido o desconforto de Mariana.

— Ora, meu bem, o Joaquim veio para o Brasil ainda criança. Claro que falaria nosso idioma como um nativo. — Escuto o que dizem, até balanço a cabeça, concordando, mas não me importo nem um pouco com essa gente tagarelando ao meu redor.

Tudo bem que devo gratidão ao casal pelo incentivo à minha carreira, mas seria pedir demais que fossem menos exuberantes?

Adiante, Mariana troca o pé de apoio a cada minuto e não faz contato visual com o cara, que acompanha o movimento das mãos dela ao passá-las pelo vestido.

Eu vou lá! Não gosto do jeito como ele a encara.

Enquanto encurto a distância entre nós, assim que pedi licença aos anfitriões, lembro que Mariana é lutadora. Certamente não precisa de um salvador, levando em conta como me livrou de ser achatado por aquele lustre inconveniente. Entretanto, estou indo até ela mesmo assim. Aprovando meu gesto ou não, vou me intrometer no papo deles. Só porque o cara não me parece boa gente. Só por isso...

Mariana

— Pode soltar meu braço agora — aviso, porque não temos motivos para andarmos dessa forma.

Estamos nos fundos da galeria, esperando o carro que nos levará de volta ao hotel. O próprio Joaquim fez contato com o motorista, enquanto nos esgueirávamos para fora. Se eu disser que ainda estou sem celular, vou me tornar repetitiva, né? Pois é.

— Desculpe.

Sinto o pulso formigar quando Joaquim me solta.

Faz um calor dos infernos. Lá dentro, no ar-condicionado, a temperatura era ótima. Agora a transpiração chegou com força total, empapando as costas do vestido.

— Aquele cara estava incomodando você. — Aquilo não era uma pergunta.

— Mais ou menos. Alguma coisa nele não me pareceu natural, mas nada que chegasse a ser assustador. Só o achei enxerido demais.

Joaquim franze a testa e seus olhos ficam miudinhos. Que charme.

— Estava interessado na sua vida?

— Não. Na sua.

A resposta o surpreende, não sei bem de que forma.

— Sei não. Posso apostar que não era eu o alvo do interesse do cara.

— No começo, também achei que não fosse, mas mudei de opinião a partir do momento em que ele soube que sou sua assessora de comunicação.

— Você é meio desconfiada, né? Já reparei nisso.

Também reparei várias coisas que antes me passaram despercebidas. Por exemplo, Joaquim franze os lábios, cheios e saudáveis, sempre que reflete sobre algum assunto. Também emite um som pela garganta, parecido com um gemido, quando pondera. Ele gesticula pouco ao falar, diferente de mim, que quase levanto voo de tanto movimentar as mãos.

— Das duas, uma: ou o cara tentou jogar lábia em cima de você ou era um apreciador do meu trabalho, do tipo curioso. — Ele dá uma olhada para o céu e ri. — Já você é uma brigona. Cada dia que passa, fica mais fácil vê-la como uma lutadora de boxe.

O comentário dele imediatamente apaga meus pensamentos sobre o homem lá de dentro.

— Você sabe que eu treino?! — questiono, perplexa. — Tem certeza de que não é um agente secreto ou coisa parecida?

Bufo, de um jeito bem tosco. Será que essa turnê é uma pegadinha sobre a qual não me contaram, um teste de nervos? Porque não passa um dia sem que Joaquim me coloque contra a parede.

Estreito o olhar, esperando uma explicação, mas ele mantém o risinho naquele rosto que às vezes tenho vontade de estapear.

— Não faz essa cara. Por acaso é pecado eu saber dos seus gostos? Não é você que adora pesquisar, para não dizer xeretar, sobre minha cultura?

— Isso é uma confissão? — indago; as mãos enganchadas na cintura. — Está assumindo que andou xeretando?

— Ah, Mariana! — Demonstrando impaciência, Joaquim joga os braços para o alto. Ele se aproxima de mim, ficando bem perto mesmo. — Você pensa que a cultura coreana é fascinante. Eu já acho que a sua vida é bem peculiar. Então, ficamos empatados.

— Quando soube que treino, hein? — insisto.

— Digamos que você deixa pistas. Fica fácil chegar a conclusões.

— Argh!

Desisto. Arrancar informações desse homem é mais difícil que ir ao dentista para extrair os sisos.

Decido adotar uma tática nova. Se não consigo as informações que quero, vou fingir desinteresse total.

Até que o carro que nos levará de volta ao hotel chegue, permaneço de boca fechada, simulando um tédio que não estou sentindo de verdade. Tudo o que realmente quero é resolver todas as dúvidas que me incomodam ultimamente, desde que conheci esse fotógrafo sinuoso feito serpente.

No caminho, penso no meu irmão e lamento não poder ligar para ele. Se pelo menos soubesse seu número de cor, telefonaria do hotel, mas perdemos a capacidade de guardar dados desse tipo, agora que os celulares fazem as vezes da nossa memória.

— Eu vi você treinando na academia daquele outro hotel.

Do nada, no elevador subindo para nossos quartos, Joaquim me vem com essa. Vamos combinar que o cara é fã de umas declarações de efeito.

— Fiquei intrigado quando a vi saindo com as luvas de boxe penduradas no ombro.

— Ah... — murmuro. — Pois é.

Agora quem não está a fim de conversar sobre esse assunto sou eu.

As portas do elevador abrem e eu vou andando na frente.

— Ei, Mariana! — Joaquim apressa o passo. — Vou te mandar umas mensagens mais tarde. Portanto, espero resposta.

— Hã? — Ele ficou doido?

— Aqui.

De dentro do paletó, retira um objeto e, com as duas mãos, oferece-o para mim.

— Não passou da hora de ter um celular de novo?

Custo a assimilar o que vejo, até que o brilho do aparelho novinho me desperta.

— A caixa e os acessórios estão no meu quarto. Só abri para registrar meu número primeiro.

— Eu... a livraria... você... — só gaguejo, tamanha minha surpresa.

Joaquim faz um afago suave no alto da minha cabeça, como carinho feito em criança.

— Agora já foi. Aceite. É minha maneira de agradecê-la por tudo.

Alguma coisa se mexe dentro de mim, fazendo meus olhos marejarem. Contenho a emoção antes que faça papel de boba na frente desse cara multifacetado.

— Como se diz obrigado na sua língua? — pergunto, baixinho, sem conseguir olhá-lo nos olhos.

Joaquim responde rindo, abandonando a conversa antes de mim:

— *Gomawo*. — Então, para, gira o pescoço para o lado e completa: — Envio por escrito daqui a pouco.

Como ele sabia que eu estava prestes a lhe pedir esse favor?

10

Não é permitido bagunçar a imaginação da assessora.

고마워.

Faz um tempão que estou encarando a tela do meu celular novinho em folha, assimilando a única mensagem que recebi até agora: a tradução em coreano da palavra obrigado.

Por falar em celular, Joaquim me deu o modelo mais novo daquela marca que é conhecida no mundo inteiro, com aparelhos de tevê, telefones, computadores, e eu não fazia ideia de que fosse coreana. Por lá, ela fabrica até interfones, aspiradores de pó, enfim, tudo que faz parte do vasto universo dos eletros. Até carros!

Nunca tive um celular dessa marca. Sempre optei pela estratégia do custo benefício. Sendo assim, comprava, quando necessário, aqueles que cabiam no meu orçamento e me atendiam do jeito que precisava. Mas esse é um luxo só, cor violeta, todo cheio de tecnologia. Lindo!

Sei que custou caro, por isso, estou ainda mais sem graça. Joaquim achou que precisava demonstrar sua gratidão de alguma forma, mas acabou me deixando constrangida — além de apaixonada pelo meu telefoninho fofo-novo-*cute*.

Apesar do impacto causado pelo presente inesperado, meu encanto maior é pela mensagem escrita em coreano. Da primeira vez, eu pedi. Agora foi por iniciativa do próprio Joaquim. Como alguém pode ser carrancudo e doce ao mesmo tempo? Tímido e fofo? Totalmente imprevisível.

Chega de ficar perdendo tempo devaneando, Mariana. Bato palmas e dou uns pulinhos, simulando uns *jabs* no ar, como faço quando treino.

Preciso muito conversar com Miguel e expor as questões que vêm me incomodando. Sendo assim, agilizo a colocação do meu antigo chip no telefone novo, de modo que resgate os dados salvos, em especial minha agenda de contatos.

Procuro meu irmão e completo a chamada, sem ponderar se ele pode ou não atender. Não é por mim que esteja ocupado, afinal, quem gosta de dar cartaz para ele é a coruja da nossa mãe.

— Mariana, será que podemos nos falar mais tarde? Estou meio ocupado agora. — Miguel já me atende assim, para variar.

— Não podemos deixar para depois, não — retruco, inspirando fundo para não mandar um palavrão. — Se estou ligando agora, é porque o momento é este mesmo. Além disso, mata falar primeiro "alô, como tem passado, irmã querida?".

— Infantil como sempre — resmunga, mas percebo que diz isso sorrindo.

Miguel não é de todo ruim. Na verdade, é um sujeito muito bacana. Acontece que sempre foi o filhinho da mamãe, mimado até dizer chega. Depois, por obra de um acontecimento fantástico, teve seus minutos de fama e não soube muito bem como lidar com o assédio da mídia e das fãs enlouquecidas. Agora, baixada a poeira, só é meio arrogante mesmo. Nada de mais.

— Eu posso. Sou a caçula.

Trocamos algumas farpas, que aos ouvidos de estranhos soariam como ofensas, mas é nosso jeito de demonstrar afeto.

— Está trabalhando a essa hora da noite? — questiono, no meio de um bocejo.

— Por aqui, toda hora é hora. E você? Mamãe contou que está dando umas passeadas pelo país. Vida boa, hein?

Sei que está me provocando, que não pensa assim de verdade, mas mordo a isca, porque sou do tipo estressada.

— Acha mesmo que estou a passeio, ô sem noção?! Tenho ralado dia após dia, quase sem descanso.

— E dorme, à noite, em grande estilo, nos melhores hotéis.

Vontade de dar um soco.

— Precisa haver uma compensação, né?

Rimos juntos, e de repente me bate uma saudade apertada do meu irmão.

Nossa diferença de idade é de quatro anos. Crescemos em meio a murros e pontapés, tudo no maior amor fraternal. Meu pai me colocava no ringue para lutar com Miguel. Às vezes, ele me vencia, mas eu costumava descer o braço no meu irmão sem piedade. Mais tarde entendi que ele me favorecia, por pena. Nem isso, porém, tirou de mim a sensação incrível de sair vitoriosa dos embates com Miguel. Por ser o queridinho da nossa mãe, Isa e eu adorávamos pegar no pé dele, descontando o privilégio de todas as formas possíveis.

— E como andam as coisas aí em Brasília?

— Intensas como sempre.

Miguel não é de falar muito sobre o trabalho, nem pode, mas resume, do jeito que quase todo homem sabe, ou seja, com o mínimo de palavras possíveis, seu dia a dia. Faz pouco tempo que foi transferido do Rio de Janeiro para a capital do Brasil.

— Mariana, vamos lá, estou ocupado demais para ficarmos de lero-lero. Qual é o problema?

— Acesse a internet aí e dê um Google em Joaquim Matos. Vão aparecer vários, mas é o fotógrafo.

Escuto o som do teclado do computador, prova de que ele atende o meu pedido.

— O japa?

— Não fale assim. Ele é sul-coreano — corrijo-o, agora, já sendo defensora da extinção desse estereótipo ridículo.

— Tá, tá, tanto faz. Mas e aí?

Dou uma sintetizada na situação, relatando desde o princípio, quando conheci o artista Joaquim Matos — profissionalmente, porque a vez no bar eu deixo de fora, claro. Em seguida, exponho minhas desconfianças.

— Até agora, do meu ponto de vista, foram três ocasiões suspeitas, Miguel. — Uso os dedos da mão para contar. — O motor fundido, o lustre desabando sobre a mesa onde Joaquim autografava e o cara na exposição.

Meu irmão exala o ar do outro lado da linha. Ele sempre me considerou imaginativa demais. Até posso prever a desculpa que me dará.

— Mariana, entendo que um lustre se soltando do teto não é algo que vemos no dia a dia, mas os dois outros fatos não me parecem dignos de um único segundo de preocupação. Caras sem noção estão por toda parte, e quantos carros estragam diariamente na beira das estradas?

— Mas, Miguel, meu *feeling* anda em estado de alerta — rebato, exasperada.

— Você sempre vê coisas demais, Mariana. Deveria ter estudado cinema, isso sim.

— Olha só, quem sabe você...

— Gostei de ouvir sua voz. Sinto falta das minhas irmãs, embora elas sempre arrumem um jeito de me sacanear, até hoje, não é? Mas estou superocupado agora. Quando a turnê vier para Brasília, vamos marcar um almoço ou um passeio. Pode ser?

— Pode, né? — O que mais posso dizer? — Mas será que eu não tenho um pouquinho de razão?

— Mariana...

— Afe! Tá bom! Não está mais aqui quem ligou. Fui!

Atenção, senhores passageiros do voo 3122 da Voe Livre, a companhia aérea que leva você às nuvens.

— Finalmente vão chamar para o embarque! — Cutuco o braço de Joaquim, que aproveita o ócio para jogar não sei o que no celular. — Vamos!

Lamentamos informar que, devido ao mau tempo, o voo foi cancelado — informa a voz mecanizada, mais fria que o tempo lá fora.

Há um princípio de tumulto, diversas pessoas se manifestam, declarando sua insatisfação diante do balcão da companhia.

Ninguém passará a noite no aeroporto, contudo. Remanejaremos os passageiros para o hotel mais próximo. Assim que a ANAC liberar a decolagem, todos serão notificados e conduzidos ao destino com toda a segurança — completa ela, para o meu desespero.

— Precisamos estar em Porto Alegre amanhã. Você tem um almoço com jornalistas de cultura da imprensa gaúcha. — Tiro meus óculos e enfio uma das hastes na boca. — Vou passar um comunicado para a agência. Não há garantias de que chegaremos a tempo.

Que transtorno!

Joaquim só faz um ligeiro movimento com a cabeça e volta a dar atenção para o jogo. Esse homem tem sangue de barata, por acaso?

Demora até que sejamos encaminhados ao hotel. Estou exausta, irritada, com frio. E tudo só piora quando somos avisados pela recepcionista que o número de quartos disponíveis é limitado por conta da superlotação.

— O hotel mais próximo fica a quilômetros daqui — ela informa, procurando manter a calma para lidar com tantos hóspedes estressados.

Olho para Joaquim, meio de esguelha, só para conferir se ele está tão incomodado quanto eu. Afinal, passaremos a noite no mesmo quarto e isso será, no mínimo, muito constrangedor.

— Pelo menos tem duas camas? — Pergunto, baixinho, forçando a recepcionista a fazer leitura labial.

— Sim, senhora. É um quarto duplo.

Ainda assim, o alívio que eu queria sentir não vem e passo a me questionar sobre a noite debaixo do mesmo teto de Joaquim. Acho que prefiro nem dormir para evitar qualquer ruído embaraçoso.

Do outro lado da balança, meu inesperado companheiro de quarto não esboça qualquer reação. Está impassível, como apenas ele é capaz de ficar quando dá na telha.

Recebemos duas chaves da recepcionista, mas sou eu quem toma a dianteira de tudo. Mesmo com dificuldade, abro a porta e entro primeiro, dessa vez esquecendo-me de tirar os sapatos.

— Meio apertado, né? — Joaquim comenta depois de um tempo.

— As camas são muito próximas.

Tenho certeza de que conseguiremos sentir a respiração um do outro ao deitarmos.

— Quer ficar com qual?

— Qualquer uma. E você?

Andamos feito baratas tontas, ambos presos nessa rede de azar, até trombarmos no pequeno corredor entre as camas.

— Ah, desculpa.

— Foi mal.

Fico vermelha. Joaquim finge inspecionar o teto.

— Tudo bem — digo, sentando-me. — Fico com esta.

— Sem problemas. — Ele coça a nuca, revelando a tatuagem que tanto chamou minha atenção no outro dia. — Posso tomar banho primeiro?

— Claro! Vou depois de você.

Só agora Joaquim me encara abertamente, com uma expressão que não consigo decifrar.

— Você falou como um coreano dessa vez.

— Hã? — Nem imagino por quê.

Pegando a toalha dobrada sobre a cama e pendurando-a no ombro, ele me dá as costas e sai em direção ao banheiro.

— Sua missão para aprender sobre minha cultura tem começado a fazer efeito, afinal. *Chughahae*, parabéns!

Antes que dê para eu perguntar o que essa peste disse, Joaquim se tranca no banheiro. Então fico sozinha, em modo de espera, contando nos dedos quantas horas faltam para o amanhecer.

Ele já tomou banho e eu acabo de sair do meu. Permaneci mais tempo que de costume sob o chuveiro, gastando os minutos o máximo que podia.

Visto uma roupa de ginástica em vez de pijama, porque só coloquei na mala um conjunto de short (curtíssimo) e camiseta, além de uma camisola de flanela xadrez, que também serviria de camisa para um lenhador truculento.

— Que chuveiro gostoso, né? — comento ao voltar para o quarto, dando uma de descontraída.

Joaquim está recostado na cama, usando aquela maldita calça de moletom e a blusa que deixa seu físico à mostra. Ainda bem que ele não olha para mim, senão me flagraria encarando sua beleza.

Preciso confessar que de vez em quando me vem à mente imagens dele sensualizando para cima de mim. Então, sobe um calor por meu corpo, difícil de ignorar. Eu não estava enganada, mesmo bêbada e sem óculos, naquela vez, no bar. Joaquim é mesmo um gato. Não, gato é pouco. Um tigre, lindo, sedutor, magnânimo e...

— Por que não tem visualizado minhas mensagens? — Sou trazida à realidade com a reclamação. — Mandei algumas desde aquela primeira, mas você nem se deu o trabalho de verificar.

Abram alas para a volta do Senhor Carranca! Adeus, tigrão!

Pego meu celular na mesa de cabeceira e confiro. Além da palavra em coreano, não há qualquer outra enviada por ele.

— Ah! — Bato na testa, me lembrando. — Eu coloquei o antigo chip no aparelho. Da próxima vez, use meu número de sempre.

— Nunca tive esse número. Você sempre se comunicou com o Evandro, fazendo-o de intermediário entre nós.

— Mesmo? Não percebi.

Procuro Joaquim na agenda e faço uma chamada, desligando o celular assim que o dele toca.

— Pronto. Agora sabe meu número.

Com agilidade, ele me adiciona entre seus contatos. Em seguida, deixa o celular de lado e finalmente repara em mim. Com um sorriso torto, que enfeita seu rosto de uma maneira quase fatal, questiona:

— Pretende dormir assim?

— Sim. — Minha voz sai fraquinha, tamanho meu constrangimento. O verbo dormir pronunciado por Joaquim dentro do quarto que dividimos ao acaso me faz ter ideias um tanto pecaminosas.

— Não trouxe pijama?

Tusso, evitando a resposta. Enfio-me debaixo das cobertas, protegendo-me. Bocejo. O sono está vindo, afinal. Aleluia!

— Quer assistir a um filme? — sugere ele, deitado de lado, com a cabeça apoiada em uma das mãos. Os músculos desse braço estão festejando a liberdade, junto com minhas vistas, agradecidas pela bela imagem.

— Qual? — A boba e inocente ainda pergunta, dando a deixa para a pior resposta de todas.

— *Cinquenta tons de cinza.*

Jogo o travesseiro nele, usando toda a minha força, enquanto Joaquim até se dobra de tanto dar risada.

Fotógrafo sul-coreano dos infernos!

Estou com um monte de impropérios na ponta da língua, prestes a despejar tudo em cima dele, quando um barulho do lado de fora do quarto me emudece completamente. Parece o som de botas, várias, correndo pelo carpete, gerando um ruído muito específico. De repente, param, e eu tenho quase certeza de que estão diante da nossa porta, levando em conta a sombra que se insinua pela fresta.

Encaro Joaquim, meus olhos do tamanho de um pires, se bobear, e ele só interrompe as gargalhadas ao ver minha expressão.

— O que foi? — indaga, sentando-se de repente.

— Shhh! — Coloco o indicador sobre os lábios e aponto para a porta.

— O quê? — balbucia, entrando na minha onda sem captar o motivo.

Será que estou sendo paranoica? Pode ser que eu esteja enxergando aquilo que não existe?

Algo raspa na madeira do lado de fora. Pronto. Acabo de obter a confirmação de que minha mente não anda imaginando coisas. Há algo de errado acontecendo e o pivô de tudo isso é o homem a poucos palmos de distância, lindo e misterioso — e provavelmente em perigo.

11

Toda vez que bebo perto desse cara, coisas estranhas acontecem.

Dou um salto da cama, porque sou dessas que vão ao encontro do problema em vez de dar no pé. Joaquim me segue, mas, antes que eu chegue até a porta, ele agarra meu braço, impedindo-me de prosseguir.

— O que vai fazer? — questiona, tentando me ultrapassar. Ele se posiciona na minha frente, fazendo-se de escudo.

Não dou essa chance a Joaquim. Preciso, com meus próprios olhos, verificar o que está acontecendo lá fora. Eu me esquivo, correndo até o olho mágico, por onde tento enxergar o que se passa no corredor.

Não vejo coisa alguma.

Mãos fortes me empurram e um corpo rígido ocupa meu lugar.

— Mariana... — Ele solta um suspiro, ao mesmo tempo que se vira para me encarar. — Não há nada lá fora.

— Mas você também ouviu — defendo-me, sem ter certeza se estou aliviada ou cheia de frustração. — Você ouviu, Joaquim.

— Sim, mas não quer dizer nada. Hotéis são cheios de barulhos suspeitos, que no fundo não têm significado algum.

Ele vem até mim, como se estivesse pensando em me consolar, mas se interrompe antes de alcançar seu objetivo — se é que tinha mesmo um.

— O que está passando por sua cabeça, afinal? — pergunta, usando um tom de voz mais ameno que de costume.

Ainda não me conformei por não ser nada. Tanto que abro a porta e saio para o corredor, que está completamente vazio. Nem sinal de gente, sequer uma bota perdida para justificar minha neura.

— Eu podia jurar que estavam aqui — murmuro, voltando para o quarto, onde me jogo sobre a cama.

— Quem, Mariana?

— Sei lá! — Cubro a cabeça com o travesseiro e grito. Odeio a sensação de estar presa.

Não que eu tenha que comprovar meu ponto de vista. Estar enganada, pelo menos nessa situação, seria o melhor desfecho para essa história. Mas sei que existe alguma coisa no ar, muito mais esperta que eu.

— Ei. — Sinto cócegas no pé. — Que tal se sairmos para beber um pouco? A gente relaxa e você me conta o que está passando na sua cabeça.

Tiro o travesseiro do rosto e encontro Joaquim parado ao meu lado, cutucando meus dedos descobertos. Volta a fazer calor!

— Não estou muito no clima...

— Sabia que, na Coreia do Sul, negar um convite para beber é considerado uma afronta?

Não sei o que de fato acontece quando ouço essa informação que me é ofertada de graça. Sinto algo morninho cozinhando meu peito, como pão de queijo crescendo lentamente no forno.

— Você deve estar com muita pena de mim — brinco, sorrindo de modo tímido. — Notou que acabou de me dar um vislumbre de sua cultura sem que eu precisasse pedir?

Joaquim só ri e me puxa para que eu saia da cama. A força empregada faz com que eu trombe nele. Não um esbarrão de leve, mas, sim, um encontro corpo a corpo, do tipo que dá para sentir até as reentrâncias de seu abdômen. Morri!

— Vamos ao bar do hotel mesmo — Joaquim disfarça, talvez para evitar que eu me sinta ainda mais desconfortável. — Duvido que consiga dormir depois dessa descarga de adrenalina.

Ah, tigrão, há muitos outros motivos para o sumiço do meu sono neste momento. Você não faz ideia.

A bebida é servida. O garçom entrega a garrafa de cerveja que iremos dividir. Ao escolher, pensei no seguinte:

Vinho: íntimo demais (não estou em condições de estabelecer um contato minimamente próximo com esse coreano sedutor, digo, carrancudo — ato falho).

Caipivodca: muito baladeira (não foi com essa intenção que viemos confraternizar).

Uísque: detesto!

Ao olhar para a garrafa, deixo um suspiro escapar. Vou mesmo beber com o famoso Joaquim Matos, esse homem que a cada dia me apresenta uma versão diferente de si mesmo.

— Sabe qual é o costume lá na Coreia?

— Hã? — Estava distraída.

— Temos uma tradição quando nos sentamos para tomar uma bebida com alguém — declara Joaquim, mais amistoso do que nunca.

Ele segura a garrafa com apenas uma mão e faz um gesto para que eu aproxime meu copo. Em seguida, apoia a outra mão no antebraço e só então me serve.

— Quase sempre usamos ambas as mãos para entregarmos algo às pessoas, que também recebem com as duas.

Joaquim me mostra como devo segurar o copo, então copio seu gesto, meio fascinada por essa tradição tão diferente.

— Servimos nossos acompanhantes primeiro, dos mais velhos para os mais novos. Lá na Coreia, os idosos recebem todo o respeito, sem contestação.

Balanço a cabeça, concordando.

— Li sobre isso em vários sites. Além das leituras, as séries realçam as tradições de vocês o tempo todo.

— Quer dizer que continua firme e forte nos doramas? — pergunta Joaquim, batendo seu copo no meu, essa sim uma prática familiar para nós brasileiros.

Dou o primeiro gole, antes de responder, sentindo meu organismo reagir de imediato.

— Você mesmo me preveniu que seria um caminho sem volta. Natural eu estar tão viciada. São produções incríveis. — E cheia de belos atores, o que eu não esperava encontrar (mas isso não admitirei sob hipótese alguma). — E para todos os gostos.

Joaquim não diz nada. Deduzo que ele não seja muito fã das séries coreanas. Bobo. Deveria ter orgulho, isso sim.

— Vai me falar por que está tão cismada com tudo que acontece ao nosso redor? — Ele muda de assunto, olhando fixamente dentro dos meus olhos.

Não vou passar uma imagem muito positiva de mim mesma ao admitir o que estou prestes a dizer, mas Joaquim me surpreende a cada dia com sua beleza asiática. Aqui no ocidente nos acostumamos com um determinado padrão de beleza que, além de absurdo, nos cega. Talvez o maior benefício das séries coreanas na minha vida seja o reconhecimento de que é fundamental conhecermos o máximo de culturas possível para que não envelheçamos cheios de estigmas encrustados na cabeça. Beleza é algo relativo e, para mim, o cara na minha frente representa o título melhor do que qualquer outro que já vi, por aí ou na tevê.

Ignorando seu olhar profundo, concentro-me no que realmente nos trouxe aqui.

— Joaquim, você tem inimigos?

Parece que eu o assustei, considerando a expressão que ele esboça.

— Inimigos? Essa palavra não é fantasiosa demais? Lembra filmes e desenhos animados. — Em seguida, ele parece achar graça. — Desafetos, aí sim, pode ser. Quem é que não tem pelo menos um, né?

Estou com as palavras na ponta da língua para retrucar, mas ele não deixa; fala antes de mim.

— O que anda incomodando tanto você? Tem parecido desconfiada desde a queda do lustre.

— Acredito, de verdade, que alguém, ou mais de uma pessoa, esteja tentando assustar você. — Fui muito suave, então corrijo: — Não, pior. Levando em conta o carro, o lustre e os barulhos na nossa porta, assustar é pouco.

— Mas não estou assustado, Mariana — rebate ele, em um tom de voz que expressa impaciência. — Não há nada de mais acontecendo, está bem? Já passei por algumas perseguições ao longo da carreira. Ainda que você tivesse um pouco de razão, apesar de eu não acreditar nisso, seria qualquer coisa banal, bobagens de algum *hater* ou *stalker*.

Ninguém me dá ouvidos. Existe, sim, a chance de eu estar exagerando, vendo fantasmas à toa. Mas me conheço bem e sei que não sou do tipo que cisma por cismar. Enfim, se Joaquim, que seria o alvo dessa provável perseguição, não quer acreditar, vou parar de tocar no assunto. Senão vou acabar sendo vista como chata.

— Ei, não faça essa cara. Vamos aproveitar que deu tudo errado hoje para relaxarmos — sugere ele, dando mais um gole na cerveja.

Faço o mesmo, disposta a esquecer minhas neuras. Volto a pensar que ainda temos uma noite inteira pela frente. Juntos. Meu pai!

— A qual série você está assistindo? — Olho para Joaquim, que precisa apontar para meu celular, uma tática silenciosa a fim de que eu me ligue no que ele está dizendo. — Dorama.

— Ah, sim. — Meu rosto esquenta. — *Descendants of the sun*. Já ouviu falar?

— Para ser sincero, não.

Franzo o cenho, achando impossível de acreditar.

— Não pode ser! Na Coreia, o casal Song-Song deu o que falar. E entre os dorameiros espalhados pelo mundo afora, não foi diferente — suspiro. — Eles são tão lindos juntos!

— Que medo! Em tão pouco tempo, já virou esse tipo de fã?

Resumo para Joaquim tudo o que descobri sobre os atores que interpretam o casal principal dessa série. Acrescento minhas impressões sobre a Coreia do Sul, todas colhidas dos dramas e das pesquisas, às quais não me canso de recorrer.

Enquanto explico, pedimos mais uma garrafa de cerveja, além de um petisco. Olhando a cena com isenção, parece que estamos em um *happy hour* normal, igual aos que faço com minhas amigas.

Pela primeira vez, Joaquim me deixa falar e falar, sem interrupções sarcásticas ou críticas fulminantes. À medida que a bebida desce, vamos, os dois, ficando mais à vontade um com o outro.

— Quer dizer que esse casal é uma espécie de Brad Pitt e Angelina Jolie da Coreia? — debocha Joaquim.

— É, considerando que eles também se separaram, acho que eles são "Brangelina".

É bonito ver Joaquim rindo e ouvir suas risadas me encanta. Isso tem acontecido cada vez mais, o que me deixa muito envolvida com essa diferente versão do fotógrafo de múltiplas faces.

— Só queria, do fundo do coração, que Song-Song ficassem juntos para sempre, é uma pena que o casamento deles não tenha durado muito — declaro, sentindo o começo dos efeitos da bebida.

— Já vi que você é uma romântica inveterada.

— Não necessariamente. Nunca projetei nada disso para minha vida — afirmo, sem falsa modéstia, porque é a pura verdade.

Joaquim estreita o olhar para mim, e eu devolvo na mesma moeda, travando uma batalha.

Sou eu a primeira a cortar a conexão, porque de repente começo a sentir um calor preocupante.

— Tenho uma curiosidade — desconverso, segurando-me para não me abanar. — Por que algumas frases em coreano terminam com *da* ou *ka*? Não sei se é bem assim, mas notei nos diálogos entre os personagens das séries e fiquei encucada.

— É impressionante o tanto que você é observadora! — ele demonstra admiração e eu fico toda boba por causa disso. — Esses sons representam o sinal de formalidade no tratamento entre as pessoas. O discurso formal é para nos comunicarmos com os mais velhos e pessoas que ocupam cargos superiores.

— Então, vocês mudam o jeito de falar dependendo da pessoa? Deve dar um nó no cérebro...

— Tudo é questão de costume. Somos alfabetizados assim, então...

— Diga algo formalmente para mim. — Meu pedido recebe uma bufada do outro lado da mesa. — Por favor.

— *Jeo-neun han-gu-geo-reul hal jul mo-reum-ni-da.*

— Que frase grande! — Abro um sorriso enorme, chegando a sentir uma reviravolta no peito. — O que significa?

— Eu não falo coreano.

— Aham, aham — concordo, beliscando o petisco sem apagar o sorriso do meu rosto. — Acho a língua bonita.

— A maioria das pessoas não gosta. Sentem um estranhamento quando ouvem.

Meio tonta, pouso minha mão sobre a dele, de bobeira em cima da mesa. Então, olho profundamente nos olhos de Joaquim.

— As pessoas são bestas. Inglês é lindo, Europa é o máximo, Estados Unidos é o sonho de consumo. Qualquer outra cultura além não tem graça. — Soluço, daquele jeito feio mesmo, mas não perco o rebolado. — Bobinhas. Não sabem que o mundo é vasto e que o incomum é bem mais fascinante.

Se Joaquim prestou atenção no que eu disse, não sei, porque está encarando nossas mãos; olhos arregalados e boca aberta.

— Ai, desculpa! — Puxo a minha rapidamente. — Foi mal.

Ele relaxa.

— Definitivamente, bebidas alcoólicas transformam você em um ser mais falante que de costume.

Soluço de novo, no meio de uma risada.

— Meu pai insiste em afirmar que eu deveria me manter longe do álcool.

— Talvez devesse obedecê-lo.

— Que nada! — desdenho. — Com ou sem bebida, esta sou eu mesma, Mariana Pena, só um pouco mais corajosa. Ainda assim, eu.

Joaquim

Olhando para Mariana, ambos um pouco embriagados, não consigo parar de imaginá-la em um ensaio para as minhas lentes. Eu a vejo no ringue, suada e brilhando, em posição de ataque, enquanto capturo seus movimentos através do olhar da câmera.

Colocaria uma *playlist* de acordo, para entrarmos no clima, e abriria essa exceção — afinal, meu estilo fotográfico é outro —, só porque adoraria retratar essa mulher, que parece funcionar à base de energia elétrica.

Eu mesmo ando meio eletrocutado por ela. Fingir que não tenho conjecturado sobre minha assessora de comunicação tem me dado muito trabalho nos últimos dias.

Subimos de volta, rumo ao quarto que o destino quis que dividíssemos, lutando contra a instabilidade das nossas pernas. Mariana não para de rir, motivada pelos tropeços ao longo do caminho.

— Não deveria ter comprado aquele celular caro, Hwa-In. — Ela solta essa, sem aviso prévio, mais uma vez me chamando pelo nome oficial, o que bagunça minhas entranhas. — Me deixou com vergonha.

— Então, te libero dessa vergonha, porque eu quis dar, e presentes devem ser recebidos sem contestação.

— Outra norma coreana pra cima de mim?

— Essa eu adaptei.

— Hahaha! — As gargalhadas dela retumbam pelo corredor comprido. — Shhhh! Vou acordar todo mundo.

— Ainda bem que tem consciência disso. Vamos.

Pego a mão de Mariana, incentivando-a a andar mais rápido. Ela não se importa com meu apoio porque é brasileira. As coreanas, no mínimo, estranhariam a intimidade.

Alguns passos antes da nossa porta, ela tropeça de novo. Dessa vez, preciso ampará-la para que não caia de cara no chão.

— Cuidado!

— Ops!

Terminamos assim: Mariana grudada de costas na parede e eu grudado nela, prensando-a com meu corpo, como se estivéssemos prestes a nos agarrar.

Nós nos encaramos, meio sem fôlego, meio constrangidos.

Ela tem os lábios rosados, que estão entreabertos, no ponto para serem beijados. Fixo meu olhar neles, enfeitiçado. Só essa boca daria uma sessão de fotos incrível.

Mariana faz um ruído com a garganta, que eu interpreto como sendo um gemido. Aí a coisa fica feia de verdade dentro de mim. Sem pensar muito, aproximo meu rosto. Estamos quase lá. Quase. Chego a semicerrar os olhos e...

— O que é aquilo?

Ela me empurra. Envolvido pelo torpor, saio facilmente do lugar.

— Gente... — Mariana se agacha e pega do chão aquilo que me impediu de chegar ao limite com ela. Não sei se solto um palavrão ou agradeço. — Vai continuar achando que sou exagerada, Joaquim?

Em pé, ela estende as mãos, segurando a prova que Mariana provavelmente considera crucial para confirmar seus argumentos.

12

Aos poucos, tenho sido nocauteada por um adversário que luta sem a menor lealdade.

Yoo Hwa-In, chega a hora em que o devedor precisar quitar sua dívida. Acha mesmo que viverá confortavelmente sem arcar com sua responsabilidade? Estamos de olho. Não adianta ignorar nossos sinais. Você tem um prazo. Não seremos bonzinhos.

— Oh! — Levo as mãos à boca. Ao mesmo tempo, Joaquim toma o bilhete de mim.

Ando de um lado para outro dentro do quarto, apavorada com as implicações dessa ameaça por escrito. Chego a puxar os cabelos, tamanho meu pavor. Quer dizer que realmente estivemos em risco dias atrás. Nada por que passamos pode ser chamado agora de meros incidentes.

— Eu estava certa — repito pela décima vez desde que encontrei o bilhete. — Precisamos avisar a polícia. Vou ligar para o meu irmão!

Procuro o celular, que joguei sobre a cama há poucos instantes.

— Espera! — Joaquim me segura, interceptando minha intenção. — Calma. Vamos pensar primeiro. Não sei se é caso de alarmar todo mundo. Uma vez que isso vazar para a imprensa, será uma confusão.

— Joaquim... — Jogo os braços para o alto, perplexa com a tranquilidade dele. — Que outras provas serão necessárias para que você finalmente acredite que corre perigo?

— Mariana, leia bem o bilhete. Percebe como as palavras são infantis? — Ele ri. — Concordo que alguém esteja tentando me intimidar, mas não do jeito que você acredita. Isso é coisa de *hater*, como já tinha dito antes. Alguns fãs se tornam ex-fãs quando se ressentem do ídolo por uma razão qualquer. Não vamos fazer disso uma tempestade. Não quero ser caçado pela imprensa por causa de um rumor.

— Meu irmão é da polícia federal — conto, sentindo a adrenalina baixar um pouco. — Se quiser, pode fazer umas investigações.

Joaquim solta uma risada alta.

— No lugar dele, eu a mataria se fosse incomodado por conta de uma besteira.

Ele encerra o assunto se trancando no banheiro. Agora sei que perdi a batalha. Não adianta insistir, porque Joaquim não enxerga o perigo que, para mim, é iminente. Um bilhete anônimo, largado na porta de um quarto de hotel onde nos hospedamos inesperadamente, depois de uma pane no motor do carro e de um lustre gigante se espatifando de repente, não deveria ser ignorado.

Que leviano!

Antes que ele volte para o quarto, tiro uma foto do bilhete. Joaquim aprovando ou não, mostrarei para Miguel.

Por enquanto, ficarei quieta. Mesmo porque já é tarde e não há muito o que fazer no momento.

Vejo minhas roupas de ginástica, aquelas que eu havia escolhido para passar a noite, amontoadas em cima da cama. Já que o fotógrafo otimista está no banheiro, acho que não haverá problema se eu me trocar debaixo das cobertas.

Com um olho na porta e outro no malabarismo que faço, procuro me ajeitar o mais rápido possível. Assim, quando Joaquim estiver de volta, posso fingir que estou caindo de sono. Mesmo acontecendo essa reviravolta no contexto, não esqueci que houve uma espécie de amasso entre nós. Quer dizer, está certo que posso ter imaginado coisas, apesar de quase apostar que meu fotógrafo favorito esteve prestes a me beijar, tamanha sua fixação na minha boca naquele momento no corredor.

Eu me atrapalho ao enfiar a calça de ginástica, já que ela é bem apertada e custa a subir. Apavorada com a chance de ser flagrada nessas condições, tento ser rápida, mas só consigo me enrolar mais ainda.

Travo uma batalha contra o relógio. Que gastura.

— Mas o que é isso, gente?

Debaixo das cobertas, com a calça na metade das coxas, aperto os olhos com força.

— Por que está se escondendo assim? — Percebo que Joaquim está prestes a levantar a colcha, o que me faz enlouquecer.

— Não!!! — berro. — Não faça isso, pelo amor de Deus!

— O que está acontecendo aí, Mariana?

Pelo tom de voz, o safado parece estar se divertindo à minha custa.

— Só volte para o banheiro e espere lá uns dois minutos.

— Não vai me dizer que está...

— Estou! Por quê?! Você vai me processar por isso? — Perco a paciência, usando a irritação como escudo. — Só quero terminar de me vestir em paz.

— Sua maluquinha — resmunga Joaquim.

Quando escuto o ruído da porta sendo fechada, pulo no chão e me enfio na calça do jeito convencional. Preciso de mais alguns minutos para recuperar o fôlego — e a dignidade.

— Pode voltar — chamo, preferindo enfrentar o constrangimento de uma vez.

Joaquim ressurge, trazendo consigo um sorriso que comunica por si só.

Em vez de correr, ignorar, fingir de morta ou algo do tipo, ajo de outra forma, surpreendendo a nós dois: caio na gargalhada. Ele me acompanha, com gosto. Fazer o quê? Melhor rir das próprias desgraças do que lamentar pelo que não tem remédio mais.

Os dias seguintes passam sem grandes emoções. Cumprimos o cronograma de eventos sem novos incidentes, demonstrando que, até então, meus receios eram infundados.

Apesar disso, fiz o que achava ser minha obrigação. Enviei a foto do bilhete para Miguel. Mas o mal-educado do meu irmão nem se dignou a me responder. Simplesmente visualizou a mensagem e deixou por isso mesmo.

Claro que mandei ver nos xingamentos. Por mais que ele tenha me ignorado, não permiti que saísse ileso por esse desaforo.

Enfim, vida que segue. Era melhor eu estar errada mesmo e tudo isso não passar de bobagens de algum fã incompreendido.

Fizemos as capitais do Sul e agora aterrissamos na minha terra. Enquanto o avião taxia em Confins, respondo à mensagem do meu pai, que se prontificou a nos buscar no aeroporto. Por ele e minha mãe, deveríamos nos hospedar em casa.

— Um absurdo ficarem em hotel — reclamou ela quando soube que chegaríamos em breve.

Mas são critérios da editora, portanto, não tive poder para mudar o que já havia sido planejado. Sinceramente, achei melhor assim. O quanto seria constrangedor receber Joaquim na minha antiga casa? Um almoço já é mais que suficiente.

— Seu pai é Ernesto e sua mãe, Rita? — repete ele, enquanto esperamos as bagagens aparecerem na esteira. É a terceira vez que me faz essa pergunta.

Não sei por que está tão ansioso. Não é como se estivesse indo encontrar os sogros pela primeira vez. Fala sério.

Já o sentimento que me consome é a saudade. Não vejo a hora de reencontrar meu pai e minha mãe, sentir o cheiro da minha casa, olhar para as coisas que compõem o cenário de uma vida inteira e, de quebra, dar uma passada na academia, que fica bem no andar de baixo.

— Por acaso é aquela montanha ali o seu pai?

Sigo o dedo de Joaquim, que está apontando para Ernesto Pena, o gigante que acena sem cerimônia para nós, chamando a atenção do aeroporto inteiro.

Largo a alça das malas e corro para ele, que me enlaça em um abraço de urso.

— Formiguinha! — exclama papai, usando meu apelido de sempre em alto e bom som. Todos em volta riem. Também, né?

Quando me solta, finge começar uma luta contra mim, simulando uns golpes de braço. Meu rosto entra em ebulição. Quem não conhece Ernesto Pena que o compre.

— Vai dar tempo para uma sessão no ringue? — ele quer saber. — Os caras estão animados.

— Se não der, a gente arranja. Quero ver a rapaziada beijar a lona.

— É assim que se fala.

Escuto uma garganta raspando atrás de mim, mas não sou rápida o suficiente para evitar o que provavelmente será um fora do meu pai.

— Ah, então é esse o fotógrafo japonês com quem está trabalhando? — Aí! Todo mundo resume asiáticos em uma só nacionalidade. Afe!

— Pai, esse é o Joaquim, sul-coreano, na verdade.

Os dois trocam um aperto de mãos, depois de Joaquim se curvar respeitosamente, conforme o costume de seu país. Acho muito fofo quando ele faz isso.

Não sei que tipo de homem meu pai esperava encontrar, mas, pela testa franzida, deduzo que a bela estampa de Joaquim tenha despertado nele seu adormecido instinto de pai ogro.

— Senhor, é uma honra conhecê-lo.

— Pode deixar a formalidade de lado, rapaz. Me chame de Pena — diz papai, dando um tapa nas costas do agora chocado fotógrafo.

Nem sei o que pensar dessa interação, ainda mais depois dessa ironia do gigante. Nosso sobrenome é muito desproporcional à pessoa do meu pai. Joaquim percebe e segura o riso na marra.

O trajeto do aeroporto até nossa casa é cheio de questionamentos. Todas as respostas que não obtive ao longo das últimas semanas têm sido dadas de bom grado por um Joaquim acuado. Deixei que ele fosse na frente de propósito, só para ter que lidar com a falta de traquejo social do meu pai. A sensação de dar o troco às provocações dele é boa demais. Dá-lhe, papai Ernesto.

E é cada coisa que sai.

O que sua mãe faz? Seu pai morreu de quê? Com que idade veio para o Brasil? Você e minha filha dormem em quartos separados, né?

Essa última é enfeitada pelo tom de voz deliberadamente mais grave. Engasgo aqui no banco de trás, apesar de não haver motivos para meu embaraço, a não ser por aquela noite em que fomos obrigados a dormir juntos, ou melhor, dividir o quarto.

Dormir juntos? Hahaha!

— Está meio quente em Belo Horizonte, não? — comento, abanando o rosto com as mãos.

— Com este tempo? Dizem que hoje é um dos dias mais frios do ano aqui na cidade.

Os olhos de Joaquim se voltam para mim pelo retrovisor da porta e o que vejo são faíscas infernais. Esse lúcifer oriental capta todas as linguagens subliminares. Que irritante.

Em casa, minha mãe é pura simpatia. Recebe-nos com carinho e alegria, equilibrando a balança, que pendia demais para o lado troglodita do meu pai.

— Não repare na simplicidade da nossa casa — fala, sem falsa modéstia. — Mesmo agora, com nossos meninos estáveis em suas carreiras, este é o lar que guarda nossas memórias. Ernesto e eu não nos adaptaríamos em qualquer outro lugar.

A danada sabe falar bonito.

— Dá para sentir o calor humano, dona Rita. Tem que se orgulhar por manter esse aconchego, que expressa o valor que a família tem para a senhora. É muito perceptível.

— Falando assim, ele parece um guru — fofoca meu pai ao pé do meu ouvido.

— Dois rebuscados. Vão se dar bem.

As coisas transcorrem melhor do que eu esperava. Temia pelos foras de papai, que foram amenos — ufa! — e pelas contrapartidas secas de Joaquim, que não aconteceram — glória! Minha mãe preparou um banquete ao estilo mineiro, agradando a todos os paladares, especialmente o meu, que sente falta da comida dela todos os dias.

No meio do almoço, do nada, Joaquim coloca um pedaço de carne no meu prato, tirado do dele, como da outra vez. O que aqui no Brasil sugere que a pessoa não quer mais comer, lá na Coreia expressa um costume diferente, embora eu não saiba o que significa. Já vi essa cena nas séries algumas vezes, mas ficou por isso mesmo. Uma hora dessas, vou perguntar para ele.

Mamãe troca um olhar comigo, carregado de significados. Imagino o que esteja pensando, então só movo a cabeça, demonstrando que ela está enganada.

Ajudo-a com as louças, enquanto meu pai arrasta Joaquim até a academia, esperando que eu desça logo.

— Que homem bonito, Mariana! — elogia minha mãe, batendo seu quadril no meu.

— Não coloque coisas na cabeça, mãe — previno, apesar de estar inteiramente de acordo com ela.

— Coloquei nada, só estou comentando. É uma tentação. — Ela me obriga a sentar e trança meus cabelos, do mesmo jeito que gostava de fazer na minha infância. *É para não pegar piolho na escola.* — Não sei, não, mas talvez esse Joaquim esteja meio encantado por você. Te dá cada olhada...

— Imaginação sua, mãe — retruco, sem conter o calor que sobe por meu peito. — Fica doida para me ver amarrada, né?

— Queria que arranjasse um companheiro legal. É pecado desejar algo assim para as filhas? Isabel já tem o dela. Agora só falta você.

— E o Miguel, já se esqueceu? — cutuco o calcanhar de Aquiles dela. — Até hoje está solteiro, pegando e descartando mulheres a torto e a direito.

Mamãe puxa meus cabelos.

— Ai, ai, ai!

— Não fale assim do seu irmão. O pobre coitado trabalha demais. Não tem tempo para investir em um relacionamento.

Deixo que ela termine a trança, mantendo-me calada para não começar mais uma discussão. Minha mãe não assume que enxerga Miguel com mais benevolência. Talvez nem tenha consciência disso. Deixo pra lá.

Beijo sua cabeça e aviso:

— Vou descer. Se não der uma passada na academia, papai vai arrancar meu couro.

Joaquim

Ela está no ringue, cara a cara com um lutador. Seus cabelos foram trançados, parecendo mais escuros do que a cor natural deles. Veste um uniforme igual aos das lutadoras profissionais que já vi em ação e não fica devendo nada a elas no quesito condições físicas.

O pai é o juiz da luta e demonstra não dar a mínima para o fato de que alguém que ele próprio chama de Formiguinha vai enfrentar um homem aparentemente mais forte. Confesso estar um pouco apreensivo, sentimento que perde de goleada para o fascínio que me domina neste momento.

Pego minha câmera, sem pedir autorização, e ajo como um perseguidor anônimo. Se me questionarem, direi que estou registrando a luta. Tenho essa desculpa nas mãos. Mas só eu sei que tanto meus olhos quanto a lente da máquina têm somente um foco: Mariana.

De braços erguidos, capturo essa imagem. A barriga dela é definida e o suor escorre pelos sulcos. Fotografo agora apenas isso, sentindo uma pressão no meio das pernas em contrapartida. Castigo! Quem manda ficar me torturando?

Ela se esquiva de um soco. Claque! Gira para liberar um chute. Claque! A transpiração espirra em todas as direções. Claque! Claque! Enquanto isso, meu coração fica tum-tum-tum.

Ainda não é o ensaio ideal que tenho em mente. Quero Mariana em tantos outros cenários que temo acabar criando um projeto de temática única. De um jeito ou de outro, essa mulher me tira do sério.

— Argh! — grita, quando é atingida no rosto.

O soco pesado desestabiliza Mariana, que cambaleia pelo ringue. O pai dela não faz mais que urrar:

— Recupera logo, Formiguinha! A vantagem é sua!

Ver o filete de sangue que escorre a partir de sua sobrancelha esquerda me deixa meio enfurecido. Está certo isso?

Ernesto joga uma toalha, que ela usa para se limpar, não antes de eu imortalizar a cena em outra foto. Apesar do meu espanto, Mariana não se rende e retorna à luta com mais gana ainda.

Ela é forte, quase poderosa. No dia a dia, por baixo das roupas formais, exibindo sua eficiência profissional, lembra uma lebre. Mas só quem é capaz de vê-la em ação no ringue, como estou tendo essa sorte agora, reconhece a fera escondida dentro dela. Mariana mantém uma leoa aprisionada, que, quando sai à caça, salve-se quem puder.

A disputa acaba quando ela executa um golpe que derruba o oponente. Feliz, ela sai dançando sobre a lona, sob os aplausos dos caras que Mariana diz serem seus camaradas.

O pai a abraça e os dois fazem um "toca aqui", ela ainda de luvas nas mãos. Continuo fotografando, solitário em minha missão, até que minha linda assessora encara a câmera. Flagrado, interrompo os movimentos, esperando sua próxima reação. Mariana entreabre os lábios, uma imagem que tem sido motivo de tortura para mim. Descaradamente, fotografo o rosto dela. Não posso perder a chance de guardar essa expressão comigo.

Ela ofega, consequência de alguma sensação. No íntimo, torço para que seja por minha causa.

Aonde vamos parar com esse jogo, eu não sei. Estava disposto a me manter firme, mas de repente Mariana foi engolida por um abraço coletivo, que não só a tirou das minhas vistas, como fez meu peito doer de ciúme.

Que tensão. (Ou eu deveria dizer tesão?)

13

Será que estou vivendo dentro dos doramas a que ando assistindo? Tags da minha vida: trabalho, suspense, drama e... romance?

Joaquim

Assino o livro de outra apreciadora do meu trabalho, mas fico com um olho na página e outro na assessora. Ela está concentrada nos teclados do notebook equilibrado no colo, enquanto digita rapidamente. Quase não pisca. Segundo Mariana me disse mais cedo, aproveitaria o tempo dos autógrafos para escrever um *release* sobre o andamento da turnê para a agência disparar à imprensa. Faz parte de sua função.

— Nossa, amo as suas fotos e os textos que escreve sobre seus sentimentos em relação às cenas que retrata! — elogia o próximo leitor, e eu agradeço do jeito que minha timidez permite.

A noite vai fluindo, enquanto, um a um, leitores passam pela mesa segurando seu volume de *Retratos*. Apesar de viajar pelo Brasil afora falando ao público sobre esse trabalho, é quase impossível expressar o que sinto quando faço minhas fotos. Acaso, sorte, olhar, sensibilidade, técnica, é tudo isso; e também é mais.

É o sofrimento da criança, as condições sub-humanas de trabalhadores em determinadas regiões do país e do mundo, o olhar machucado de uma mãe, ou mesmo as alegrias de um dia banal, porém satisfatório.

A vida me inspira. Minha câmera é meu terceiro olho. Então, faço a fusão desses elementos e me deixo levar.

É ou não é quase impossível traduzir isso em palavras?

Para meu pai, eu fui um insolente. *Arte? Que arte? Não criei filho para que ele fosse malandro.* Dizia, em coreano, porque se recusou a ser fluente em português, mesmo morando no Brasil por mais de vinte anos, país onde se reinventou e ergueu nossa fonte de sustento.

Já minha mãe sempre foi conduzida pelo marido, ainda que tivesse suas próprias opiniões trancafiadas em sua mente para não contrariar o "chefe da família". Hoje, depois da morte do meu pai, em vez de se libertar desses anos todos de cabresto, prefere fazer do tradicionalismo com que foi criada uma bandeira, muitas vezes me julgando por escolher o caminho que eu mesmo delineei. Ainda assim, com ela o jogo é mais suave.

Ergo a cabeça de novo, pensando que veria Mariana na mesma posição de antes. Mas, não. Qual o tamanho da minha surpresa ao encontrá-la no meio de um abraço todo caloroso com um carinha que até então eu não tinha visto? E eles parecem não ter intenção de se desgrudar tão cedo.

— Hmmm... Desculpa, Joaquim, mas...

Quase erro meu nome no autógrafo. Não fosse a leitora, o livro dela estaria arruinado.

Rabisco minha assinatura rapidamente, mas volto a olhar para Mariana e o polvo que não tira seus tentáculos dela. Até eu já estou incomodado com essa invasão de seu espaço pessoal. Será que a maluquinha não percebe?

Dou uma conferida no tamanho da fila, só para verificar se restam muitas senhas ainda. Para meu desânimo, nem dá para ver o fim.

Com um olho aqui e outro lá, eu me armo de perseverança para levar essa sessão até o final sem provocar nenhum incidente. Mas fica difícil manter o foco, quando a intimidade entre os dois torna-se cada vez mais visível.

Eles riem juntos, Mariana dá tapinhas no ombro dele, ele dá três beijinhos do rosto dela, uma melação que chega a dar náuseas. Que espécie de trabalho é esse que ela está fazendo, se tem tempo para confraternizar com os outros, como se estivesse em uma festa?

— Mariângela.

— Como?

— Meu nome é Mariângela — repete a mulher.

Realmente estou muito distraído hoje.

Correção: tenho estado distraído há alguns dias e temo continuar assim, principalmente depois de ver Mariana no ringue, suando e lutando e me deixando sem fôlego por ela.

Maldita assessora que me arranjaram.

Continuo pilhado o restante da sessão, vigiando, de tempos em tempos, se o amiguinho da lebre já partiu.

Não agora.

Nem hora nenhuma.

Só mais tarde, quando o público vai embora e resta apenas o pessoal da organização, eu me levanto para esticar as pernas e fazer um alongamento com os braços. Parece que fui engessado. Busco Mariana com os olhos. Lá vem ela, toda saltitante, balançando o rabo de cavalo igual estudante do Ensino Fundamental, ombro a ombro com o pela-saco de antes.

Nanico. Os saltos dela são medianos. Mesmo assim, os dois têm quase a mesma altura.

— Tudo certo, né? — pergunta ela, a tradução da alegria.

Não falo nada, porque não sou bom com mentiras.

Demonstrando uma súbita frustração, Mariana torce o nariz para mim, disfarçadamente.

— Joaquim, esse é Romeu Lucarelli. Um jornalista amigo meu de longas datas.

Romeu?! É sério isso? Tá explicado o jeito meloso. Deve-se achar a personificação do personagem de Shakespeare.

Ele me estende a mão, mas, de última hora, resolvo cumprimentá-lo ao estilo coreano: sem contato. No entanto, minha reverência é sutil, quase sem angulação nenhuma. Nem morto vou dar tamanha confiança ao cara.

— Um prazer conhecê-lo pessoalmente — ele fala. — Admiro sua arte, mas nunca tive a oportunidade de participar de algum de seus eventos. Hoje, pude vir representando o jornal onde trabalho. Vamos fazer uma matéria sobre sua passagem por Belo Horizonte.

Até que Romeu é simpático. Não fosse a mão resvalando em Mariana, o que considero uma atitude invasiva, eu o veria com outros olhos. Talvez.

— Poderia trocar uma ou duas palavrinhas comigo?

Lanço um olhar para Mariana, daqueles que acendem fogueiras. Ela sabe que não gosto de conceder entrevistas, ainda mais quando não é algo planejado. Em retribuição, recebo um pedido mudo, por meio de uma expressão que mais parece a de um cão pedindo colo.

Eu me rendo.

Atendo o jornalista, que, crédito lhe seja dado, me faz perguntas bem razoáveis, enfatizando minha carreira e não detalhes irrelevantes ao público, que só dizem respeito a mim.

Mariana permanece por perto, aproveitando algumas informações para seu *release*. De vez em quando, ela e Romeu sorriem um para o outro, comunicando-se por meio do olhar. Pergunto-me o quanto eles são próximos. E acabo me dando conta de que nunca soube se ela tem um namorado ou alguém especial.

No fim:

— Mari, vai ficar por mais uns dias aqui em Beagá? — Romeu quer saber, todo cheio de intimidade.

Mari, pois sim.

— Dessa vez, não. Amanhã cedo vamos para São Paulo. Joaquim tem agenda recheada lá.

— Que pena! Uma hora dessas, temos que reunir a turma. O pessoal tem falado em um fim de semana na fazenda da Samira, em Mateus Leme.

— Nossa! Topo demais. Aquele lugar é maravilhoso. Só lembrança boa, hein!

Esse comentário final decreta o fim da minha paciência também.

— E então? Tudo encerrado? Podemos ir?

Mariana arma um sorriso amarelo, demonstrando não ter aprovado a interrupção do trelelê com Romeu. Mas, felizmente, não retruca. Por outro lado, envolve o cara em outro abraço interminável, enquanto os dois ficam trocando promessas de um reencontro em breve.

Quando ele se despede e finalmente parte, Mariana se vira para mim com os olhos soltando faíscas. De mãos na cintura, parecendo uma jarra com duas alças, ela me fuzila, enquanto dispara:

— O que deu em você? Está mais impaciente do que nunca. Pronto, o evento acabou. Vamos.

Ela anda na minha frente, deixando claro que quer uma certa distância.

Ainda bem que Mariana entendeu tudo errado. Quem disse que a causa da minha irritação foi o tempo de duração do evento? Vai achando isso, moça.

Mariana

O hotel em que estamos hospedados dessa vez fica na mesma avenida do shopping onde ocorreu a sessão de autógrafos de Joaquim. É tão perto que é possível voltar caminhando. Chamar um carro seria tão desnecessário quanto absurdo.

Portanto, estamos a pé, lado a lado, eu cozinhando uma pequena birra pelo comportamento de hoje de Joaquim. O dia começou tão bem. A interação com meus pais, durante o almoço, fluiu bem. Deu para perceber que os três — pai, mãe e fotógrafo — encontraram um ponto de equilíbrio que fez com que as horas juntos passassem suavemente. Eu até relaxei, depois dos tantos altos e baixos da turnê.

Depois, voltei a ficar um pouco tensa ao flagrar Joaquim fazendo umas fotos minhas no ringue. Ele se recusou a me mostrar o resultado, porque garantiu que fotografou a luta em si, e não a lutadora. E daí? Eu queria ver do mesmo jeito.

— Você esteve bastante irritadiço agora no final do evento — reclamo, chateada de verdade. Puxa, tudo transcorreu da melhor forma possível, do jeito que Joaquim gosta. — É muito difícil agradá-lo, sabia? Uma noite tão gostosa, um monte de gente bacana que apareceu só para prestigiar você, um espaço incrível. E como estava a cara do artista? Armada com uma tromba de elefante.

— Isso não é verdade. — Para variar, Joaquim me contradiz. — Fui bastante educado e até sorri para as fotos, que foram mais de duzentas.

Reviro os olhos, cansada demais para desenvolver a discussão. Meus pés estão sendo lentamente triturados pelo sapato. Quando sair de férias — espero que seja logo —, pretendo passar os dias de chinelo.

— Você é que está menos falante que de costume — comenta ele, cutucando meu ombro.

— Cansada.

— Em São Paulo, teremos um pequeno intervalo para descanso. — Entendo essa frase como uma tentativa de me consolar. Entretanto, mantenho expressão fechada. — Poderá sair com suas amigas para uma noitada.

Esse sujeito adora fazer referências àquele bendito *happy hour* em que o paquerei abertamente. Permaneço calada. Acho que assim consigo demonstrar melhor minha insatisfação com os rumos dessa conversa.

Para minha sorte, recebo um alerta de mensagem, o que me permite ignorar Joaquim sem parecer uma pessoa birrenta.

Foi bom demais rever você. Espero que não suma de novo. Da próxima vez que vier a BH, temos que sair juntos. Beijo!

— O cara está a perigo, hein.

Eu não tinha percebido que estava sendo espiada por cima dos ombros. Tiro o celular das vistas de Joaquim, enfiando-o no bolso, franzindo o cenho para demonstrar o que penso dessa invasão de espaço e de privacidade.

— Vocês parecem ser íntimos. São amigos há muito tempo?

Atravessamos a faixa de pedestres antes de eu finalmente responder.

— Namoramos por quase dois anos.

Acho que surpreendo Joaquim, que para a caminhada e se posta diante de mim, com uma expressão de quem não consegue acreditar.

— Namoraram?! E o término foi de boa?

— Foi uma decisão dos dois quando aceitei a transferência para São Paulo. Achamos que seria difícil manter o relacionamento a distância.

Aperto o casaco no peito. O vento parece ficar mais frio a cada passo que damos.

— E foi o fim mesmo? — Joaquim insiste em manter o assunto, apressando o passo para me acompanhar, já que mantive a caminhada, desviando-me dele para prosseguir.

— Tentamos reatar poucos meses depois, mas não deu certo. Percebemos que as coisas acabariam mal se insistíssemos.

Por alguns instantes, o fotógrafo não diz mais nada. Enquanto ele confabula consigo mesmo, uma sensação esquisita me pega de jeito.

Movo a cabeça à procura de algum movimento suspeito, mas apenas vejo pessoas indo e vindo pela calçada, atravessando as ruas, como nós dois. Porém minha nuca está formigando e não gosto disso.

— Será que Romeu aceitou mesmo essa separação? — especula ele. — Sei não... Ele demonstrou estar bem apaixonadinho ainda.

Morro de rir do comentário.

— Você é engraçado, Joaquim. Arma a maior carranca quando levanto questões sobre sua vida, mas fica me metralhando de perguntas sobre a minha. Acho que vou começar a barganhar informações.

Ele dá de ombros, exibindo um desdém muito falso.

— Só estou puxando assunto.

— Idem. — Pisco para ele, adorando a sensação de ter o jogo nas minhas mãos agora.

Preciso contar para Evandro, com quem vivo trocando piadinhas e memes pelo WhatsApp, sobre essa evolução.

De repente, meus olhos captam uma correria do outro lado da rua. Estou sem os óculos, mas consigo ver que são três homens, todos vestidos de preto dos pés à cabeça, e eles nos encaram, enquanto vêm em nossa direção.

Meu instinto de sobrevivência me manda reagir de imediato. Agarro o punho de Joaquim e, sem emitir nenhuma explicação, obrigo-o a correr junto comigo.

— Mariana! Ei!

Resfolegando, eu o puxo com mais força, ao mesmo tempo que busco uma saída para nós. Então, enxergo uma estreita reentrância entre duas construções, um lugar escuro, onde talvez consigamos nos camuflar.

— Aqui!

Eu me acomodo precariamente no espaço, forçando Joaquim a fazer igual. O local é tão apertado que estamos grudados um ao outro, tão próximos que sinto as batidas do coração dele.

— O que está...

— Shhhh! — Coloco o indicador sobre a boca. Preciso de silêncio para reconhecer os movimentos ao nosso redor.

Meus olhos vagueiam sem direção, porque está escuro e porque Joaquim faz sombra sobre mim. Ele é alto — e duro e forte e...

— O que está fazendo, Mariana? — sussurra, jogando ar no meu rosto.

Pela primeira vez na noite, prendo seu olhar no meu. Estive tão irritada com a postura de Joaquim que evitei encará-lo de propósito. Quando algo me incomoda, eu me esquivo — a não ser no ringue, onde parto para o ataque.

— Garantindo sua segurança — respondo, impressionada com o brilho intenso de seus olhos.

Neste momento, a atmosfera entre nós muda completamente. É como se uma tempestade estivesse prestes a desaguar. A respiração dele fica mais pesada; a minha também. A força que une nossos olhares é implacável. E os corações batem descompassados, ainda que no mesmo ritmo.

Algo inesperado acontece. Joaquim intensifica o aperto em minha cintura, onde suas mãos já se apoiavam, apenas um prelúdio de uma ação mais chocante, ainda por vir.

— Então é melhor garantir minha segurança direito.

Sendo assim, ele cola sua boca na minha, sem mais nem menos.

No começo, é só uma junção de lábios. Só? Então, por que meu coração pipoca dentro do peito?

Sinto sua respiração acelerada, igual à minha. Elas se misturam entre nós, tornando-se uma só. Não sei quem ousa primeiro, entreabrindo os lábios para abrigar os do outro, ou se ambos fazemos isso ao mesmo tempo.

Não ouço mais nada, nem passos, nem vozes, nem os carros na avenida. Meu corpo apenas reconhece a presença de Joaquim, que resolve fazer deste momento tenso um evento de grandes proporções ao me beijar sem emitir aviso prévio.

14

Vergonha é para adolescentes... e beijoqueiras.

— Me desculpe — Joaquim diz, quando a lucidez finalmente recai sobre nós, obrigando-nos a tomar certa distância. Ele reclina o corpo para mim. — *Mianhae*.

Respondo com um sorriso envergonhado. Mal sabe ele que por dentro sou incêndio florestal puro.

Que beijo foi esse, que durou tão pouco, mas corroeu minhas entranhas feito soda cáustica?

Saio apressada do beco, em busca dos homens que me fizeram tomar essa decisão de nos proteger, mas não os vejo mais. Movo a cabeça, executando uma varredura completa por onde minha vista alcança, porém não há nada para ver além do movimento normal da rua.

Joaquim leva poucos segundos a mais para também voltar à calçada, só que nem olho para ele tamanho o meu embaraço. Deus do céu, meus lábios ainda conseguem sentir os dele.

Não falamos sobre o assunto, sequer consigo respirar direito até entrar no quarto. O que acabamos de fazer, afinal?

Dou um boa noite seco para Joaquim, que retribui no mesmo tom.

Minha noite é passada em claro, olhos abertos fitando o teto. O lustre precisa de uma limpeza, aliás.

Quando vi Joaquim pela primeira vez, tive aquela reação típica de quem se sente atraído pela aparência de alguém. Mesmo um pouco bêbada — ou por isso —, quimicamente meu corpo se comportou de acordo com a situação: coração disparado, frio na barriga, boca seca, rosto queimando. Isso tudo passou assim que a noitada acabou. Voltei para casa e a vida seguiu seu percurso normal.

Reencontrar Joaquim em outras condições foi diferente. Conhecendo seu jeito, sentimentos — bons e ruins — se misturaram com a química. A atração fatalmente sofreu abalos, mas também acabou crescendo. Tudo de modo platônico, no entanto.

Até que...

"Gente, ele me beijou", falo comigo mesma, ainda na fase de não conseguir acreditar.

Reconheço que a situação nos pegou desprevenidos. Apesar disso, foi algo que conseguiu abalar minhas estruturas — e acho que as dele também, considerando o que ocorreu com... bem, nem é necessário explicar.

Noite zero, neuras dez. Como o sono foi derrotado pelos incômodos na minha cabeça, saio da cama por volta das cinco da manhã e me enfio debaixo do chuveiro, em uma temperatura escaldante para desfazer os nós do corpo. Não que me sinta revigorada depois disso, mas pelo menos posso encarar o dia como uma pessoa sem bolsas abaixo dos olhos.

Nosso voo para São Paulo parte ao meio-dia, então não preciso fazer nada com pressa. Visto uma roupa confortável, troco os saltos por um par de tênis e decido ser uma das primeiras a aparecer para o café da manhã, visto que não são nem sete horas e já estou pronta para o desjejum — e para evitar esbarrar com um certo alguém.

Para meu alívio, o restaurante do hotel está praticamente deserto. O aroma do café fresco ressuscita meus sentidos até então adormecidos. Era disso que eu precisava. Neste instante, posso fazer música e poesia com esse cheiro.

Pessoas diante de bufês de hotel, motivadas pela fartura, gostam de começar o café pelas frutas. Hoje, eu não. Vou direto na bebida, servindo minha xícara, já meio esquecida dos acontecimentos da noite passada. Escolho uma mesa de apenas dois lugares, longe da televisão — tenho horror a comer assistindo à tevê —, e beberico calmamente o café quentinho, já planejando minha volta ao balcão, que exibe uma variedade infinita de pães e bolos.

Solitária, pego meu celular e digito uma mensagem no grupo das quatro alopradas, formado por mim, Isa, Mônica e Elisa. Aviso que passarei o fim de semana em São Paulo, portanto, seria bom se marcássemos um encontro, até para parecer que voltei à minha vida normal.

Divagando sobre como passarei minhas horas livres nos próximos dias, só percebo que alguém se aproxima e ocupa o lugar vago da mesa quando já está sentado diante de mim.

Meu coração faz que nem criança em pula-pula: vai no pé e sobe à cabeça em um segundo.

— Bom dia. — Recebo o cumprimento, naquele tom de voz que gera batimentos extras em meu peito. — Então nós dois madrugamos.

— Pois é. — Concentro-me no conteúdo da minha xícara para não encarar Joaquim. — Acordei cedo.

Dizer o óbvio é uma coisa muito desagradável, principalmente para uma profissional das palavras. Mas meu raciocínio de repente se tornou meio lento. Por que será?

— Posso te fazer companhia? — questiona ele, tão desconfortável quanto eu.

— Sempre pôde, uai.

— Tem razão. Então, vou me servir e já volto.

Ele me dá as costas e eu tenho acesso livre para observá-lo caminhar até o bufê. Já tateei um pouco daquele corpo e, portanto, posso afirmar que ali vai um pedaço de tentação.

Mariana, o que você está pensando da vida?

Que resultado posso esperar de uma relação colorida com o artista a quem estou assessorando? Prazer e negócios, geralmente, não é uma boa combinação. Fico imaginando o que o nanico do meu chefe me diria se descobrisse o que ocorreu entre mim e Joaquim.

Escondo o rosto por trás das mãos, amedrontada só de pensar nessa hipótese.

— Tô ferrada — murmuro.

— Por quê?

Pulo na cadeira, pega de surpresa de novo. Esse homem não se cansa de me colocar em situações delicadas?

— Hmmm, não é nada. Só pendências lá do escritório. — Escolho uma desculpa qualquer.

— Mariana — começa ele, tão logo volta a se sentar. — Preciso esclarecer uma questão com você.

Movimento as mãos no ar, indicando que ele não precisa se preocupar em esclarecer coisa alguma.

— Fique tranquilo. Está tudo bem. Não tem que me explicar nada.

— Mas insisto em saber por que acabamos enfiados naquele beco ontem à noite.

Devagar, meu rosto cozinha, como pudim em banho-maria. Jesus, era isso que estava em pauta? Que vergonha.

— Foi uma manobra para esconder você dos caras que nos perseguiam. Daquele jeito, nós dois parecíamos, bem... — engasgo — um casal qualquer se pegando. Procuravam o fotógrafo e a assessora, deram com um enorme nada.

Joaquim suspira, mostrando que não tem mais paciência para esse assunto.

— Quem me perseguia, afinal? Mariana, isso é coisa da sua cabeça! Quer dizer que tudo agora soa suspeito para você?

Lá vamos nós de novo.

— Entre a dúvida e a chance de sermos atacados na rua, escolhi ser prevenida. — Dou de ombros, indiferente. — Poderia até não ser nada. Mas, e quanto ao bilhete? Se você não preza sua vida, eu tenho amor à minha.

Saio da mesa porque estou de olho nas guloseimas do bufê — e para me esquivar da mira de Joaquim por um momento —, mas a mão dele me breca, fazendo-me parar de pé ao seu lado.

— Aonde vai?

— Me servir.

Os olhos dele descem até meus tênis, cujos cadarços estão desamarrados, como acabo de perceber. Sem titubear nem um segundo, Joaquim se agacha aos meus pés. Custo a assimilar a intenção dele, preocupadíssima com o que essa posição repentina pode representar. Então, ele se ocupa em amarrar os laços, igual as mães têm o costume de fazer por suas crianças. Assim que termina, volta a se sentar e me olha novamente.

— Senão você poderia cair.

Essa é toda a explicação que me dá.

Um tanto atordoada, sigo em direção às guloseimas. Mas agora nem sei se ainda tenho fome.

— Evandro! — Cumprimento com um abraço o motorista que foi nos receber no aeroporto de Congonhas. — É tão bom te ver de novo!

Joaquim é mais contido, embora demonstre também estar feliz ao reencontrar o velho amigo. Só que essa alegria quase não transparece. Eu, que já consigo ler alguns sinais emitidos pelo, às vezes, Senhor Carranca, noto seu entusiasmo pela postura e pelo modo como sorri. Os dois trocam um aperto de mãos, o máximo de contato físico que ocorre entre eles.

Dentro do carro, no banco de trás, faço um relatório dos dias em que ficamos fora, obviamente omitindo alguns acontecimentos. Existem ocorrências que não precisam — nem devem — ser mencionadas.

Apenas Evandro interage comigo, pois Joaquim está quieto, mais até do que de costume. Procuro os olhos dele pelo retrovisor, mas só encontro aquele par estiloso de óculos escuros. Não dá nem para saber se está dormindo ou não.

— Tem sido uma experiência muito diferente, sabe, Evandro, mas também um incremento para minha carreira — comento, um olho no motorista, outro no celular, que não para de receber notificações de mensagens. — Fora a oportunidade única de conhecer o Brasil inteiro. Não vejo a hora de chegar a vez do Nordeste. Acredita que não conheço quase nada da região? Vontade é que não me falta.

— E não foi lá até hoje por quê? — pergunta ele, tomando um caminho que não leva ao prédio onde moro.

— Falta de dinheiro, depois de tempo.

— Pensei que fosse falta de companhia — Evandro supõe, morrendo de rir em seguida.

— Que nada, cara! Isso a Mariana aqui tem sobrando.

Eu me assusto ao ouvir, depois de horas, a voz de Joaquim, que se intrometeu na conversa com o comentário mais ridículo do mundo.

— Vocês estão nesse cabo de guerra até hoje? Que energia, hein!

Abstenho-me de palpitar.

Desde que pegamos o voo em Belo Horizonte, Joaquim está esquisito. Mal reagiu às minhas perguntas, sendo monossilábico em praticamente todas as respostas. E quando eu quis trazer à tona o beijo que ele começou, foi sucinto:

— Importa-se de falarmos sobre isso depois?

Por mim, foi até bom. Realmente não imagino o que poderia ter saído de produtivo dessa conversa.

No meio do caminho, recebo uma ligação de Elisa, que me convoca para uma saída mais tarde.

— Ah, hoje? Eu topo! — concordo. — Estou morrendo de saudade do nosso quarteto.

Nos falamos mais um pouco, mas rapidamente, porque ela está no trabalho. Tantos dias sem nos vermos e a falta que sinto das meninas já aperta.

— Tudo bem levar o Joaquim primeiro, Mariana? — Evandro verifica assim que desligo o celular. — Sua rua é mais perto da agência, para onde irei depois.

Claro que não vejo razão para criar caso e, no fundo, até acho bom. Assim terei mais um vislumbre da vida pessoal dele.

Como estamos prestes a nos despedir, depois de dias e dias colados, aproveito para repassar os próximos eventos da agenda, apesar de já ter encaminhado o roteiro para o e-mail de Joaquim. Mas um pouco de precaução não faz mal a ninguém.

— Não se esqueça da sessão de fotos bem cedo para a revista Bravíssimo — alerto por fim. — Encontrarei você lá na redação.

Infelizmente, não tenho o vislumbre que gostaria porque Joaquim mora em um prédio todo moderno em um bairro comum de São Paulo. Tão logo estacionamos rente à calçada e ele desce, esvazio os pulmões, sentindo tanto alívio quanto uma sensação de solidão.

Evandro o ajuda com as bagagens, enquanto fico parada, envolvida por um ar nostálgico, observando-o partir.

Talvez eu o tenha conjurado por meio dos meus pensamentos conflitantes. Não sei. A única coisa certa é que Joaquim desiste de manter o ritmo dos passos até a portaria do prédio e dá meia-volta, gesticulando para que eu abaixe o vidro da minha janela, onde ele apoia quando a alcança.

— Ouvi que você marcou para mais tarde um encontro com suas amigas — afirma, e eu não contenho a surpresa por saber disso. Não me lembro de ter sido tão explícita. — Não vá prometer ser Anastasia Steele por uma noite a mais ninguém, ouviu?

Reajo com ultraje, embora não tenha tempo de formular uma contrapartida, pois ele emenda:

— Essa promessa vale só para mim.

Três pares de olhos me analisam sem constrangimento algum. Estou me sentindo uma cobaia, um rato branco correndo em círculos. Elisa, Mônica e minha irmã parecem investigadoras daquelas séries de ação. Só faltam a lâmpada na minha cara e os uniformes pretos.

Bebo meu martini calmamente, degustando o sabor da bebida, que desce fazendo carinho em minha garganta. Fazia dias que não me sentia tão relaxada e à vontade.

— Mari, claro que *stalkeei* o tal Joaquim Matos na internet, porque queria saber direito com quem você anda passando esse tempão todo, de hotel em hotel. Amiga, que pedação, hein! — Mônica não é nem um pouco sutil, em nenhum aspecto da vida, é bom frisar.

Jamais contei a elas que ele é o cara daquela vez, reunido com os amigos coreanos. Pelo jeito, também não notaram.

— Espero que esteja aproveitando para assessorar outras áreas da vida dele — ela completa, levantando as sobrancelhas de modo sugestivo.

— Ela não ousaria — aposta Elisa, me provocando.

— Em seu lugar, eu não perderia tempo. O homem é solteiro? Se sim, não há impedimento algum.

Isa só observa a tagarelice das duas. Ficar quieta assim não é de seu feitio, mas pode ser porque já conversamos bastante hoje mais cedo, logo que cheguei em casa.

— Gente, ele representa meu trabalho. Acham mesmo que seria natural eu me enroscar com o Joaquim à noite e assessorá-lo de dia?

Elas se entreolham e me respondem com um sim em alto e bom tom, caindo na gargalhada em seguida.

— Isa, me ajude — suplico, porque eu mesma posso ter dado uma resposta positiva à minha pergunta, só que sem verbalizá-la, claro. — Coloque juízo na cabeça dessas loucas. Por que não falamos de vocês, hein?

— Porque sua vida anda muito mais interessante, ué — Mônica fala, sem perder de vista o movimento ao redor. Desde que terminou com o último namorado, está sempre em busca de oportunidades de se dar bem na noite. — Ao vivo, aquele japa é aquilo tudo mesmo?

— Não fale assim. É preconceituoso. Além do mais, o Joaquim é sul-coreano.

— É mesmo. Eles não gostam de ser confundidos.

— Nem é por isso, sabia? A questão é que recai nas malfadadas generalizações e nos estereótipos. Uma pessoa está além de sua etnia.

As três me encaram de bocas abertas, cada uma colorida por uma cor diferente de batom. Em seguida, me aplaudem, chamando a atenção dos frequentadores do bar.

— Gente, mas nossa bebezinha cresceu demais nas últimas semanas! — Isa faz piada, obrigando-me a revirar os olhos.

— Palhaças!

Reforço um pouco mais meu discurso, contando tudo que tenho aprendido desde que resolvi me embrenhar na cultura da Coreia do Sul. Não imaginava que deixaria minhas amigas tão espantadas ao revelar meus novos conhecimentos. Então, recordo que há pouco tempo eu também reproduzia conceitos prontos sobre os asiáticos do extremo oriente.

— Esse tal Joaquim tem causado, hein — comenta Elisa. — Precisa apresentá-lo para nós.

— Apareçam ao lançamento amanhã à noite. Vão gostar do livro.

— E temos autorização para flertar com o artista? — indaga Mônica, cheia de graça.

Isa me encara por alguns segundos, lendo algo em meus olhos que nem eu mesma consigo traduzir.

— Acho que não, meninas. Se não estou enganada, esse aí é território proibido, há meses inclusive.

— Hã?

— Como é?

Minha irmã é a rainha da perspicácia. Quer dizer que a danada reparou, né?

— O famoso e inacessível Joaquim é o mesmo cara que a Mari secou exatamente aqui neste bar, tempos atrás. Não lembram?

— O da mesa cheia de japas? Digo, outros homens? — Elisa se corrige.

— Uau! Espero que ele não tenha boa memória — diz Mônica.

— Senão, amiga, vai ter que pagar cada uma das promessas feitas... se é que já não pagou.

15

Agindo informalmente...

Não contei para as meninas sobre o beijo. Acabaria sendo mal interpretado e eu teria que repetir dezenas de vezes que não significou nada. Mas será que não mesmo? É isso que venho me perguntando a cada cinco minutos e não consigo chegar a resposta alguma.

Outra pessoa poderia ser a agente desse esclarecimento, mas perguntar a Joaquim está fora de questão, principalmente quando eu mesma ando tão confusa. Não sei se estou preparada para um veredito, seja ele qual for.

Se esse assunto não foi levado à tona durante meu encontro com as três, não posso dizer o mesmo do meu esbarrão em Romeu em Belo Horizonte. Contei como foi, o que gerou mais uma sessão de indagações, do tipo *não bateu sequer uma vontadezinha de beijá-lo?*

Mônica, Elisa e principalmente minha irmã conhecem bem os detalhes dessa história antiga. Portanto, foi mais fácil lidar com questões relacionadas ao meu passado com Romeu do que estender a conversa sobre Joaquim.

Nossa. De repente, minha vida se transformou em um drama. Só falta a trilha sonora — ou OST (*original sound track*), para ser fiel aos amados doramas.

Faz tempo que cheguei em casa. Estive no escritório em uma reunião com o chefe, que quis ouvir de mim um relatório completo da turnê, como se eu não o atualizasse diariamente, por escrito. Devo ter recebido elogios por parte da Só Pra Ler, porque Alfredo estava todo amistoso comigo. Até elogiou meu trabalho.

Depois fui para a sessão de fotos da Bravíssimo com Joaquim, mas nós dois quase não nos falamos direito, porque ele ficou bastante ocupado, enquanto a mim, restou admirar sua estampa de galã ao ser fotografado.

Vez ou outra, ele desviava o olhar para onde eu estava sentada, o que me fazia ter uns calafrios preocupantes. No foco de uma câmera, o danado transparece ainda mais nitidamente sua masculinidade.

Assim que o compromisso acabou, mais uma vez ele me surpreendeu com suas declarações de impacto — não me curei da última até agora: *Não vá prometer ser Anastasia Steele por uma noite a mais ninguém, ouviu? Essa promessa vale só para mim.* Joaquim sabe abalar minhas estruturas emocionais.

— Aproveite bastante a companhia das suas amigas neste fim de semana — aconselhou, com um olhar misterioso, quando foi liberado pela fotógrafa. — Porque temos muitas viagens pela frente ainda, sem novas paradinhas aqui em São Paulo.

Como se eu não tivesse acesso livre e irrestrito à sua agenda.

Dito isso, seguiu o caminho dele e eu, o meu, já que tinha combinado de almoçar com Isa e Otávio.

À noite, nós nos encontramos outra vez, para o evento do lançamento de *Retratos* em uma livraria da Avenida Paulista. Dessa vez, Joaquim demonstrou estar um pouco mais à vontade no papel de artista conhecido, talvez por São Paulo ser sua praça.

Mônica e Elisa estiveram presentes e não pouparam exclamações ao se depararem com Joaquim ao vivo. Matracaram no meu ouvido o quanto puderam, ou seja, enquanto durou o evento, mas felizmente elas não esperaram o fim dos autógrafos. A fila estava enorme. Tremo só de imaginar aonde aquelas duas acabariam chegando caso tivessem a chance de conversar com o fotógrafo.

Isa, por sua vez, passaria a noite de plantão no hospital e não pôde comparecer. Uma metralhadora a menos.

Estico o corpo na cama e solto um suspiro longo e relaxante. Há muitas coisas mexendo com minhas emoções, por isso esse sossego raro não tem preço.

Infelizmente, para meu desespero, ele dura pouco. Meu celular dá sinal de vida, notificando-me a chegada de novas mensagens no grupo. Eu poderia ignorá-las, mas não tenho desprendimento suficiente para isso.

Só nós 4
Mônica:
Mari, minha filha, e não é que seu coreano é algo assim... nem sei explicar.
Elisa:
Ainda mais bonito pessoalmente. Isa, você perdeu.

Daí em diante, nosso grupo dispara. A sequência de mensagens é interminável, o que me leva a parar de acompanhar a conversa. Elas são terríveis.

Ignoro o celular e me ajeito para curtir mais um capítulo da nova série que estou vendo. O ator que interpreta o protagonista é um tal de Gong Yoo e isso, por si só, é motivo suficiente para prender minha atenção.

Estou tão envolvida com o enredo que mal me dou conta de que meu telefone volta a notificar a chegada de novas mensagens. Penso em fingir que não percebi os avisos. O problema é que meu olhar recai automaticamente sobre a tela, fazendo-me mudar de ideia no mesmo instante.

Joaquim:
Tem planos para amanhã?

Meus hormônios se sacodem, instigados pelas possibilidades amplas por essa pergunta tão genérica.

Joaquim:
Sei que é sua folga, mas pensei que gostaria de conhecer as tradições sul-coreanas. E não estou me referindo às séries bregas que você assiste.
Eu:
Não são bregas. Respeito é bom e Park Seo-joon há de gostar.
Joaquim:
Quem? Prefiro quando cita Anastasia.

Ele é terrível!

Joaquim:
E aí? Que tal dar um passeio pelo Bom Retiro?

É um convite, no mínimo, inusitado, principalmente vindo depois dos nossos últimos encontros, em que dialogamos praticamente no modo monossilábico.
Assusto-me com o novo toque do telefone; eu estava divagando.

Joaquim:
Sabe que é um bairro de imigrantes da Coreia, né?
Eu:
Não sabia. Mesmo?
Joaquim:
Suas pesquisas não são tão eficientes. E aí? Topa?

Quer saber, não vou pensar duas vezes.

Eu:
Ye. Caso não saiba, é sim em coreano. ;)

— Hoje não tem evento? — Encostada no batente da porta do meu quarto, Isa me questiona com ares de incerteza.

— Não — respondo, fingindo despreocupação, como se já não tivesse experimentado quase meu guarda-roupa inteiro.

— Vai aonde então?

— É que o Joaquim me chamou para conhecer o Bom Retiro, o bairro dos sul-coreanos. Conhece? — Verifico se estou bem, ainda que tenha optado por uma simples calça jeans, uma jaqueta e um par de tênis mais descolado.

— Coloque um lenço colorido aí nesse pescoço. Você está muito sem graça vestida assim.

Minha irmã ignora a pergunta. Mesmo assim, eu a obedeço.

— Bem melhor agora.

Passo um batom para finalizar o look, penduro minha bolsa no ombro e sorrio para Isa, de modo que ela entenda que precisa liberar a passagem para que eu consiga sair do quarto. Mas, em vez disso, ela apoia as mãos nos meus ombros, encarando-me em seguida.

— Tudo bem sair com o Joaquim sem ser por motivos profissionais? Não que eu tenha alguma coisa contra, mas me preocupo com você, Mari. Não quero que ele a desmereça. Alguns homens tratam as mulheres com quem trabalham com desrespeito, para não dizer coisa pior.

— Ele não é assim, Isa. Taciturno, às vezes introvertido, isso sim. Mas jamais deixou de me respeitar, mesmo quando me provoca.

Recebo um abraço, gesto típico da personalidade da minha irmã, uma pessoa muito carinhosa e delicada.

— Já se olhou no espelho quando fala dele? Seus olhos brilham.

— Não inventa, irmã.

Eu me esquivo, tanto do abraço quanto do comentário, saindo em seguida, porque há grandes chances de eu já estar atrasada.

Assim que passo pela portaria do prédio, já vejo Joaquim. Ele está do lado de fora do carro, encostado na porta do carona, de braços cruzados, usando seus inseparáveis óculos escuros, que o deixam com ar de misterioso — além de superssexy.

Durante esse tempo em que estamos trabalhando juntos, sempre o vi com roupas formais, embora cheias de estilo. Mas hoje, não. É impossível não reparar no jeans surrado, na blusa de malha apertadinha e nos tênis. Joaquim é a personificação do pecado. Acho que vou para o inferno.

Eu me aproximo, impossibilitada de controlar as batidas do meu coração. O beijo inesperado vem cobrando um preço bem alto. Temo me tornar uma eterna devedora.

Não sei como cumprimentá-lo. Nós nunca fizemos mais que abanar a cabeça um para o outro — se não contarmos o beijo. Se bem que nunca estivemos nessa situação. Nosso contato, até hoje, foi estritamente profissional.

— Não queria ter me atrasado, mas minha irmã...

Como terminar meu raciocínio depois de ser puxada para um abraço caloroso? Sem ao menos uma palavra prévia, de repente me encontro nos braços sarados do fotógrafo mais surpreendente do universo.

— Se estivéssemos na Coreia — ele começa depois de me soltar —, avisaria a você que hoje dispenso ser tratado com formalidade.

Joaquim abre a porta para mim. Sento no banco do carona, um tanto confusa com tudo. Observo-o contornar o carro e ocupar seu lugar na direção.

— Sem honoríficos, inclusive — completa Joaquim, e eu continuo sem entender nada. — Suas pesquisas não ensinaram isso a você?

Mais falante do que nunca — e eu com a língua travada de espanto —, ele me explica o que não fui capaz de perceber sozinha.

— Na Coreia do Sul, quando se fala com alguém com um *status* superior ao seu ou com uma pessoa mais velha, deve-se indicar essa superioridade com os honoríficos. Por exemplo, uma mulher com mais de trinta e cinco anos normalmente é chamada de *ajumma*. Se for homem, *ajusshi*.

— *Status* superior? — repito, estranhando a colocação.

Joaquim dá a partida no carro antes de prosseguir com a explicação:

— Quando digo superioridade, Mariana, não é no sentido ruim e esnobe, como se significasse "sou melhor que você". Acontece que, lá na Coreia, idade é algo muito respeitado. Se você é mais velho, consequentemente tem mais experiência, portanto, merece ser mais respeitado. Não é sobre ser esnobe, é cultural.

— Entendo. Por aqui, soa estranho. Mas não seria nada mal ter um pouco desse respeito aos mais velhos disseminado entre os brasileiros também — comento, lembrando-me de algumas referências captadas assistindo aos doramas.

— Minha mãe vive dizendo isso. Ela fica irada por ser tratada de igual para igual pelos mais jovens, mesmo já morando aqui há anos.

Não verbalizo, embora pressinta que a senhora em questão talvez seja do tipo osso duro de roer.

Joaquim aprofunda a explanação sobre os honoríficos e, a cada detalhe incluído, vou ficando mais admirada com nossas diferenças culturais.

— Nossa linguagem expressa muito a questão da hierarquia e do respeito. Mas confesso que há um certo exagero. Sendo também um pouco brasileiro, acabo tendo uma visão mais crítica.

— E sua mãe concorda com isso? — questiono, até para entrar um pouquinho mais na vida pessoal dele.

— Se ela faz questão, não me custa tratá-la como quer, né?

Concordo, voltando os olhos para a cidade do lado de fora. Quem diria que tantas mudanças ocorreriam em tão pouco tempo? Tenho certeza de que não sou a mesma Mariana de antes da turnê, principalmente no que diz respeito ao modo de enxergar outras culturas.

— Sabia que até namorados têm uma forma especial de serem chamados pelos companheiros? *Oppa*, caso o cara seja pouco mais velho que ela, e *noona*, se for o contrário.

— Ah não! Peraí! Aí já é um pouco demais, não? Demonstrar respeito pelo namorado no tratamento? — Dou um pulo no banco, indignada. — Eu me recusaria!

Joaquim solta uma gargalhada com gosto.

— Não tem essa conotação que está passando por sua cabeça.

Cruzo os braços, como se estivesse me protegendo.

— Se pudesse ver sua cara agora, acharia graça de si mesma.

— É porque estou boba.

— Sem necessidade...

À medida que vamos avançando pelo Bom Retiro, já é possível perceber a influência das tradições sul-coreanas em São Paulo, principalmente no comércio. Não resisto a abrir a câmera do celular e sair fotografando cada fachada típica, cada placa escrita com os caracteres do idioma. Bate em mim a sensação de que viajei para o outro lado do mundo ou acabei de entrar nas séries que tenho amado acompanhar.

— Já que anda visitando nossa cultura por meio dos doramas, diz aí o que gostaria de conhecer primeiro — oferece Joaquim, enquanto procura uma vaga para estacionar o carro.

— Ah, quero... Quero experimentar soju, comer kimchi, ir a um karaokê — brinco, porque qualquer opção é válida. — E, claro, preciso saber se miojo e ramyeon têm o mesmo gosto.

— Então acho que teremos que voltar aqui mais vezes, porque é muita coisa para um dia só.

Faço beicinho, imitando as atrizes quando querem simular manha.

— Tem um lugar incrível que vai atender várias de suas expectativas. Mas quero ver você experimentar de tudo. Nós, coreanos, temos muito orgulho da nossa culinária.

Aceito o desafio movimentando a cabeça de modo positivo. Puxa, estou tão empolgada. Parece até que estou no primeiro encontro amoroso da minha vida.

Bom, se fosse um encontro amoroso, claro. Ai, ainda bem que só pensei e não expus esse lapso em voz alta.

16

Desta vez, não direi uma só palavra. Ele que se explique, se assim quiser.

Joaquim

Observo, encantado, Mariana experimentar a infinidade de comida servida. Acho que eu nunca tinha visto um não coreano comer com tanto gosto os pratos típicos do meu país.

Ela não se faz de rogada. Mesmo diante de tantas opções, Mariana manipula com destreza os *jeotgarak*, que a maioria das pessoas conhece como *hashis*, nome japonês dos famosos palitinhos. E com eles manda para dentro da boca tudo que vê pela frente.

Entre uma abocanhada e outra, vira um copo de soju, e eu preciso esclarecer a todo momento que o teor alcoólico do vinho de arroz não é pouca coisa, não. Mas Mariana está radiante, igual a uma colegial cheia de vitalidade e de encanto pela vida.

É impossível não me perder na imagem dela. Tenho tantas coisas para lhe dizer, o que pode estragar esse clima contagiante que se instalou entre nós. Logo, aproveito para observá-la mais um pouco antes de entrar no assunto que estou cozinhando desde aquela noite em Belo Horizonte. Corro o sério risco de acabar mal interpretado, mas penso que ser honesto sobre meus sentimentos em relação a Mariana é o mínimo que ela merece.

— Cara, é tudo tão gostoso! — exclama, de boca cheia, gemendo ao provar mais um pouco de *jjajangmyun*, nosso famoso macarrão com feijão preto. — Vivi uma vida inteira acreditando que comida italiana é a melhor do mundo, depois da brasileira. Isso porque ninguém me apresentou a de vocês antes.

Ela leva a mão à garrafa de soju para servir mais uma dose, porém intercepto o movimento.

— Existe um ritual para tomar soju, levado muito sério na Coreia, que funciona da seguinte maneira: a pessoa nunca deve se servir sozinha, ela precisa ser servida por alguém. — Pego a garrafa e demonstro enquanto explico. — Para servir, é preciso segurar a garrafa com a mão direita e a mão esquerda deve segurar o cotovelo do braço direito como apoio.

— Vocês são tão cheios de regras...

Mariana revira os olhos para mim, o que provoca uma nova onda de calor do lado de dentro do meu peito, algo que vem ocorrendo com frequência desde que a conheci.

A primeira impressão que tive dela veio naquele bar, quando a distraída concluiu que eu não entendia a língua portuguesa e não foi nem um pouco sutil ao me paquerar. Não a levei a sério, admito, porque paqueras em casas noturnas costumam dar em coisa nenhuma.

Na segunda vez que nos encontramos, tive um pressentimento sobre a coincidência. Mas Mariana nem se deu conta de quem eu era, embora só de bater o olho nela eu já soubesse.

A convivência permitiu que nos conhecêssemos melhor. Sendo assim, à medida que o tempo foi passando, aprendi a gostar de várias características dela, a admirar sua dedicação ao trabalho, a desejar vê-la sempre por perto, mesmo quando seu lado Sherlock Holmes se manifesta.

Quanto a isso, Mariana não está completamente errada. As desconfianças dela não são infundadas. Acontece que se trata de uma questão complexa demais para aceitar que se envolva nessa história, cujas raízes profundas têm origem lá na Coreia, na época do meu pai. Pretendo eu mesmo dar um jeito nisso assim que a turnê acabar.

Tão logo o garçom traz a conta, nós dois travamos uma batalha sobre como ela será paga.

— Insisto em dividir — Mariana teima.

— Eu que convidei você. Portanto, pago eu.

— Outra tradição do país do K-Pop, suponho.

— Bastante coerente, se quer saber minha opinião. Seja um homem ou uma mulher, a despeito da relação que têm, o convidado é tratado como tal.

Não sem relutar bastante, Mariana acaba aceitando o fato.

Sugiro uma caminhada pelo bairro, para que ela possa ver o comércio — e também para desfrutar um pouco mais de sua companhia.

Andamos lado a lado, sem pressa, ela sempre muito expressiva e empolgada com tudo que vê, que não é pouca coisa, uma vez que o Bom Retiro é um bairro basicamente comercial. Logo, cheio de atrativos, para todos os gostos.

Mariana pede para entrarmos em uma mercearia, onde se encanta com a variedade de itens, não se reprimindo ao escolher alguns para levar.

— Nem parece que estamos no Brasil, Joaquim!

Gosto quando ela me chama de Hwa-In, apesar de ter feito isso umas duas vezes só. Uma pena não ter essa sorte todos os dias.

Concedo cada desejo de Mariana, protelando deliberadamente o momento em que teremos que conversar. Não sou de fingir que algo não aconteceu, ainda mais quando esse algo tem um significado.

Acabamos no Jardim da Luz, um parque muito agradável, espaço ideal para que eu termine de vez com esse melindre que até agora me impediu de abrir o coração.

— Um dia, quero viajar para a Coreia — diz Mariana, quando nos acomodamos em um banco da praça.

Ela abre a embalagem de *hobak*, um doce feito de arroz, com recheio de abóbora, parecendo uma geleia. Primeiro, me oferece um, em seguida, devora o dela. Sempre tão comilona essa mulher...

— É só me acompanhar em uma turnê por lá.

— Sério que você tem tanto alcance assim como artista? Nossa...

Abaixo a cabeça de modo a posicionar meu olhar à altura do dela. Alguns instantes se passam sem que nenhum de nós emita qualquer som, tão envolvidos que ficamos nessa encarada.

Uma mecha dos cabelos de Mariana, tão impulsiva quanto a dona, se volta contra seu rosto. Chego a erguer a mão para colocá-la de volta ao lugar, mas me seguro, porque prefiro usar as palavras primeiro.

— Como preciso começar esta conversa de alguma forma, vou direto ao ponto: desculpa.

Sabia que a assustaria. A testa subitamente franzida denuncia o espanto de Mariana.

— Desculpa por ter beijado você sem seu consentimento, por ter me aproveitado da ocasião e... — Não consigo terminar a frase.

— Ah, Joaquim, por favor, não precisa se desculpar por algo que você não teve intenção de fazer.

Ela está envergonhada. O tom avermelhado de suas bochechas denuncia seu constrangimento. Mariana escorrega pelo banco, aumentando a distância entre nós dois. Mas não posso perder a oportunidade de ir até o fim agora. Então deslizo também, até tocar meus joelhos nos dela.

— Quem disse que eu não queria beijar você? — Passo as mãos pelos cabelos, pois também estou nervoso e um tanto constrangido.

— Queria?

— Queria e ainda quero. Muito.

Que inferno. Cada palavra que sai da minha boca causa um pequeno ataque em Mariana, que reage com expressões cheias de surpresa.

— Não faz ideia de como tenho pensado em você — admito, sem perder o contato com os olhos dela. — É uma sensação que vem aumentando dia após dia, me enlouquecendo. Por mais que não pareça, porque tenho esse lado introspectivo, não muito falante, é assim que estou me sentindo. Tanto que foi uma tortura dormir no mesmo quarto que você e ficar apenas olhando.

— Mas, mas... — A agitação dela me instiga a segurar suas mãos. O contato não me é estranho, embora inédito.

— Olha, Mari, eu queria te beijar, sim, mas não do jeito que foi. Eu me precipitei.

Seus olhos ficam enormes e lacrimejantes, então emendo o resto da explicação antes que ela fuja:

— Não é assim que acho certo, não é assim que gosto de romance. Em primeiro lugar, eu respeito você, como pessoa e profissional. Não penso que seja correto envolver você em um escândalo, afinal, está trabalhando para mim, viajando comigo. É errado apressar uma relação que tem tudo para ser bacana só porque sou, de certo modo, seu chefe. — Coço a cabeça, porque acabei de perceber uma falha no meu raciocínio. — Se é que você chegou a pensar em mim de alguma outra forma que não profissionalmente.

— Eu... — Ela solta o ar devagar. — Acho que jamais ouvi um homem dizer isso. Mesmo nos livros...

— Se não houvesse um sentimento real crescendo aqui — bato com o punho no peito —, se eu não a visse com respeito, teríamos terminado aquela noite na cama de um de nós dois, Mariana. Mas a turnê ainda tem muito chão pela frente. Não quero que haja especulações sobre você e seu trabalho, que duvidem da sua competência quando souberem que temos algo a mais. Fatalmente, é assim que tudo terminaria. Não é?

Se ela disser que não, entenderei como um passaporte para entrarmos em uma viagem louca, entre trabalho e luxúria. No entanto, torço para que Mariana também esteja me vendo como um potencial projeto de relacionamento para o futuro.

— Estou lisonjeada com sua preocupação. — Ela funga, parecendo lutar para refrear as emoções. — É tão difícil encontrar um homem que coloque a mulher antes dele.

— Você não respondeu a minha pergunta. Será que só eu estou sentindo toda essa carga de sentimento passando entre nós? Estou sozinho nessa, Mariana?

Demora o que parece uma eternidade, até que finalmente ela move a cabeça lentamente, de um lado para outro.

— Não — assume, enfim.

Expiro, tão aliviado que chego a tremer.

Entrelaço nossos dedos, fazendo questão de olhar dentro dos olhos dela.

— O que acha de desfrutarmos a companhia um do outro, aproveitarmos os momentos que ainda temos para nos conhecermos mais?

— Como amigos? — questiona ela, enrugando a testa de novo.

Acabo estendendo a mão e massageio as rugas, obrigando-a a relaxar o rosto.

— Hmmm... — Finjo pensar no caso. — Não necessariamente, mas se for o que você quer, não vou me opor.

Finalmente, vejo um sorriso brotar no rosto até então tenso da bela Mariana.

— Acho que ir devagar é bom. Eu disse que gostaria de ser a Anastasia Steele para você por pelo menos uma noite, mas isso foi antes de tudo. Acredito que, no fim das contas, uma noite apenas é muito pouco e me restringir a Anastasia é ver a mim mesma sob uma ótica muito limitada.

Morro de rir da conclusão dela, antes de me aproximar ainda mais, pronto para essa nova fase que se abre para nós dois.

— Quando ninguém estiver olhando, posso pegar na sua mão? — pergunto, mais para aliviar o clima.

— Até dar uns beijinhos, se não for pesado demais para você... *oppa.*

17

Minha força é mais física, porque, se tratando do emocional, costumo ser mais molenga que os alunos novatos de Ernesto Pena.

Tenho ignorado solenemente as mensagens enviadas por meu irmão mais ou menos a partir do momento em que Joaquim me pegou em casa para iniciarmos nosso passeio pela cultura sul-coreana. Já que ele não fala comigo quando eu quero, darei a mesma dose do remédio preparado pelo próprio Miguel Pena.

— Quer dar uma passada no café da minha mãe?

Um convite desses haveria de me deixar ainda mais impactada, especialmente depois que Joaquim despejou sua sinceridade sobre mim. Ele pode ser caladão, mas, quando resolve falar, quase me causa problemas de saúde.

Dessa vez ele se superou, tanto pela franqueza quanto pelo fato de demonstrar tamanho respeito por mim. Às vezes, nós nos acomodamos com tratamentos razoáveis. Não que eu condene quem opta por relacionamentos casuais. Eu mesma já passei por isso. O que me admira é o poder de escolha que Joaquim me deu, além de sua predisposição em ir devagar para não prejudicar minha carreira.

Só sei que ele me fez muito feliz, além de ter oferecido mais um motivo para meu coração bater acelerado. No que essa história vai dar, não sei. O tempo que temos pela frente nos dirá. Desde que eu consiga controlar minha ansiedade e pressa em resolver as coisas, acho que ficarei bem.

— No café de sua mãe? — repito, sentindo as pernas fraquejarem. — Mas será que...

Joaquim segura minha mão direita e faz um carinho no dorso com o polegar, me causando um ataque de arrepios simultâneos.

— Aonde foi parar a Mariana curiosa que quer saber de tudo e mais um pouco sobre as tradições coreanas? — Ele sorri por trás dos óculos escuros. — Garanto a você que minha mãe é uma parte viva da nossa cultura.

Sobre esse encontro inesperado, não estou bem certa de que seja uma boa ideia. Poxa, acabei de comer uma tonelada de comida coreana. Meu estômago parece um saco cheio de pedras. Indo a um café típico, obviamente terei de experimentar uns quitutes. Fazer desfeita com os mais velhos não pega bem, principalmente no país do célebre So Ji-sub.

Sofro em silêncio à medida que nos aproximamos do próximo destino, minhas mãos chegam a suar. No fundo, não entendo o porquê dessa tensão, uma vez que não estou prestes a conhecer a sogra ou nada do tipo.

Mais alguns metros e avisto a fachada simples do Lili Keopi, lembrando-me muito de alguns cafés mostrados nas séries que se tornaram meu xodó.

— Lili é o apelido que minha mãe adotou depois de se mudar para o Brasil. O nome dela de verdade é Lee Min-Ah. E *keopi* é nome do café.

Se eu estivesse mais tranquila, aproveitaria para perguntar como funciona essa composição dos nomes na Coreia. Mas vou deixar essa questão para outra hora, o que teremos em abundância pelas próximas semanas — já que não estamos liberados para passar o tempo de um modo mais... íntimo, digamos.

Sou toda desconfiança ao entrar no café, cujo interior é aconchegante e familiar. Há apenas alguns clientes e duas mulheres atrás do balcão, ambas jovens, indicando não ser nenhuma delas a mãe de

Joaquim, que as cumprimenta com um aceno e se curvando ligeiramente, hábito com o qual já me acostumei.

Vasculho o ambiente, mas nem sinal de senhora alguma, o que só aumenta minha tensão.

Joaquim aponta para uma mesa, onde nos acomodamos um de frente para o outro. Estou tão agitada que não me decido como apoiar mãos, que ficam se esfregando ao ponto de doer.

Pego o cardápio para ter algo com o que me ocupar e leio itens do tipo bolo de chá verde, café com sorvete, salgado recheado de feijão doce...

— *Bonpam*? — Ergo uma sobrancelha para Joaquim, expressando minha falta de conhecimento.

— É um salgado coreano que leva creme de café e amendoim na cobertura e é recheado com queijo e manteiga — ele explica, sorrindo para mim. — Minha mãe adaptou e desenvolveu uma versão com recheio de requeijão, para provocar menos estranhamento ao paladar dos brasileiros.

— É bom?

— Você precisa provar para saber. — Então, charmosamente, ele pisca para mim, no mesmo instante em que uma senhora chega por trás e dá tapinhas em seu ombro.

Meu sangue esfria em reação à certeza de que se trata da dona Lili.

— Não me avisou que passaria por aqui hoje também, Hwa-In — declara ela, com um português extremamente influenciado pelo coreano.

Trata-se de uma mulher de meia-idade bastante conservada, o que, para mim, é uma tremenda surpresa, já que eu meio que a estereotipei como uma senhorinha de baixa estatura, um tanto encurvada, de cabelos grisalhos e presos num coque impecável. Errei feio. Lee Min-Ah é o extremo oposto dessa imagem que criei.

Altiva, bem arrumada, chega a provocar calafrios em meu corpo.

Joaquim acaricia as mãos da mãe e a encara com ternura.

— Trouxe uma convidada? — questiona ela, enfatizando a pronúncia do final da frase, igualzinho tenho ouvido nos doramas.

Seu olhar recai sobre mim e eu não sei se estou sendo vista com bons olhos ou não.

— Mãe, esta é a Mariana, que está me assessorando ao longo da turnê.

Não sei se é o tom da voz dele ou pura perspicácia da tarimbada coreana, mas fato é que dona Lili se volta com mais atenção para mim, sobrecarregando a expressão facial.

Bate uma dúvida sobre o modo correto de cumprimentá-la, sobretudo porque existe todo esse protocolo em se tratando dos mais velhos. Então, fico de pé e me curvo. Ela responde com menos ímpeto do que eu, o que me leva a pensar que não estou passando positivamente no crivo da mãe de Joaquim.

— Já pediram? — pergunta, apontando para o cardápio que agora está debaixo dos meus braços apoiados na mesa.

— Estou deixando a Mariana escolher. Hoje, ela está sendo apresentada à culinária sul-coreana.

Sorrio nervosa, com vontade de socar Joaquim por ter me passado essa batata quente. Não sou capaz de me decidir, principalmente porque me sinto sob pressão.

Toda essa situação consegue ser mais estressante que os minutos antes de entrar no ringue para uma luta. Pensando nisso, acho que vou precisar passar na academia antes de voltar à turnê, senão acabarei transbordando feito uma garrafa de champanhe que acabou de ser aberta.

Como não tenho parâmetro algum para escolher o item mais gostoso do cardápio, aponto aleatoriamente para qualquer coisa, doida para me livrar da mira de dona Lili, que até agora só fez me ignorar.

Quando ela sai para passar o pedido a uma das garçonetes, expiro ruidosamente, o que gera uma risadinha meio sacana em Joaquim.

— Ela não é tão ruim assim — garante, mas não me convence. — Chega a ser mais pose do que personalidade, Mari.

— Não sei, não... O olhar de sua mãe congela lava, se bobear. — Estremeço, atingida por mais uma onda de calafrio.

Pegando-me de surpresa, Joaquim apoia a mão sobre a minha, fazendo um afago singelo, mas carinhoso e acolhedor.

Trocamos um sorriso cúmplice, que teria durado mais tempo se não tivéssemos sido distraídos pela voz de dona Lili anunciando com entusiasmo a chegada de outra pessoa:

— Suzy, minha flor de cerejeira!

Uma jovem anda até a mãe de Joaquim, que a recebe com um abraço. Acho estranho, principalmente porque a senhora não me pareceu muito dada a demonstrações efusivas de afeto. Bom, agora sei que a frieza é apenas para mim.

— Chegou bem na hora! Olha só quem apareceu por aqui.

Rapidamente, retiro a mão que está sob a dele. Faço isso, enquanto a moça, provavelmente também coreana, vem se aproximando de nós dois, com um sorriso que sugere alegria. Será que é por causa dele?

— Ah, que surpresa boa encontrar você! — exclama ela, sem se constranger ao puxar Joaquim para um abraço, que retribui com o mesmo entusiasmo.

Imediatamente sou afetada pela picada do mosquito do ciúme, que lança um veneno mortal no meu organismo. Fico tão desconfortável que até me remexo na cadeira, onde acompanho de camarote o reencontro deles, supercomemorado pela mamãe Lili. Eita, que mulher mais explícita.

— Suzy, não esperava vê-la desta vez. Soube que estava a trabalho fora da cidade.

— Voltei ontem. Gostaria de ter ido ao seu lançamento, mas cheguei tarde e morta de cansaço.

Ela é alta e muito bonita. Tem uma pele de porcelana, do tipo que eu raramente vejo por aí. O nome faz jus à pessoa. Suzy é uma boneca.

— Você está olhando para a minha futura nora — sussurra dona Lili, que surge do nada ao meu lado. — Nossas famílias são amigas há anos e sonhamos com o casamento desses dois. Eles não formam um belo casal?

Minha vontade é responder que, pelo tempo em que mora no Brasil, poderia ter aproveitado para aceitar melhor a cultura, entendendo que temos conceitos diferentes para diversas questões.

Vontade de ser um tanto quanto rude é que não me falta, mas respeito os mais velhos, meus pais souberam me educar bem. Um viva à família Pena.

— Desde crianças, esses dois têm a maior afinidade.

— Percebe-se — resmungo, começando a mudar de ideia sobre oferecer uma chance para que Joaquim possa me conhecer melhor.

A garçonete serve o café que pedi e eu queimo a língua já no primeiro gole.

— Suzy, venha conhecer a Mariana.

Ela olha para mim justamente quando estou com a pior das expressões devido à dor causada pela queimadura.

— Ela está assessorando a turnê, fazendo um trabalho incrível — completa Joaquim, todo contente perto da Barbie, digo, Suzy.

— Muito prazer. — A moça pede licença e se acomoda em uma das cadeiras disponíveis, bem ao lado de Joaquim, que volta a se sentar.

Então, o pior acontece em seguida. Dona Lili imita os dois e ocupa justo o único lugar livre que sobrou. Ou seja... Colada em mim.

Meu telefone treme dentro da bolsa. Tudo que eu quero agora é uma desculpa para fugir dessa reunião desajeitada. Mas não vou ser mal-educada na frente dessas pessoas.

— Mari, a Suzy é uma amiga de infância. Os pais dela vieram para cá pouco depois que nos mudamos. Fomos vizinhos desde então.

— Ah... — Não consigo emendar nenhuma outra fala depois desse balbucio vergonhoso. Mas é que sou muito transparente, portanto, melhor não abrir margem para especulações.

— Verdade. O Joaquim sempre foi um menino bonzinho e eu, uma peste que não lhe dava sossego.

Os três acham graça do caso. Eu também rio, mas só para não ser desagradável. Se sorriso tivesse cor, o meu de agora seria amarelo desbotado.

— Esses dois têm história... — declara Lee Min-Ah. Lili é carinhoso demais para denominar uma peste como essa. — Tanto que é natural imaginarmos um futuro...

— Mãe! — Joaquim corta, encarando-me com seriedade. Sei que está me enviando uma mensagem. Acontece que não estou a fim de deduzir coisa alguma agora.

— Dona Lili, nossa história é sustentada por uma amizade formada na infância.

A declaração pode até soar inofensiva, mas senti a cutucada na megera. Boa, Suzy. Ganhou pontos comigo.

Não consigo aproveitar as iguarias sul-coreanas desta vez. Se tem algo que acaba com meu apetite é aborrecimento. Sentir a desaprovação da mãe de Joaquim e, consequentemente, ser tratada por ela com superioridade feriu meus sentimentos. Não queria que fosse assim.

Lembrando-me de como meus pais receberam bem o fotógrafo que anda bagunçando meu coreto, a raiva que me consome aumenta. Claro que ele não tem culpa do comportamento da mãe. Mas, neste momento, se eu tivesse que chamar alguém para uma luta no ringue, seria Joaquim — porque não meto a mão em gente mais velha.

A conversa se limita essencialmente às duas mulheres e, de vez em quando, ele acrescenta um ou outro comentário.

Permaneço na minha, respondendo às perguntas que me fazem, com o máximo de simpatia que consigo. Não quero ninguém falando por aí que sou antipática.

E, enquanto tudo isso acontece, meu celular insiste em me chamar de dentro da bolsa. Bem-feito para Miguel. Vai ter que me esperar sentado. Hoje quem demonstrará um ar *blasé* sou eu.

A vida é engraçada. Estou aqui, ouvindo conversas que não pedi para escutar, de duas pessoas que acabei de conhecer, ainda tentando digerir o diálogo de mais cedo com Joaquim, acompanhando o crescimento de um sentimento inesperado, ignorando as chamadas do meu irmão. Se me dissessem que eu passaria por tudo isso um mês atrás, eu demonstraria meu ceticismo com uma expressão neutra. Acontece que previsão de futuro é pura balela dessa gente que se diz sensitiva. No fundo, ninguém sabe de nada.

Suspiro, desejando estar em casa para terminar a maratona da série que ando acompanhando. Estou fantasiando com o ator protagonista, um homem lindo de lábios divinamente esculpidos — deve beijar que é uma beleza —, quando sinto algo acariciando meus tornozelos. Meu primeiro ímpeto, refreado a tempo, é gritar, denunciando o que quer que esteja subindo por minhas pernas. Porém, Joaquim sinaliza discretamente com os dedos e esboça um sorriso de lado, o que denuncia sua culpa, além de me fazer pegar fogo.

Penso que arder pelo filho da senhora Lee Min-Ah, bem na frente dela, seja uma demonstração de pouca esperteza da minha parte. Pelo que ando vendo nos doramas, não se irrita matriarcas coreanas, nem de brincadeira.

Joaquim

Mariana está calada. Dirijo pelas ruas de São Paulo ciente do que provocou esse estado quase apático nela. Arrependo-me por ter lhe apresentado minha mãe. Deveria ter previsto o desenrolar desse encontro, por mais que não tenha ficado claro que existe algo crescendo entre nós dois. Fui muito ingênuo por acreditar que dona Lee Min-Ah não notaria algo — ingênuo ou... apaixonado.

Suspiro. Por respeitar Mariana, coloquei meus anseios de lado. Por ora. Meus princípios não me permitem agir de outra forma, ainda que eu esteja louco por essa mulher, de um jeito que acho ser inédito na minha vida.

Além disso, há outro entrave, esse até mais grave, me impedindo de mergulhar de cabeça nessa paixão. Preciso dar um jeito nas ameaças, porque não quero que outras pessoas sejam atingidas pelos malucos que resolveram me perseguir.

A mão esquerda de Mariana está apoiada no banco, resvalando sua coxa. Sem pensar demais, eu a cubro com a minha, apertando-a de leve, o que tira minha linda assessora do estado de desatenção.

— *Mianhae*.

— Hã? — Ela olha para mim, a expressão meio abatida, cansada.

— Desculpa, Mari. Não foi minha intenção deixar você desconfortável. — Entrelaço nossos dedos, sentindo o calor da sua pele, o que me faz vacilar quanto à decisão de irmos devagar. — Minha mãe não é fácil. Eu deveria ter previsto a reação dela.

Seu sorriso tristonho enche meu coração de remorso.

— Ela não gostou de mim.

— Isso porque não conhece você. Impossível ficar indiferente quando Mariana Pena surge.

— Verdade que você e a Suzy são meio que prometidos?

Solto uma gargalhada, querendo desesperadamente melhorar o astral dela.

— Nossas famílias são tradicionais. Por elas, nós casaríamos mesmo. Mas nenhum dos dois jamais teve essa intenção. Portanto, isso nunca vai acontecer.

— Ela é bonita.

— Você é mais.

Aperto seus dedos, cujas unhas estão pintadas de vermelho vivo, com mais força.

— Confia em mim?

Leva segundos angustiantes até que Mariana me dê uma resposta:

— Só se você parar de me pedir desculpa, seja em português ou coreano.

— Hmmm... E dizer obrigado, eu posso?

— Acho que vou escolher umas frases mais interessantes — retruca ela, sorrindo com mais alegria agora. — Mas, por enquanto, aceito sua gratidão.

— *Gomawo, yeppeun agassi.* Obrigado, bela senhorita.

18

Não quero cultivar minhocas na cabeça. Não quero, não quero, não quero!

Chega a ser assustador o número de vezes que Miguel tentou entrar em contato comigo. Só hoje. Por mensagens de texto ou ligações telefônicas, certo é que meu irmão passou o dia no meu encalço. Eu estaria mais preocupada se não tivesse visto as postagens dos meus pais no grupo da família, ou seja, está tudo bem, mas, ainda assim, algo aconteceu, e não deve ter sido pouca coisa.

Retorno as chamadas assim que entro no meu quarto e fico impressionada com a rapidez que Miguel me atende. A coisa deve ser mais feia do que estou imaginando aqui.

— Nossa! Por que você demorou tanto? — reclama ele, reação nada diferente da que eu já previa. — Estou na sua cola desde cedo, Mariana. Aposto que resolveu me ignorar de propósito.

— E eu lá tenho doze anos, criatura?! — retruco, embora ele não esteja totalmente errado. — Não vivo por sua conta. Parou para pensar que se não atendi você até agora é porque fiquei ocupada? Afe! Ou o único atarefado na vida é você?

— Olha só, vou ferir um dos princípios da minha profissão por acreditar que a família vem em primeiro lugar. Mas antes preciso ter certeza de que o que eu disser ficará apenas entre nós. Nem mesmo a Isa pode saber. Entendido? — A voz dele é áspera, autoritária até.

— Você está me assustando — assumo.

— É essa a intenção.

Eu me sento na cama, preparando-me para ouvir a bomba.

— Mariana, não é do meu feitio dar atenção para suspeitas mal fundamentadas. Meu trabalho é investigar a partir de dados e fatos, não de achismos de leigos. Acontece que fiquei encucado com o bilhete que você me mandou.

Parece que recebo um soco bem na boca do estômago, tamanho o mal-estar que sinto de repente ao descobrir que estamos falando de Joaquim.

— Há uma história muito mal contada por trás da vinda do pai do seu fotógrafo para o Brasil, sabia?

— Nunca conversamos sobre isso.

— Já parou para se perguntar o motivo? — Miguel joga lenha na fogueira. — Vai ver que o coreano tem bons motivos para não querer que você saiba do passado dele.

Minha mente traiçoeira registra o comentário, apesar de meu coração discordar dessa barbaridade.

— Yoo Ji-Sub deixou a Coreia do Sul anos atrás e veio parar do lado de cá do mundo com a mulher e o filho ainda criança, afirmando estar em busca de uma vida melhor para todos eles. Como quase todo imigrante, o homem deu um jeito de se virar, abrindo um negócio próprio, aproveitando as marcas de seu país como atrativos para os clientes brasileiros. Ainda que fosse algo pequeno, deu certo.

— Sim, disso eu sei. Acabei de chegar do Lili Keopi, o estabelecimento em questão — deixo escapar sem querer, o que me leva ao arrependimento um segundo depois.

— Você estava lá? Mariana, Mariana, qual o nível de sua relação com o tal Joaquim, hein?

Solto um suspiro alto e exasperado. Miguel precisa entender que não tem o direito de me fazer uma pergunta como essa.

— Acho que vou ficar devendo essa resposta a você.

Ele rosna do outro lado da linha.

— Criatura, a questão não é se estou preocupado ou não com quem você sai. O problema é que talvez o célebre Joaquim esteja envolvido até o pescoço com a máfia coreana. Já ouviu falar?

Engulo as palavras como quem engasga com um alimento escorregadio. Acho que meu irmão andou extrapolando.

— Resolvi investigar, motivado por suas suspeitas, e acabei descobrindo fatos curiosos. Quando a família de Joaquim Matos veio para o Brasil, o pai dele, na verdade, estava fugindo de um mafioso sul-coreano, para quem "trabalhou" durante anos. Mas tudo indica que Yoo Ji-Sub passou a perna no chefão e deu no pé.

Fico boquiaberta, estampando minha surpresa na cara.

— Você tem certeza disso, Miguel? Mas, mas...

— Saiba que posso até ser punido por estar passando essa informação para a frente. Claro que é só o começo de tudo. Mas acredito que onde há rumores existem suspeitas. Se o pai do seu fotógrafo estiver mesmo envolvido com a máfia, quem garante que o Joaquim também não esteja? Certo é que ele não tem sido ameaçado à toa, né?

— Não viaja, Miguel — retruco, porque me recuso a acreditar nessa possibilidade. — Ser filho de um mafioso, se isso for comprovado, não significa estar envolvido.

— Saberemos disso no decorrer das investigações. Enfim, penso que você deveria abandonar a função de assessora do cara, porque as coisas podem se complicar.

É um disparate Miguel de repente vir me dizer como administrar minha vida.

— Mas, como sei que não fará isso — continua ele, antes que eu tenha a chance de contradizê-lo —, espero que fique ainda mais atenta. Você pode acabar correndo perigo, sabia?

Vou me dar o direito de não me influenciar pelas palavras ásperas do meu irmão. Tenho consciência de que não conheço Joaquim tão bem a ponto de colocar as mãos no fogo por ele. Entretanto, sei, do fundo do coração, que ele não é uma pessoa de caráter ruim.

Assim que desligo o telefone, decido pesquisar sobre a máfia coreana, mas não encontro nenhuma informação relevante no Google.

Neste momento, odeio Miguel por ter colocado minhocas na minha cabeça, mas odeio ainda mais a possibilidade de Joaquim estar correndo um risco sério. Pior que estou proibida de abrir a boca, senão posso prejudicar meu irmão no trabalho.

Largo o corpo na cama, dramática. Continuo me perguntando como cheguei ao ponto de me envolver com alguém que faz minha vida parecer ter saído diretamente de um roteiro de dorama.

Joaquim

Meu celular está cheio de registros de ligações não identificadas, sem contar as mensagens enviadas por perfis falsos, todas bem ameaçadoras. Exigem que eu salde a dívida feita por meu pai, dentro de um prazo estabelecido — bem curto, é bom ressaltar —, caso eu queira permanecer vivo.

Mas que porra de dívida é essa?!

Cubro os olhos com o braço, não porque o sol esteja me incomodando, apesar de estar a pino no maravilhoso céu de Fortaleza. De São Paulo, partimos para as capitais do Nordeste, começando pelo estado do Ceará. Fizemos uma viagem tranquila e silenciosa. Mariana permaneceu todo o trecho calada e pensativa, embora amistosa, reagindo favoravelmente aos meus toques sutis.

Tenho vivido no inferno, dia após dia, e nem é tanto por causa das ameaças. Vou ter que encontrar uma maneira de dar um jeito nelas, e rápido. Talvez indo até a Coreia e conversando pessoalmente com o antigo empregador do meu pai, cujas falcatruas só descobri pouco antes de ele morrer. Até hoje me envergonha o tipo de pessoa que foi Yoo Ji-Sub, um homem moralista, que me criou com rigor, a despeito de sua falta de honra. E, no final das contas, deixou para trás suas tretas, pelas quais agora estou sendo cobrado.

Minha tormenta maior tem nome e sobrenome, é durona, como se fosse feita de aço, trabalha com afinco e tem a capacidade de derreter meu coração. Por causa da turnê, conheci Mariana. E também devido a essa desgastante rotina de lançamento do livro, preciso me controlar para não envolver minha linda assessora em uma relação que pode prejudicá-la profissionalmente. Para complicar ainda mais a situação, tem os desafetos do meu pai.

Se eu tivesse juízo, cortava de vez meus laços com ela, pelo menos por um tempo, até que minha vida volte ao normal. Mas essa decisão requer muita força de vontade, o que falta em mim, nesse caso.

Um gemido escapa da minha garganta, expressando minhas angústias. Decido dar um mergulho na piscina para esfriar a cabeça. É a primeira vez que venho aproveitar a área de lazer de um hotel. Apareço, no máximo, na academia.

Eu me mexo para sair da espreguiçadeira, na qual estou deitado há quase uma hora, brigando com meus pensamentos. Mas nem bem ergo o corpo, avisto Mariana atravessando o espaço entre a sede do hotel e a piscina, usando chinelos e um vestidinho leve, que se movimenta ao sabor da brisa. Seus olhos estão atrás de óculos escuros levemente espelhados, que refletem o cenário ao redor.

Parece que não me vê.

Ela escolhe uma espreguiçadeira, cobre-a com uma toalha e...

— *Daebak*! Uau!

Não contenho minha surpresa quando Mariana tira o vestido, ficando apenas de biquíni, o que quase me causa um infarto.

Seu corpo é, sem dúvida, o resultado de muitos e muitos anos treinando no ringue. Acho que eu deveria ter entrado na piscina fria antes de vê-la desse jeito, porque, bom, a coisa acabou de uma forma meio constrangedora para mim.

Sem demonstrar ciência do efeito que gera em mim — e em outros caras também —, ela se alonga, primeiro levantando os braços, depois dobrando o corpo para a esquerda e para a direita.

No momento, sou atingido por duas vontades contraditórias:

1. Ir até Mariana e jogar um lençol sobre ela para bloquear os olhares alheios.

2. Fazer igual aos homens das cavernas, jogá-la sobre os ombros e arrastar essa mulher para qualquer lugar onde só fiquemos ela e eu.

Escondê-la ou expô-la? Tanto faz, desde que seja eu o beneficiado.

Ainda bem que estou apenas pensando, porque, mesmo em pensamento, pareço um dominador. Solto um suspiro de pura frustração. O que quero com Mariana não é esse tipo de relacionamento, semelhante a um contrato de posse. Isso não é certo.

Quando ela pula na água, aproveito a deixa para me retirar, antes que eu saia batendo os punhos no peito, avisando a todos que essa mulher é minha — quero dizer, no sentido figurado.

Volto para o quarto pegando fogo, consumido por vários sentimentos, a maioria gritando alto comigo: *Seu maluco, vai mesmo querer levar essa história devagar?!*

Faz tanto calor que ligo o ar-condicionado, baixando a temperatura para níveis subtropicais, enquanto arranco a bermuda e a camiseta, dirigindo-me para o banheiro. Como não pude usufruir da piscina, meu objetivo é a banheira de hidromassagem, para tentar relaxar. Abro os registros, ansioso para aliviar a tensão que consome meu corpo.

A espera me leva a pegar o celular e buscar o nome de um amigo que mora em Seul. Como aqui em Fortaleza é de manhã, lá é começo da noite. Não tem problema enviar uma mensagem para ele agora.

Entro na água, reagindo à massagem que os jatos fazem no meu corpo. Recosto-me, usando as bordas da banheira para apoiar os braços, e seguro o celular com uma das mãos. Em coreano, digito uma mensagem para Seo-Joon, um brilhante promotor em Seul:

Amigo, tudo bem por aí? Preciso de um favor seu. Quando puder, me liga para conversarmos melhor. Valeu!

Não faz muito tempo que ele esteve no Brasil, onde conseguimos reunir os amigos mais chegados. Lembro-me agora de ter sido naquela noite em que vi Mariana pela primeira vez.

Tudo que eu não queria é voltar a pensar nela, ainda mais que a última imagem registrada na minha cabeça é ela de biquíni na beirada da piscina.

Aperto os olhos com força e franzo o cenho, sentindo a frustração me dominar de novo. Será que vou conseguir manter a promessa de ir devagar com Mariana? Ou até o final desta turnê jogarei para o alto cada maldita palavra que falei para ela?

Meu celular emite o sinal de alerta de novas mensagens. Acreditando ser Seo-Joon, olho sem me preparar antes. Mas, como tortura pouca é bobagem, trata-se de uma foto enviada por Mariana, uma *selfie* dela, pegando a partir da parte de cima de seu biquíni até o céu azul, tão alegre quanto o sorriso que a danada exibe. Meu coração perde diversas batidas.

Vem nadar comigo.

Uma única frase, capaz de soar mais forte e sexy que um convite para uma rodada de sexo selvagem.

Estou fodidamente perdido.

19

Meu primeiro beijo foi com um colega da escola. Eu tinha treze anos; ele também. Desde então, beijos são frequentes em meu dia a dia (mais na teoria que na prática).

A conversa que tive há poucos dias com Miguel não sai da minha cabeça. Se a Polícia Federal estiver investigando a relação da família de Joaquim com a máfia sul-coreana, será que isso pode prejudicar a carreira dele, caso essa história venha à tona?

Estou pensando com a cabeça de uma assessora de comunicação, só isso.

Mentira. Suspiro, exasperada. Minhas angústias são muito mais de caráter pessoal do que profissional. Que assessora lamentável eu sou.

Toda vez que olho para Joaquim, sou dominada pela vontade de tocar no assunto com ele. Mas refreio o impulso, uma vez que não posso trair a confiança do meu irmão. O resultado disso é desastroso, como não haveria de ser diferente. Ando cheia de preocupações, faltando-me coragem para encará-lo sem ressalvas.

Além disso, Miguel não para de me enviar mensagens. Ele quer, a qualquer custo, que eu me afaste desse trabalho, porque não descarta a possibilidade de Joaquim ser tão mafioso quanto o pai.

Por outro lado, eu me recuso a acreditar nisso. Para mim, ele é uma vítima e está em perigo, portanto, deveria ser protegido, não acusado. Mas só de eu levantar essa teoria, Miguel se ouriça do outro lado da linha.

— Você está sendo iludida, Mariana! Tá na cara que se deixou envolver por esse sujeito.

Percebo que meu irmão me dá pouca moral e acredita que eu me tornaria cega por uma paixão. Defender Joaquim nada tem a ver com o que ando sentindo por ele. É questão de sentido, de interpretação, de convivência. Mas e para explicar tudo isso a um cara pragmático como Miguel? Só faço perder meu tempo.

Olho ao meu redor, verificando se continuo isolada neste cantinho meio obscuro na recepção do hotel. O sinal do wi-fi mal chega no quarto e, como estou em uma fase crítica do drama que estou acompanhando, precisei agir como todo viciado por séries, ou seja, abri mão do meu conforto para não perder os episódios finais.

Faço o que posso para me ajeitar na poltrona dura, aperto os fones nos ouvidos e volto a dar play. O casal principal ainda não se beijou, apesar de terem trocado abraços de elevar qualquer temperatura. Senhor. Nunca pensei que eu me empolgaria com meros abraços. Esse é um dos poderes mágicos dos doramas.

Tudo indica, entretanto, que o tão esperado beijo sairá neste episódio. Aumento o volume e fico na expectativa. Meu peito chega a tremer, tamanha minha empolgação.

O casal passeia à noite, lado a lado. De repente, começa a nevar. Pausa para um comentário meu: neve na Coreia do Sul, apesar de ser um fenômeno natural normal lá, é comemorada quando cai, principalmente entre os apaixonados. A primeira neve da estação então, nossa. Essa é fenomenal — perdão pelo trocadilho.

Voltando à história, os dois olham para cima e sorriem constrangidos. Está mais do que claro que ambos entendem que aqueles floquinhos brancos são um sinal de que a hora do romance finalmente começou.

Eles se encaram; eu aperto o notebook no colo. Ele retira um cristal dos cabelos dela; eu ranjo os dentes. Ela faz um biquinho significativo; eu comemoro, soltando um gemido. Agora vai, meu pai. Ele a beija, um, dois, três, quatro segundos... Espere um pouco. Pausei sem querer?

Não. Está tudo certo. Então por que eles não se mexem?

— Argh! Puta que pariu! — xingo, meio sussurrado para não assustar as mães das crianças que brincam mais adiante. — Outro beijo de esquimó. Essa gente não sabe abrir a boca, apertar, dar uns amassos, não?!

Ainda não posso ser chamada de entendida no universo dos dorameiros, mas sou perfeitamente capaz de concluir que muitos beijos são frustrantes. Não em todas as séries — aleluia —, mas em algumas é como esperar um choque e receber uma picada de pernilongo.

— Esses homens não têm sangue na veia, não? Como as mulheres aguentam isso, gente? — falo sozinha, incentivada pela decepção com a falta de faíscas no beijo e por estar isolada no meu canto.

Imediatamente, acesso a página que comecei a seguir, cheia de espectadores viciados em doramas, e escrevo:

Preciso de indicações de dramas com a temperatura um pouco mais elevada. No momento, estou mais para quentura do que fofura.

No mesmo instante, as respostas começam a pipocar. Leio uma por uma, salvando as sugestões para procurá-las mais tarde. Ainda bem que o próximo compromisso de Joaquim é só amanhã, no começo da noite. Ora. Se na vida real ando mais na seca que cacto, exijo proatividade pelo menos nas séries que vejo, né?

Joaquim

Consegui falar com Seo-Joon, mas meu amigo promotor não me trouxe boas notícias.

— Hwa-In, o cara para quem seu pai trabalhava não é um simples mau elemento. Ele possui um império aqui em Seul, construído à base de falcatruas de todos os graus, desde lavagem de dinheiro, tráfico de drogas, estelionato, queimas de arquivo e muito mais. Faz anos que a justiça está na cola da quadrilha dele, mas o sujeito é esperto e não deixa rabo para fora. Quem o vê enxerga um empresário poderoso, que ajuda a girar a economia do país.

— E por que estou sendo perseguido só agora? Vivi uma vida inteira sem sequer saber da existência dele.

— Provavelmente, seu pai morreu devendo-o. Para mafiosos, amigo, dívidas são hereditárias. De alguma forma, precisaremos atrelá-lo às ameaças que você tem sofrido aí. Só assim teremos uma brecha para indiciar o cara.

Dou outro gole no uísque, que desce praticamente rasgando meu peito.

Lembro-me de que, quando chegamos ao Brasil, uma das primeiras providências do meu pai foi arranjar nomes brasileiros para nós. Disse, naquela ocasião, que nos sentiríamos mais confortáveis, já que nosso idioma soa muito estranho aos ouvidos ocidentais. Ninguém o questionou, até porque não foi uma decisão tão incomum assim. E quem o faria, não é mesmo? Yoo Ji-Sub não nasceu para ser contestado.

Crescer no Brasil, criado por uma família tradicional sul-coreana, não foi fácil para mim. Se, em casa, eu recebia uma educação rígida, cheia de regras, na convivência com os brasileiros, aprendia outros valores. Adorava a liberdade de me expressar como quisesse, mas acabava punido severamente a cada vez que as multiculturas do país que nos recebeu sobressaíam.

Claro que nem todos os imigrantes sul-coreanos são como meus pais. A maioria se adapta rapidamente, conservando apenas o que não deve ser esquecido mesmo. Mas minha família não. Fazia questão de manter intacto cada pormenor. Só não se recusou a aprender o português por questão de sobrevivência, embora meu pai tenha preferido se manter meio à margem do idioma.

Balanço as pedras de gelo no copo, que se chocam contra o cristal, fazendo aquele barulho típico.

Suspiro, enquanto bagunço meus cabelos. Não sei como resolverei essa questão com a máfia. Começo a pensar que talvez deva acionar a polícia brasileira, mesmo que, no fundo, saiba que uma organização poderosa não se enverga facilmente.

Agradeço a atendente pela bebida e deixo o copo vazio sobre o balcão. Decido dar umas voltas pelo hotel antes de voltar para o quarto, onde tenho me sentido muito sufocado.

Nem imagino onde Mariana esteja. Pode ser cisma minha, mas acho que ela anda me evitando.

Pensar nela tem sido uma experiência agitada, para dizer o mínimo. Ou fico ansioso para vê-la, ou quero sacudi-la por sumir, ou me imagino jogando para o alto todas as prevenções que eu mesmo criei. Ou, pior, imagino Mariana sofrendo por estar ao meu lado devido aos erros do meu pai.

É pedir demais ter uma vida normal?

Tudo que eu queria era viajar sem compromisso para algum canto do mundo com minha câmera na mão — e Mariana ao meu lado.

Aparentemente, eu a conjurei com esses pensamentos. Fico surpreso ao encontrá-la sentada sozinha, com as pernas encolhidas e amparando o notebook, de olho no que se passa na tela diante dela.

Meu coração perde algumas batidas. A cada segundo, ela vai ficando mais bonita para os meus olhos.

Tenho a intenção de me aproximar, mas paro assim que a ouço xingar, num nível semelhante ao de jogadores de futebol quando se irritam com os árbitros. Eu me camuflo atrás de uma pilastra, enquanto me divirto com suas imprecações:

— Argh! Puta que pariu! Outro beijo de esquimó. Essa gente não sabe abrir a boca, apertar, dar uns amassos, não?! Esses homens não têm sangue na veia, não? Como as mulheres aguentam isso, gente?

Reprimo uma gargalhada para não denunciar minha presença. Mariana deve estar brava com o desenrolar de suas preciosas séries. Hmmm, então ela se sente frustrada com a falta de calor nas cenas de beijo? Será que entendi certo? Interessante...

Mariana
Já que estamos em Fortaleza e com tempo livre até o horário do nosso próximo voo, que será amanhã, ao meio-dia, entrei em contato com Thaís, uma antiga amiga da faculdade, que mora em um bairro perto do hotel. Marcamos de nos encontrar, o que será ótimo por vários motivos. Além de revê-la, mudarei de ares. Ando precisando desanuviar as preocupações.

Troco de roupa rapidinho, escolhendo um vestido solto e leve para o corpo e rasteirinhas de couro para os pés. É bom sair do papel de profissional às vezes. Na última hora, enfio na bolsa biquíni, toalha e um protetor solar, porque nunca se sabe. Afinal, estou no Ceará.

Antes de partir, mando uma mensagem curta para Joaquim.

Estou indo encontrar uma amiga. Nos vemos mais tarde.

Ele visualiza imediatamente, mas não responde.

Reconheço que não tenho agido normalmente e que meu comportamento pode estar afastando-o. Teremos que conversar, como dois adultos, por mais que eu esteja proibida — por um policial federal, vale a pena frisar — de ser totalmente sincera.

Deixo meu quarto com o rosto quase enfiado na bolsa, em busca dos meus óculos de sol. Carrego tanta coisa que é quase um Baú da Felicidade.

— Então, a moça vai sair para se divertir?

Pulo ao ser surpreendida pela voz grave e rouca de Joaquim. Ele está encostado na parede ao lado da minha porta, de bermuda e camiseta; braços cruzados sobre o peito já comprovadamente esculpido. Sua expressão é divertida, não reflete o tom empregado na pergunta.

— Nem vou querer saber se posso ir junto. Se fosse o caso, teria sido convidado.

— É que eu... — Tropeço nas palavras, constrangida. — Essa amiga... Nós não nos vemos há um tempo e...

— Ah, Mariana... — ele ri, charmoso. — Você fica tão bonitinha quando está constrangida.

Joaquim dá uns passos em minha direção. Ele é tão seguro de si. E eu me sentindo uma menininha abobalhada.

— Não, bonitinha é pouco para você. — Com dedos firmes e hábeis, ele faz um carinho suave na lateral do meu pescoço. O sangue parece ferver nas minhas veias. — Quero que aproveite o passeio com sua amiga. Você está merecendo um descanso.

Sorrio, incapacitada de falar.

— Mas não fique prometendo ser a Anastasia de nenhum...

Uso as mãos para tapar sua boca grande, que foi ficando cada vez mais falante à medida que começamos a nos conhecer melhor.

— Por favor, não mencione mais esse episódio.

Ele apenas ri, estreitando ainda mais seus lindos olhos.

— Caso contrário, não vou hesitar em usar os golpes que papai Ernesto Pena me ensinou.

Como entrei na brincadeira, Joaquim agora ri com mais gosto, fazendo cócegas na palma das minhas mãos. Retiro-as de seu rosto.

— Até mais tarde, então.

Aceno com os dedos, enquanto ganho distância. Mas sou impedida de prosseguir antes que eu chegue ao elevador. Olho para o meu punho, enlaçado pela mãozona de Joaquim.

— Muito fria essa sua despedida, não acha? — questiona, encarando-me profundamente. — Depois fica reclamando dos beijos naquelas séries melosas que você gosta de ver.

— Ah! Estava me espionando, seu enxerido?

— Qualquer um seria capaz de ouvir você xingar, Formiguinha.

Uma nova onda de constrangimento me domina, especialmente ao escutar o apelido inventado por papai. Nasci para passar vergonha na frente desse homem.

Para me livrar depressa dessa situação embaraçosa, aperto o corpo dele no meu, em um abraço desajeitado. Gente, o quanto essa cena se parece com as que assisto! "Mocinha atrapalhada abraça mocinho sedutor."

— Então... tchau.

— *Aish*, que mulher sinuosa! Afe!

Em um único movimento, Joaquim me puxa de volta e me prensa contra a parede. Toda a extensão do meu corpo está pressionada por ele. Nossos batimentos cardíacos, bem como as respirações, se misturam. O divertimento em sua expressão desapareceu. Agora só vejo calor e luxúria.

— Se está tomando por base aquelas famigeradas séries para criar seu conceito sobre nosso comportamento, é bom que fique claro que você não sabe de nada, Mariana. — Há assertividade na sua voz, o que faz de sua declaração uma prova inquestionável.

Mas para que palavras, se gestos também falam, às vezes com mais clareza até?

As mãos de Joaquim contornam meu rosto e seus polegares repousam sobre meus lábios, que se entreabrem para que eu consiga respirar. Devagar, recebo carícias, só com os dedos e somente no rosto. Ainda assim, penso que a qualquer momento explodirei.

Mas então elas descem, lentamente, massageando meus ombros, que estariam totalmente nus se não fossem as finas alças do vestido.

— Você está quente — sussurra Joaquim com a boca colada na minha orelha, a ponto de eu conseguir sentir seus lábios resvalando em mim. — Hmmm, muito bom esse seu cheiro.

Ofego com isso, e porque agora suas mãos apertam minha cintura, com força, de modo que ele possa me mostrar o quanto me quer.

— Ficou desapontada com o beijo fictício? Ah, Mariana, que bobagem. É a vida real que importa, não?

Assim, para sustentar sua tese, Joaquim cobre meus lábios com os seus. Não há preliminares. Ele parece querer engolir minha boca, tamanha a ênfase que emprega ao beijo. Eu retribuo com o mesmo ímpeto, abrindo-me para recebê-lo e recebendo de volta o que tenho sonhado ultimamente.

Nós nos beijamos apaixonada e selvagemente, ofegantes e esfomeados. O atrito entre nossos corpos contribui para querer mais e mais.

Parece cena de filme francês, de novela brasileira, menos de séries asiáticas. Não há timidez no modo como nos agarramos, só vontade de estarmos juntos, de nos fundir um ao outro a ponto de quase doer.

— Isto é beijar, isto é demonstrar o que você faz comigo — diz, poucos milímetros acima dos meus lábios, esfregando seus quadris em mim. — E ainda tenho muito mais o que provar, Mariana.

Eu me agarro aos ombros dele para não cair, enquanto recebo um último beijo, agora menos desesperado.

— Vá, antes que eu ultrapasse todos os limites.

— Joaquim, eu...

— Eu sei. Ah, como sei, Mari.

Assim, sem mais conversa — ou amassos —, ele abre espaço para que eu siga meu caminho.

Espera! Onde estou, quem sou eu e para onde ia mesmo?

20

"Não se machuque porque dói mais em mim", dizia papai.

O encontro com Thaís aconteceu em boa hora, principalmente depois do que houve entre mim e Joaquim, mais um lance inesperado nessa relação nada convencional. Estou de pernas bambas até agora, apesar de não ter tido tempo de refletir sobre o ocorrido. Deixarei para fazer isso mais tarde, sozinha no meu quarto.

Caminhamos pela orla da Avenida Beira-Mar, famoso cartão-postal de Fortaleza, enquanto tentamos colocar a conversa em dia. Thaís foi uma ótima colega de faculdade, uma amiga importante naquele período. Infelizmente nos afastamos um pouco quando ela voltou a morar no Ceará.

Ela me conta que abandonou o Jornalismo e abraçou uma segunda graduação.

— Fiz o que mandou meu coração, e estou estudando história.

Coração... Por que ele é um órgão tão poderoso, a ponto de governar nossas vidas, desrespeitando tudo o que é racional? Isso é bom, mas, às vezes, nos confunde tanto...

— Não nasci para o Jornalismo. Nenhuma área dele conseguiu me estimular. Toda vez que eu me imaginava envelhecendo como jornalista, me batia um desânimo danado.

— Então foi ótimo ter pulado fora — comento, com a cabeça distraída, pensando no que aconteceu entre nós há pouco.

Aquele nosso primeiro beijo, em Belo Horizonte, terminou cheio de melindres e desculpas. E foi tão bom. Mas nem se compara ao de hoje. Minhas entranhas permanecem em chamas desde então. O que vai ser de mim, essa criatura hormonal semiapaixonada?

— Quer dar uma volta pela feirinha de artesanatos? — sugere Thaís, ajudando-me, sem perceber, a pensar em outra coisa.

— Oba! Quero, sim. Adoro!

Por um bom tempo, me perco no meio de tantas barraquinhas e suas cores, escolhendo lembrancinhas para levar para casa. Mas são tantas opções que fico indecisa, ora escolhendo um item, ora mudando de ideia.

— Thaís, o que faço? Quero tudo!

— Não é fácil resistir mesmo — responde ela, rindo de mim.

Conto nos dedos: minha mãe, meu pai, Isa, Tavinho, Mônica, Elisa, o chato do Miguel e... Joaquim? Será que compro algo para ele? Mas o quê?

Sem muita confiança, procuro algum objeto que, de certa forma, o caracterize. Até que encontro uma pulseira de couro trançado, que ostenta um único pingente, esculpido em chifre de boi: uma pequena câmera fotográfica.

— Perfeito!

— O quê? Essa pulseira? — Thaís me olha, desconfiada. — Aposto que existe uma história por trás dessa escolha. Não me diga que tem a ver com o fotógrafo que está assessorando.

— Então não digo. — Finjo passar um zíper na boca, ao mesmo tempo que caímos na gargalhada.

Foi uma tarde ótima, em todos os sentidos. Matei a saudade de Thaís, pude conhecer Fortaleza um pouco melhor e, de brinde, aliviei um pouco dessa tensão que não me larga.

Quanto ao presente que comprei pensando em Joaquim, ainda não me decidi se entregarei a ele. Vamos ver o que o futuro nos reserva.

Depois de tomar um banho, falar com meus pais e responder às mensagens de Isa e das meninas, sou agora um poço de dúvidas. Ligo ou não ligo para Joaquim? Mando ao menos uma mensagem para saber se ele já comeu alguma coisa?

Ando feito barata tonta pelo quarto, com o celular nas mãos, mais indecisa do que nunca. Como tomar uma decisão racional se ainda estou tão impactada com o beijo trocado no corredor?

Câmera!

Avanço porta afora assim que me vem à cabeça a possibilidade de haver câmeras de segurança instaladas por toda parte. Procuro que nem detetive e encontro apenas uma, que parece não alcançar a área onde ocorreu o amasso.

Meu Deus, estou ficando paranoica.

Eu me jogo sobre a cama, disposta a dar meu dia por encerrado. Deixarei para lidar com tudo a partir de amanhã. Tem hora que procrastinar é uma dádiva.

No entanto, o mundo não está a fim de me dar uma folga. Tão logo tomo essa decisão de esperar o dia seguinte, meu telefone treme debaixo do meu corpo. Se não for meu chefe, o Senhor Nanico, atrás de mais um burocrático relatório...

Número desconhecido

Epa!

— Alô — atendo. Nenhuma possibilidade de trote consegue superar minha curiosidade.

— Falo com Mariana Pena? — pergunta uma voz feminina.

— Quem gostaria de falar com ela? — Meu pai me ensinou a desconversar no telefone antes de ter certeza de que a pessoa do outro lado da linha é confiável.

Ela se apresenta como recepcionista do Instituto Doutor José Frota, hospital municipal.

— É da parte do senhor Joaquim Matos.

Fico gelada assim que ela me dá essa informação, com medo de escutar o resto.

— Ele está sob nossos cuidados, sendo examinado pelos médicos, e pediu que avisássemos a você.

— O que aconteceu?! — Entre a pergunta e o choque, começo a calçar os sapatos.

— Ele sofreu uma queda e bateu a cabeça, mas aparentemente está bem. É bom que venha para cá, assim poderemos explicar melhor.

Até parece que ela precisava me dizer isso. Nem bem acaba de falar, já estou de frente para o elevador, com o indicador pressionando insistentemente o botão para chamá-lo.

Deus do céu, o que terá acontecido com Joaquim? Que queda? Quem o levou para o hospital? Em que estado o encontrarei?

Peço um carro pelo aplicativo e informações na recepção, mas no hotel ninguém está a par do ocorrido. Então, o acidente não foi aqui? As engrenagens do meu cérebro estão a mil por hora, embora não mais fortes do que minha preocupação.

— Moço, pelo amor de Deus, você pode dirigir bem rápido? — imploro ao motorista, assim que entro no carro.

— Até o máximo permitido, senhorita — responde ele, como quem pede desculpas por não poder voar.

Não é culpa dele, afinal.

É tanta tensão que nem presto atenção no trajeto. Passo cada instante da corrida tentando falar com Joaquim, que não atende às ligações, nem visualiza minhas mensagens.

— Esteja bem, por favor, por favor — murmuro, chamando a atenção do motorista, que me lança um olhar consolador.

Nem imagino quanto tempo passa, só sei que parece uma eternidade quando finalmente meu celular dá sinal de vida.

Mensagem de áudio de Joaquim.

Mari, pode tirar a ruga da testa. Está tudo bem. Foi uma bobagem. Estou gravando este áudio porque conheço você e sei que não acreditaria em palavras escritas. Quando chegar aqui, conversamos melhor. Não pire, ok?

Apoio a cabeça nas mãos e libero o choro que represei desde que me ligaram do hospital.

— Ele está bem, moça. Não ouviu o que seu namorado disse? Não chore, senão ele vai perceber quando finalmente o encontrar — avisa o motorista. Mas só ficaria aliviada de verdade depois de ver Joaquim com meus próprios olhos e constatar que não está machucado.

Instantes depois, sou deixada na porta do hospital, então ajo como qualquer desesperado, abordando os recepcionistas sem muita coerência. Até que eles me entendam, já foram embora muitos minutos.

Sigo o caminho indicado, ofegante, até que, finalmente, chego ao destino. Empurro a porta e...

— Ah, Deus meu! — exclamo ao ver Joaquim recostado na cama, de olho em um jogo de futebol exibido pela tevê, sem um único fio de cabelo a menos comparando com a última vez que o vi.

— O São Paulo está ganhando.

Corro até a cama e, sem refletir um segundo sequer, envolvo o pescoço dele com meus braços trêmulos, desaguando as lágrimas de novo.

Joaquim reage rindo, então me dou o direito de socar o peito dele.

— Ai, ai, ai! — reclama.

— Ai, perdão! Está machucado aqui? Desculpa...

Procuro ataduras na região, tateando o tórax de Joaquim feito um desbravador na selva, mas acabo com meus punhos retidos pelas mãos dele.

— *Ulji mala* — diz, em coreano, enquanto fixa seus olhos perscrutadores em mim. — Não chore, minha bela Mariana. Estou bem.

— Então, me conte, o que houve? Como você veio parar aqui? Por que está em um quarto? Por que não te liberaram? Onde estão os médicos?

— Ei! Calma. Uma pergunta de cada vez. — Joaquim ri e dá um beijo na ponta do meu nariz.

— O que pensa que está fazendo? — recrimino-o, olhando em volta, como se corrêssemos o risco de sermos flagrados.

— Tarde demais para sentir vergonha. Já ultrapassamos algumas barreiras, Mari. Hoje mesmo, naquele corredor. Hmmm...

— Como pode brincar comigo assim? Não vê que estou uma pilha de nervos? Diga logo o que aconteceu, senão vai ficar machucado de verdade, criatura!

— Tão nervosinha...

Fecho a cara e o impeço de continuar me tocando. Quem sabe assim Joaquim entenda de vez meu recado?

— Ok, vamos falar sério, então. Foi uma coisa boba. Saí para dar uma volta no calçadão em frente ao hotel e parei para tomar um café. Fiquei ali por um tempo, apoiado em uma grade contemplando o mar, pensando em fazer umas fotos. Então, do nada, a estrutura cedeu e eu caí. Bati a cabeça no concreto e acho que desmaiei, pois só me lembro de acordar aqui no hospital. Fizeram uma ressonância e constataram que não houve danos no cérebro, só um galo entre a cabeleira mesmo.

— A grade cedeu do nada? — Enrugo a testa, pois, em se tratando de eventualidades envolvendo Joaquim, desconfio até da sombra.

— Esse seu tom de voz me diz tudo o que se passa nessa sua cabeça.

— Vai me dizer que você não fica na dúvida se foi mesmo um mero acaso?

— E se não foi? Tem alguma ideia do que devo fazer?

Seus olhos agora estão gelados, sem o brilho divertido com o qual venho me acostumando. Lembram aqueles que conheci no começo da turnê.

— Se me contar o que pode estar acontecendo...

— Como se eu soubesse.

As palavras alcançam a ponta da minha língua, loucas para ganharem o tom certo e chegarem aos ouvidos de Joaquim. Quem dera eu pudesse dizer a ele o pouco que sei.

Desisto de pressioná-lo, apesar de estar decidida a revelar o incidente a Miguel. Quem sabe assim meu irmão consiga enxergar que Joaquim é uma vítima e pare de desconfiar dele?

Mudo de assunto:

— Se está tudo bem, por que você tem que passar a noite aqui no hospital?

— É só uma precaução por eu ter batido a cabeça.

— Preciso dar uma atrasada no nosso voo de amanhã?

— Não tem necessidade.

A frieza dele acaba me repelindo. Eu me levanto da cama, não para ir embora, já que meu instinto solidário não permite. Só quero um pouco de espaço.

— Mari, por favor, não se afaste. — Joaquim busca minha mão e a aperta carinhosamente. — Fique aqui perto de mim. É que o medicamento está fazendo efeito, me deixando sonolento. Não quis ser rude.

Suspiro alto, rendida.

— Como se diz "por favor" em coreano?

Minha pergunta é o suficiente para amenizar a expressão de Joaquim. Pedir a tradução das palavras meio que se tornou uma bandeira branca que ergo e balanço para ele. Significa: você se safou dessa, meu camarada.

— *Jebal*.

— Jebail? Assim? — Experimento o termo, enrolando-me na pronúncia.

— Quase isso. — Ele boceja. — Quer que eu escreva com os caracteres coreanos?

— Como adivinhou?

— Ah, Mari, você é igual a uma foto que acabei de revelar.

Dito isso, ele fecha os olhos e não os abre mais.

Será que recebi um elogio ou foi uma crítica? Tenho minhas dúvidas.

21

Não tem uma música que compara joelhos ralados com coração partido? Acho que já ouvi algo assim por aí. E é verdade.

Eu vou tomar um tacacá, dançar, curtir, ficar de boa
Pois quando chego no Pará, me sinto bem, o tempo voa

Inevitável aterrissar no aeroporto Júlio Cezar Ribeiro, em Belém, sem cantar essa música consagrada por Joelma. Fico cantarolando ininterruptamente, a ponto de Joaquim implorar para que eu pare.

— Não me diga que não se lembrou dessa música também? Ah, claro, vai falar que nunca ouviu.

— Lógico que já escutei. Mas ainda acho que a voz da Joelma é melhor do que a sua.

— Você acaba de perder pontos importantes comigo, Senhor Sincerão.

Joaquim solta uma gargalhada gostosa, enquanto resvala sua mão na minha. Estamos em público. Por isso, evitamos dar bandeira, embora esteja ficando muito difícil nos controlar.

Não tivemos tempo de conversar sobre nosso segundo beijo — não que eu esteja contando —, porque a liberação do hospital aconteceu logo que Joaquim acordou e pouco antes do horário do voo para Belém.

Agora, estamos dentro do carro enviado pela livraria que organizou o evento de hoje, ele indo para o hotel e eu, direto para o auditório onde ocorrerá o lançamento mais tarde. Pretendo fazer uma inspeção minuciosa no local, como um perito detalhista. Estou farta de "incidentes".

— Você não é minha guarda-costas, Mariana — Joaquim reclama pela milésima vez. — Não tem que fazer isso. Seu trabalho é escrever releases.

— Você não vai conseguir me ofender só para me fazer desistir — retruco, sem tirar os olhos da agenda, conferindo os compromissos da semana.

Seu jeito de mostrar contrariedade é bem explícito. Como no começo da turnê, Joaquim se fecha, ignorando minha presença. Só que agora essa atitude não me incomoda mais, porque eu já o conheço.

Finjo não ter notado sua alteração de humor e puxo um assunto novo e neutro:

— Gostei do Evandro já de primeira, quando vocês foram me pegar em casa. Ele é um sujeito que inspira bons sentimentos.

Por estar com seus óculos de sol, não consigo enxergar a expressão de Joaquim, mas posso apostar que o surpreendi com essa mudança na pauta.

— Ele disse que gostaria de morar em Campinas, mas deixou no ar o motivo para não poder — especulo, curiosa que sou.

— Só perguntando para ele, Mariana.

É, hoje a coisa está complicada.

Ajeito os óculos de grau no rosto e folheio minha agenda. Entre uma página e outra, encontro as anotações de semanas atrás sobre minhas dúvidas a respeito de Joaquim. Acredito que eu já possa conversar abertamente com ele, embora não agora. Preferível esperar até que tenhamos mais tempo.

Salto sozinha no endereço do evento. Passo parte do dia concentrada em minha investigação, mas também resgatando flashes da última conversa que tive com Miguel, quando lhe contei sobre o incidente em Fortaleza:

— Que tipo de perseguidores são essas pessoas, que estão em todos os lugares por onde passamos? — indaguei no início da ligação.

— Do tipo que não brinca em serviço, Mariana. Descobri que a máfia sul-coreana tem braços aqui no Brasil, mas a cabeça da organização, se for quem estamos pensando, mora na Coreia e é visto como um empresário de conduta inquestionável. Apesar disso, existem diversas teorias sobre ele, que só não se voltam contra o cara porque não há provas suficientes.

— O que nós podemos fazer para proteger o Joaquim, Miguel? — quero saber, desesperadamente.

— Você? Só rindo mesmo. Claro que nada, né? Ou pensa que seus anos treinando boxe com papai serão de alguma valia contra criminosos de verdade?

Meu irmão do meio sempre morreu de ciúme da forte relação que tenho com nosso pai. Por ser o único garoto entre nós, acredito que não esperava que eu, a caçula, a menininha que vivia de trança nos cabelos, recebesse mais atenção do lutador Ernesto Pena. Mas as coisas se desenrolaram assim, dando munição para Miguel constantemente implicar com o fato de eu ter me tornado uma lutadora também, e isso não serviu para nada na vida real, segundo a opinião dele.

Sua consagração aconteceu quando resolveu um caso complicado e se tornou celebridade por um tempo, o galã da federal, competente e bonito, que dissolveu toda uma estrutura de tráfico de drogas e armas, cujo chefão era um senador mauricinho que dava pinta de bom moço. O político em questão foi cassado. Miguel, aclamado. Choveu (mais) mulher na plantação dele.

O ego inflou, a ponto de precisar ser chamado pelos superiores. Ou meu irmão colocava os pés no chão, ou desistia da carreira e ia viver de cachês pagos por programas de fofoca na televisão. A situação chegou a um nível tão drástico que Miguel foi convidado para fazer parte de um *reality show*! Dessa vez, não foi necessário apelar para a chefia. Meu pai fez o serviço sozinho.

Enfim, alguns seres humanos são como milho de pipoca. Precisam da euforia do estouro para conseguir passar por esta vida.

— Mari, mas eu preciso dar o braço a torcer sobre uma questão que você vem defendendo desde o princípio. Joaquim é um cara aparentemente limpo, pelo menos é o que me diz a ficha dele. Claro que...

— Miguel, não tem que completar esse último pensamento. Se disse que ia dar o braço a torcer, termine antes. Reconhecer nossos erros não dói.

— Espertinha você, hein. — Escuto o som de sua risada, o que aquece meu peito.

Sinto saudade do meu irmão, a quem não vejo há meses. E, embora ele seja implicante e cheio de si, eu o amo demais.

— Comprei uma lembrancinha no Ceará para você — assumo, saudosa e desarmada.

— Me ama demais, né?

Apesar do alívio de saber que a polícia federal agora vê Joaquim com novos olhos, a questão está longe de ser resolvida. O principal, que é a segurança dele, continua sendo um desafio extremamente complicado.

Permaneço no auditório até a hora do evento. Nesse meio-tempo, recebi mais trabalho por parte da agência, eles querem que eu escreva um artigo de três laudas sobre o sucesso da turnê até o momento. Um artigo. Como se os releases já não fossem o bastante.

Como sempre, o lançamento é um sucesso. Joaquim chegou um pouco mais cedo, conversou informalmente com parte do público, levou o debate com menos seriedade e até autografou além do limite de duzentas senhas. Estamos mudados, minha gente.

Sentada no meu canto, digitando freneticamente no meu notebook, percebo, ao parar um pouquinho para descansar os dedos, uma mulher se engraçando todinha para o lado de Joaquim. Ela é tão óbvia, meu pai. Joga o cabelão para o lado, dá umas risadinhas manjadas e ainda tem a cara de pau de apertar os braços dele, aqueles braços torneados, durinhos.

De longe, ele me vê e me lança um olhar que é pura provocação.

Em vez de entrar na pilha, finjo que não percebi. Joaquim que faça o que bem entender. Não temos compromisso algum. Não é?

Perco a concentração e a capacidade de terminar o texto. Eu aqui, morrendo de preocupação por ele, enquanto o filho de uma boa mãe — bem, não tão boa assim — fica dando trela para umazinha qualquer.

— Vamos jantar? Estou faminto.

Desenvolvi, ao longo da vida, algumas táticas para irritar as pessoas, inspirada no meu relacionamento com meus irmãos. Uma delas é só responder a uma pergunta quando terminar o que estou fazendo primeiro. Assim, levo mais tempo que o normal para desligar o computador e guardá-lo na pasta.

Joaquim bate o pé, enfiado em uma bota cheia de estilo, demonstrando ter sido atingido em cheio pela minha estratégia. Ponto para mim.

— E então? — insiste.

— Não sei se estou com tanta fome assim.

Grooooow...

— Acho que seu estômago discorda de você.

Traidor!

Ele escolhe um restaurante de comidas típicas, indicação do hotel onde estamos hospedados dessa vez. Não sou enjoada para comer e, ainda que meu estômago esteja pedindo uma boa refeição, minha garganta está meio travada. Por isso, quando o garçom entrega a chapa de peixes fritos da região com açaí, não me sinto tão animada assim.

— Não está se sentindo bem, Mari? — indaga Joaquim, cobrindo minhas mãos com as dele. — Estão frias.

— Queria que fosse apenas um mal-estar, desses que sentimos quando viajamos. Engraçado... — reflito. — Nunca tive resistência para suportar longas viagens. Minha mãe, prevenida, não saía sem me dar um comprimido de Dramin. Mas, ao longo da turnê, não me senti enjoada uma única vez sequer.

Ao contrário do que eu esperava, Joaquim não usa essa informação para me provocar. Ele estreita o olhar e aperta minhas mãos um pouco mais.

— Então, não sendo um mal-estar, o que pode ser? Alguma coisa mexeu com você.

Penso em Miguel e em tudo o que ele me contou, ordenando que eu mantivesse segredo. Se eu desconfiasse de Joaquim, me sentiria mais confortável por reter informações tão cruciais. Acontece que, além de acreditar no caráter dele, me pergunto se esconder aquilo que sei não acaba retardando uma atitude efetiva de sua parte em sua própria defesa.

— Preocupações.

— Não venha me dizer que...

— Consegue imaginar como me sinto quando estou com você? — interrompo-o, disposta a me abrir um pouco, até certo ponto.

Surpreendo Joaquim, que apenas balança a cabeça, em vez de falar.

— Tantos sentimentos me dominaram desde que o conheci. — Olho para cima, puxando a memória. — Já o achei arrogante, lá no começo de tudo, quando mal falava comigo ou se fazia de difícil. Queria fazer tantas perguntas, saber os porquês, um por um. Por que você não gosta de ser chamado por seu nome de nascença? Qual o motivo de evitar questionamentos sobre si? Dúvidas desse tipo. Mas fui bloqueada por seu temperamento, então apenas anotei as questões e deixei para depois.

— Mari...

— E esse depois, Joaquim, me trouxe tantas surpresas. Você não é o chato arrogante que pensei que fosse. Só alguém que tem uma personalidade forte e influenciada pelo modo como foi criado, com um pé aqui e outro na Coreia, ambos marcantes e muito distintos. E eu meio que, sabe, comecei a sentir alguma coisa aqui. — Massageio o peito com os punhos fechados, ilustrando o que não é tão fácil explicar. — Aí, você me aparece com aquela história de me respeitar e não querer prejudicar minha imagem na agência... Sério, Joaquim, depois disso, ficou quase impossível não me...

Eu me calo subitamente porque estou prestes a fazer uma confissão. Como a conversa foi parar nesse ponto?

— Beba. — Joaquim me entrega o copo cheio de água gelada que ele acabou de servir para mim.

— Sendo assim, não posso evitar o mal-estar, que não tem nada de fisiológico, sabendo que você está correndo perigo. Entende agora?

Foi um desvio de percurso levar a explicação para esse lado. Mas está feito e não posso me desmentir, até porque me deu um certo alívio.

Apoio a cabeça nas mãos, lutando contra uma lágrima que teima em descer. Não sou chorona, mas tenho parecido uma manteiga derretida nos últimos dias.

Sinto quando Joaquim muda de lugar e vem se sentar ao meu lado. Seus braços me puxam para ele, abrigando-me em um abraço caloroso. Uma de suas mãos fica dando batidas suaves em minhas costas, um gesto de consolo que já vi muito nas séries.

— Desculpe por fazer você passar por tudo isso. Se eu soubesse que acabaríamos assim, teria pedido outro assessor.

Tiro a cabeça de seu peito e o encaro, decepcionada.

— Está me dizendo que se arrepende por ter me conhecido?

— Estou dizendo que você não merece se preocupar por minha causa. Que me apaixonar levou meus problemas até você. E isso me deixa muito mal também.

Joaquim esfrega a pele abaixo dos meus olhos.

— Seus problemas? Então você reconhece que todos os incidentes podem ser fruto de algum tipo de perseguição?

— Digo que estou apaixonado e você só escuta essa parte?! — ele brinca e em seguida beija meus lábios delicadamente. — Sabe disso, não sabe?

— Hmmm, sei? E quanto àquele seu comportamento cheio de graça para cima daquela fã, hein? — Também mudo o tom, porque ando intensa demais.

— Você não sabia? *Saranghae*.

— Traduza.

Ganho outro beijo, um pouquinho mais firme, e depois ele aperta meu nariz.

— Essa você vai ter que descobrir sozinha. Agora, coma.

Joaquim

— Não é a primeira vez que você coloca um pedaço de carne no meu prato. Fez isso antes e tenho visto o mesmo gesto nas séries — Mariana comenta, já mais descontraída agora. — O que isso representa de verdade?

— Quem transfere do próprio prato um pouco de comida para outra pessoa indica que se importa com ela.

— Quando fez isso pela primeira vez, ainda no estado de São Paulo, não parecia se importar comigo.

— Isso é o que você pensa.

Saímos pela noite de Belém, de mãos dadas, passeando pela rua como um casal normal.

As declarações de Mariana me impactaram muito e só fortaleceram os laços que estamos criando. Quero ter uma relação de verdade com ela, poder desfrutar de sua companhia, em todos os espaços possíveis, desde meu pequeno apartamento em São Paulo, até os cenários que busco para compor meu trabalho artístico. Quero Mariana ao meu lado enquanto dirijo, no cinema, comprando besteiras no Mercado Central, na minha cama.

Mas, para que tudo isso se torne realidade, preciso encontrar uma forma de me livrar da herança ingrata que meu pai me deixou.

— Gosto dos caras sul-coreanos.

— Como é que é?!

Ela morre de rir da minha reação.

— Os atores são bem gatos. Aquele Song Joong-ki é uma espécie de unanimidade mundial.

— Nunca nem vi — minto, porque sei muito bem de quem se trata. Ele é um dos muitos galãs idolatrados pelos fãs mundo afora.

De repente, o ruído de pneus derrapando no asfalto nos tira desse estado de normalidade que se instalou entre nós. O carro vem em nossa direção, em alta velocidade. Puxo Mariana, apavorado com a possibilidade de ela ser atingida. Tento protegê-la com meu corpo, empurrando-a contra um muro, mas ela muda nossas posições e acaba me servindo de escudo.

Ofegamos, sem saber o que pode ter acontecido.

— Ei, Yoo Hwa-In!

Por cima dos ombros de Mariana, vejo um trio sair do carro, estacionado de mau jeito sobre a calçada.

— Está difícil prestar atenção em nós? — grita o cara do meio, um gigante cheio de músculos e ares de praticante de luta livre.

— Então, veja se entende o recado desta vez. Para não dizer que Hyun-Soo é um homem ruim, ele renovou seu prazo para quitação da dívida. A partir de hoje, você tem cinquenta dias para devolver em mãos o que o perdedor do seu pai roubou. Ah! Não se esqueça de fazer as compensações, porque anos já se passaram, não é mesmo?

Os três avançam em nossa direção, segurando o que parecem ser punhais ou algum tipo de porrete. Não consigo ver direito.

— E, já que a história mudou um pouco, caso não quite a dívida, há muitas pessoas que podem sofrer em seu lugar, além de sua preciosa mãe.

Eles encaram Mariana de modo sugestivo.

Meu sangue ferve e eu nem penso quando tento partir para cima deles, que nem se incomodam com minha raiva e vão embora, como se nada tivesse acontecido.

22

E a situação só piora...

— Não vai me perguntar nada?

Faz um tempão que Joaquim anda de um lado para outro no quarto, às vezes, puxando os cabelos, outras, pegando o celular e trocando áudios em coreano com um cara. Nem tento adivinhar quem seja, porque seria perda de tempo.

Enquanto ele está transtornado assim, não vejo razão para me intrometer. Antes Joaquim precisa se acalmar.

Pego uma garrafinha de água no frigobar, mas quando levo até ele, pede que eu troque pela latinha de cerveja.

— Você me diria se eu pedisse explicações?

Puxo sua mão e o faço se sentar na cama, de modo que fique de frente para mim. Eu me mantenho de pé para aconchegar sua cabeça em meu abdômen, enquanto faço um carinho em seus cabelos fartos e negros.

— Nem sei por onde começar, mesmo porque é tudo uma surpresa de merda para mim.

Imagino como Joaquim deve se envergonhar dessa história toda.

Penso em Miguel, no pedido de sigilo que ele me fez, e pondero se agora faz alguma diferença eu manter somente para mim o que sei. Tenho que ajudar Joaquim de alguma forma.

— Lembra que eu tenho um irmão na Polícia Federal? Não que eu estivesse agindo nas suas costas, mas estou a par da situação. Bom, pelo menos o que chegou até a PF.

— Nem adianta eu brigar com você agora, né? — Ele aperta minha cintura e me faz sentar em seu colo. — Tendo um irmão na Polícia Federal, seria muito iludido se não imaginasse que você não o procuraria.

— Eu precisava fazer isso. Acha mesmo que eu fingiria que aqueles atentados não eram nada de mais, quando estava tudo tão óbvio?

— Claro que não. Afinal, você é Mariana Pena, filha de um peso-pesado, lutadora desde criança. Passividade jamais será uma característica sua.

Sorrimos um para o outro. Fico admirada como foi gradual esse processo de nos sentirmos tão à vontade assim.

— Como deve saber, meu pai saiu da Coreia fugido. Até pouco tempo atrás, nunca imaginei que tivesse sido por isso. E mesmo hoje, ciente de sua relação com a máfia, não faço ideia do tipo de atividade que ele exerce lá. — Joaquim suspira alto, jogando a cabeça para trás. — Muito menos da dívida que largou para trás. Equação impossível essa que armaram para eu resolver, não?

— Vamos pedir proteção policial. Agora a ameaça foi clara. Existem testemunhas.

— Não resolverá o problema. Aparentemente, durante cinquenta dias, as coisas ficarão menos agitadas.

Não gosto do tom que Joaquim usa. É uma mistura de ironia com desânimo.

— Ei, temos que acreditar em uma solução. Enquanto a Polícia Federal trabalha nos esquemas dela, já pensou em falar com sua mãe, sondá-la para ver se ela sabe de alguma coisa?

Joaquim esfrega o rosto, me senta na cama e fica de pé, voltando a andar de um lado para outro.

— Pensei nisso, sim, mas precisarei ser muito cauteloso.

Eu mandaria a cautela às favas se fosse minha mãe, afinal a mulher me parece forte feito um carvalho. Não é justo Joaquim carregar esse fardo sozinho.

— E tem também um amigo meu, promotor em Seul, movendo os pauzinhos.

Jogo meu corpo de costas na cama, fixando meu olhar no teto bem elaborado do quarto. Não tenho bagagem suficiente para dimensionar essa questão obscura que envolve dois países, a ponto de ouriçar a justiça aqui e lá. E essa minha ignorância me põe mais agitada ainda. Como solucionar um problema desse tamanho?

Cubro os olhos com o braço, com medo de espelhar neles meus receios e, em vez de ser um apoio para Joaquim, tornar-me um fardo lamuriento.

Inesperadamente, um corpo comprido e pesado cai sobre o meu, cobrindo-me por inteiro.

— Deixe-me ver seu rosto.

Joaquim e sua ousadia imprevista. O que aconteceu com o "vamos devagar"? Porque agora meu corpo está todo animadinho.

Nós nos olhamos intensamente, transferindo sentimentos que vão de medo a desejo, de angústia a amor.

— É tão difícil me manter correto com você — declara ele, deslizando seu rosto no meu. — Tenho me esforçado mais que burro de carga.

— Estamos seguros aqui. — Acaricio o rosto dele com a ponta dos dedos, memorizando os detalhes, como o maxilar proeminente, o nariz afilado, a testa perfeita. — Você é tão bonito, sabia?

— Você deixou isso bem claro naquela noite, lembra? Estava com meus amigos, todos de Seul. Ainda bem que nenhum deles entende português, então só eu pude ouvir aquelas declarações fortalecidas pelo álcool. Mesmo assim, fiquei envaidecido com sua paquera desajeitada.

— Ai, você nunca vai deixar aquela noite para trás, não é?

— Nem ela, nem o fato de você não ter me reconhecido quando nos encontramos, sendo que eu soube no primeiro instante que era você.

— É porque eu achava que...

— Japa é tudo igual.

Rimos juntos, movimentando nossos corpos, o que me provoca sérias reações.

— Melhor você voltar para o seu quarto — sugere, uma vez que a situação também não está nada boa para ele.

— Não quer que eu durma aqui? — provoco, esfregando minha perna nele, arrancando-lhe alguns gemidos.

— Querer, eu quero. Aí, amanhã, quando sairmos por aquela porta, tanto na editora quanto na sua agência, seremos o assunto do dia. Por mim, tudo bem. Mas não aceito causar qualquer tipo de problema a você, Mari.

Suspiro. Compreendo o respeito que Joaquim tem por mim. Parece exagerado, mas é lisonjeiro, isso sim.

Eu o empurro para que saia de cima de mim, mas ele nem se move.

— A menos que deixe de ser minha assessora a partir de agora.

Levanto as sobrancelhas.

— Acho que não entendi.

— Ligue para o seu chefe e diga que quer parar. Pode colocar a culpa em mim. Ou melhor, falo com ele também, explico a situação. Então, você dorme aqui hoje e amanhã volta para São Paulo, no primeiro voo que aparecer. Melhor ainda seria se fosse para Belo Horizonte ficar com seus pais.

Agora o pressiono com mais força e consigo sair debaixo de Joaquim.

— Você quer que eu vá embora? — questiono, de pé; mãos na cintura.

— Quero que fique segura, Mari. Tenho medo do que possa acontecer com você.

Meu peito sobe e desce depressa, tamanho esforço que emprego no ato de respirar.

— Você mesmo disse que nos próximos cinquenta dias é possível que as coisas se acalmem.

— Nada é garantido.

Ele vem até mim, apertando-me em seus braços.

— Não admito que você se machuque por minha causa.

— Não admito que *você* se machuque. Ponto.

Envolvo o rosto dele com as mãos; meus olhos marejados.

— Não vou embora, Hwa-In. Cumprirei meu trabalho até o fim — garanto. — E ficarei ao seu lado, ajudando você a encontrar uma saída para esse problema. Haverá um jeito.

— Hwa-In. Gosto de ouvir meu nome com sua pronúncia. Se falar de novo, ganha um beijo.

— Hwa-In, Hwa-In, Hwa-In, Hwa... Ah!

Joaquim

Seo-Joon me manda um áudio relatando novas informações sobre o caso. O nome Hyun-Soon, sem o sobrenome antes, não serve para muita coisa, mas abriu possibilidades, antes nem imaginadas.

Se for quem meu amigo está pensando, ele não é o tal chefão, empresário respeitado na Coreia, mas um ícone no submundo sul-coreano, dono de alguns cassinos, cujas operações são um tanto quanto duvidosas. Esse Hyun-Soon em questão é primo do homem para quem meu pai possivelmente trabalhava. Segundo Seo-Joon, deve ser usado como testa de ferro para encobrir a sujeira do outro. Ou seja, o cidadão aparentemente respeitável tem um bode expiatório da pesada. Assim, seu nome fica oculto e, principalmente, suas falcatruas.

Não quero me agarrar a falsas esperanças, mas já é alguma coisa. A promotoria em Seul está investigando. De certo modo, fico um pouco mais tranquilo.

Do lado de cá, o irmão de Mariana tem trabalhado em suas próprias hipóteses. Finjo que não sei de nada, senão minha maluquinha acabará em maus lençóis com a Polícia Federal.

Sentado aqui na mesa de debates, eu a vejo de longe, perambulando pelo auditório, atenta a tudo. Se ela fosse um animal, com certeza se daria bem no mundo dos pastores-alemães, além do das lebres.

Já perdi a conta do número de cidades pelas quais passamos, é evidente que estamos chegando ao limite de nossa resistência, mas Mariana não enverga nunca. É uma mulher sensacional, em inúmeros sentidos.

A razão me faz querer que ela volte em segurança para casa. No entanto, pelo menos para mim mesmo, preciso assumir que amo tê-la ao meu lado. Será que vou me acostumar com a volta à rotina quando essa turnê terminar?

— Você é o tipo de fotógrafo que anda com a câmera na mão aonde quer que vá?

A pergunta é feita por alguém sentado bem no meio da plateia. Mariana registra a imagem dele com o celular, sem a menor preocupação com a técnica. As fotos dela são uma bela porcaria.

— Nem sempre. Ela é muito pesada.

As pessoas riem, entendendo a brincadeira.

Lá do fundo, Mariana pisca para mim. Ela deve ter aprovado minha atitude.

— Na verdade, carrego uma câmera quando saio com intenção de fotografar. Para mim, fotografia é como escrever um livro, compor uma música, pintar um quadro. Requer preparação, sensibilidade. Tem dias que ando sem nem olhar para os lados. Só quero chegar o mais rápido possível no café da esquina.

Arranco mais algumas risadas da plateia. Também estou gostando desse meu novo jeito.

— Ele não está diferente? — Escuto alguém por perto sussurrar.

— Muito. Nem se parece com o Joaquim Matos de antes, que veio à cidade no ano passado para lançar o livro anterior.

— Deve estar sendo bem assessorado. Artistas, quando começam a extrapolar, sempre contratam alguém para servir de freio. Senão, já viu.

— Ou isso, ou está se dando bem com alguém. — A pessoa faz uma pausa antes de prosseguir. — Meu voto é naquela lá.

— A assessora? Por quê? Soube de alguma coisa?

— Não, mas quem não pegaria? Viu como ela é gostosa?

Sim, meu camarada, ela é mesmo gostosa. Mas não apenas do jeito que anda pensando. É gostoso olhar para ela, conversar com ela, provocá-la. E nem conto a sensação que dá quando a gente se beija. E estou mesmo me dando bem, só não me pergunte por quê. No lugar dela, eu teria fugido para bem longe de mim.

Sinto o celular vibrar no bolso da minha calça jeans. Discretamente, verifico a mensagem.

Agora são quarenta e nove dias. A areia está escorrendo.

Cretinos!

Encaminho a mensagem para Seo-Joon. Tudo agora são provas. Então, mesmo receoso, mando para Mariana também, para que o irmão dela faça proveito dessa nova abordagem. Não querendo ensinar o ofício ao carpinteiro, mas acho até que meu telefone deveria ser monitorado. Mas a polícia decidirá sobre isso, caso ache necessário.

Que inferno virou minha vida. E justo agora que Mariana entrou nela.

Respiro fundo para retomar a concentração no debate, uma vez que o público não tem nada a ver com todo esse engodo.

— Nunca pensou em fotografar apenas mulheres? No estúdio mesmo, ou talvez ambientadas em seus locais de trabalho, algo assim.

Sorrio.

— Para um trabalho artístico, não tinha pensado nessa temática, admito. Isso não quer dizer que nunca tenha feito.

Lembro das fotos que fiz de Mariana no ringue.

A plateia reage, fazendo diversos comentários. Eu só me fixo no olhar de Mariana. Pelo jeito, mexi com a imaginação dela. É muito fácil provocar essa mulher.

O evento termina satisfatoriamente. Estou recolhendo minhas coisas, quando meu telefone volta a tocar, dessa vez denunciando uma chamada. É minha mãe.

— Olá, *omma*. Que surpresa boa!

— Hwa-In, você precisa voltar para casa. — A voz dela é um lamento só, estridente e nervosa. — Uns homens vieram e destruíram o café.

Fecho os olhos. Não é possível que isso esteja acontecendo.

— Fique calma. Vá para casa de alguém. Pegarei um voo para aí.

— Hwa-In, eles disseram que vão voltar. O que está acontecendo?

— *Omma*, não fique sozinha. Chego o mais rápido possível.

Quando ela desliga, solto o celular, que cai no chão acarpetado, provocando um ruído leve. Que porra é essa agora?!

— Aconteceu mais alguma coisa?

Não consigo nem olhar para Mariana, tamanha minha raiva.

— Você vai ter que trabalhar mais um pouco hoje. Cancele os próximos eventos e tente um voo esta noite ainda para São Paulo.

— Mas...

— Só faça o que pedi, Mariana. Por Deus, só faça o que pedi.

23

Dívida não é uma palavra feia. O que atrapalha é seu significado, que pode abrir brecha para múltiplas interpretações.

Joaquim
O policial militar que atendeu ao chamado da minha mãe me acompanha quando chego ao café, isolado com aquela faixa amarela típica.

Os transeuntes olham e comentam. Estão todos assustados com o ato de vandalismo.

É até difícil andar aqui dentro, devido ao tamanho da confusão que fizeram. Há mesas e cadeiras espalhadas por toda parte, algumas quebradas, bem como as louças usadas para servir os itens do cardápio. O Lili Keopi parece ter enfrentado um terrível terremoto.

Em uma das paredes, coberta por um papel estampado com flores de cerejeira, picharam "quarenta e nove dias e contando".

— Estamos investigando — diz o policial. — Mas sem câmeras de segurança, é como procurar agulha no palheiro.

Meus pais nunca acreditaram que investir nesses equipamentos valia a pena.

Acompanho-o até a delegacia e informo ao delegado tudo o que sei, começando pelas primeiras ameaças. Não encontrei motivos para deixar de abrir o jogo. Minha vida não é a de um personagem de filme de mistério, aqueles que sempre são chantageados do mesmo jeito: *se falar com a polícia, alguém de sua família morre.*

Deixei minha mãe sob os cuidados da família de Suzy. Ela estava muito nervosa, como não poderia ser diferente. Sua reação é uma espécie de sinal, que me tranquiliza sobre a improbabilidade de ela ter conhecimento da bandidagem do meu pai. De qualquer forma, precisaremos conversar abertamente.

Sigo para a casa dela tão logo deixo a delegacia. Desde que entrei nesse inferno, este é o pior momento. Enquanto apenas eu era ameaçado, estava mais fácil suportar tudo. Envolver minha mãe e seu modo de ganhar a vida foi sacanagem demais. E o pior é que isso indica que não há limites para a atuação dessa gente.

A vontade que eu tenho é de fazer meu pai voltar à vida e gritar com ele até minha garganta arrebentar. Como ele foi capaz de largar suas sujeiras para trás?! Agora nós, sua família, que lidemos com isso?

— Hwa-In!

Deixo os sapatos no pequeno cômodo antes da sala. Entro só de meias, sem paciência para calçar as pantufas que mamãe deixa à disposição para quem vier visitá-la.

Ela está sentada no sofá, recusando o que parece ser uma xícara de chá, oferecida pela senhora Wang Ji-Won, a mãe de Suzy.

— Já sabe por que fizeram aquilo conosco? — Sua pergunta é uma lamúria. Como a maioria das mulheres coreanas, minha mãe não tem vergonha de externar suas dores. — Por que destruíram meu café? Ah, se seu pai estivesse aqui! Ah!

— *Omma* — eu me sento ao lado dela e seguro suas mãos, que estão geladas —, a polícia vai investigar. Agora, o mais importante é a senhora não se preocupar tanto. Para tudo, existe uma solução.

— Foi o que eu disse — concorda a senhora Wang. — Os bandidos estão espalhados por toda parte e não diferenciam ninguém. Outro dia foi a loja do senhor Kim. Destruíram tudo! Delinquentes juvenis, *aigoo*. Que horror!

Deixo que ela acredite nisso, afinal, não há razão para dizer a verdade. Isso eu farei quando estiver sozinho com minha mãe.

— Senhora Wang, muito obrigado pelo apoio que está nos dando. Nem sei como agradecê-la por isso. Gostaria que agora fosse para casa. Ficarei com minha mãe.

— Claro, mas me chame se precisar. Vou preparar uma refeição para vocês. Trago mais tarde.

Assim que ela sai, aperto os ombros de mamãe. Ela é uma mulher contraditória. Por fora, aparenta ser forte, graças a sua altivez. Chega a amedrontar as pessoas. Mariana que o diga. Mas, no fundo, a insegurança a domina, já que nunca teve poder para conduzir a própria vida. Começou a se acostumar com a independência depois da morte do meu pai.

— Não quero assustar ainda mais a senhora, *omma*, mas tenho que ser franco para que estejamos preparados.

Ganho a atenção total dela, que vira o rosto para me encarar. Seus olhos estão muito inchados.

— O quão bem a senhora conhecia meu pai?

— O que quer dizer? — Ela parece confusa.

Respiro fundo, lutando para manter a coragem.

— Por que a senhora veio com ele para o Brasil?

— Ora, porque éramos casados. Queria que eu o largasse?

— Não é isso. — Esfrego o rosto. Como é difícil ter essa conversa. — Quero saber o motivo que o fez vir para cá.

— Que assunto mais estranho, Hwa-In! Você sabe por que viemos. As coisas não estavam fáceis para nós lá na Coreia. — Ela bate as mãos nas pernas, impaciente. — Não entendo a relação dessa conversa com o que aconteceu ontem. Me diga de uma vez: aonde quer chegar?

— Não estavam fáceis? Em que sentido? — insisto. — *Omma*, já se perguntou sobre as reais intenções de *abeoji*? Meu pai nunca deixou escapar o porquê de ter precisado fugir?

— Pare de me sondar com enigmas, menino! Diga logo o que quer. Então, verei se faz algum sentido.

Começo a história, sem mais rodeios. Conto o que sei, o que não é muita coisa. Quando meu pai morreu, fui procurado por uns imigrantes, que revelaram, sem constrangimentos, a vida oculta que ele levava na Coreia. Fizeram isso por acharem que viveríamos melhor sabendo da verdade. Foi uma decepção muito grande para mim, tanto que preferi não me abrir com minha mãe na época, com medo de descobrir que ela já sabia de tudo.

Agora, para meu alívio, sei que não, tamanho o esforço que faz para aceitar o que digo.

— Está mentindo, menino ingrato! — esbraveja, enquanto se põe de pé. — Como tem coragem de fazer isso, difamar seu pai dessa forma?!

— Antes fosse isso, *omma*. Antes fosse... Mas essa é a nossa realidade. E agora estamos pagando pelos erros dele.

Mostro a ela as mensagens ameaçadoras, conto dos incidentes ao longo da turnê, falo da Polícia Federal e das investigações feitas pela promotoria em Seul.

Tanta novidade, todas terríveis, faz minha mãe empalidecer e cair meio desfalecida do sofá.

— Que vergonha, que vergonha! — ela lamenta, batendo os punhos no peito. — Se isso tudo é mesmo verdade, estamos arruinados moralmente.

— Por Deus, aqui não é a Coreia! *Omma*, temos que nos preocupar com nossa segurança, não com o que as pessoas vão pensar.

— Mas que dívida é essa? Quanto dinheiro seu pai ficou devendo para essa gente?

— Não sei. Não falaram. Nem mesmo a palavra dinheiro foi mencionada. Mas suponho que tenha a ver com isso.

Minha mãe mexe a cabeça, concordando por concordar. Existe um termo além de desgraçado para eu me referir ao homem que chamei de pai? Vendo o estado de mamãe, meu ódio por ele aumenta ainda mais.

— A justiça está lá, fazendo a parte dela. E eu tentarei descobrir mais detalhes. Quanto à senhora — suspiro —, estou pensando em pedir a Evandro que a receba na casa dele por uns dias.

— Posso ficar com os Wang.

— Não. Quanto mais longe do Bom Retiro, melhor. Estará mais segura assim.

— Deus do céu, que lástima! Que maneira lamentável de viver!

Parte meu coração presenciar o sofrimento dela. Mas o que valeria mentir só para protegê-la da dor? Coitada... Mais tempo do que eu, levou a vida cercada de falsidade. Não merece continuar sendo enganada.

Eu a abraço e assim permanecemos, sem que percebamos o caminhar das horas. É como se estivéssemos vivendo o luto pela perda de Yoo Ji-Sub de novo. E é, no fundo.

Agora perdemos a honestidade dele, os princípios que tanto fez questão de perpetuar. No meu caso, dói mais do que o dia de sua morte.

Mariana

Estou deixando louco todo mundo ao meu redor. Isa trocou o plantão para ficar comigo e ainda recrutou Mônica e Elisa, que agora estão reunidas em torno de mim aqui no meu quarto, incapazes de entender o que me deixou tão agitada e deprimida.

Joaquim me explicou atropeladamente o que aconteceu no café da mãe dele e pediu, antes de nos despedirmos no aeroporto, que eu falasse com Miguel sobre o ataque ao Lili Keopi. Desde então, não recebi sequer uma mensagem dele para me colocar a par da situação. Não que eu exija ser uma espécie de primeira-dama nem nada disso. É que meu coração está bem aflito.

Meu irmão recebeu a novidade e tratou de desligar depressa o telefone para dar andamento aos trabalhos. Não quis me revelar qual será seu próximo passo, deixando claro que já me envolvi demais. Ainda teve a audácia de me passar uma espécie de ultimato:

— Mariana, se insistir em dar uma de detetive, vou ligar para nosso pai. Não terei nem um pouco de pudor ao exagerar quando contar tudo para ele. Assim, Ernesto Pena vai aí e leva você arrastada para Belo Horizonte, até que tudo se resolva.

Nem me dei o trabalho de armar uma discussão com ele. Eu me recusei a lhe oferecer esse gostinho.

Minha cama está igual poleiro. Para cada lado que olho, tem uma pessoa aboletada, me encarando como se eu tivesse uma doença terminal. Mas minha atenção está toda concentrada no celular, que repousa no meu colo como um artefato raro recém-escavado.

— Mariana, você precisa nos contar o que está acontecendo. Está nos assustando! — insiste Isa, já desesperada. Faz horas que ela vem tentando arrancar alguma informação de mim.

— Aquele fotógrafo fez alguma coisa com você? Ah, porque se for esse o caso, vamos lá agora acabar com a raça dele — promete Mônica, soltando faíscas pelos olhos.

— Não é nada disso. Na verdade, estou preocupada com o Joaquim.

As três se entreolham. Cada vez que elas fazem isso, fica óbvio que estão falando mil línguas através dos olhos. Acham que não as conheço?

Resolvo ceder um pedacinho da verdade, pensando em acalmá--las um pouco, porque o estresse delas amplifica o meu.

— A cafeteria da mãe dele foi atacada ontem. Destruíram quase tudo.

— Oh!

— Nossa!

— Santa Mãe de Deus!

— Pois é. Estou aqui, esperando notícias, mas elas não chegam. E como não quero incomodar...

— Mari, entendo perfeitamente sua aflição e acho que o acontecimento foi algo bem pesado — diz Elisa, cheia de dedos. — Joaquim tem sido legal com você, pelo que vem nos contando miseravelmente nas poucas frases que escreve quando batemos papo no grupo. Mas por que você ficou tão derrubada assim? Não era para estar meio que curtindo essa folga repentina, esperando pacientemente até que ele resolva o problema lá com a mãe?

— Como posso ficar tranquila, gente?! — exalto-me, indignada. Dou um tapa na cabeceira da cama para ressaltar meu ponto de vista. — É a mãe do Joaquim!!!

— Sim, filha, mas poderia ter sido a mãe daquele moço bonzinho que vende açaí na esquina, ou a mãe de algum colega do escritório. Ou seja, não existe nenhum vínculo entre vocês para que esteja assim, Mari. — A voz de Isa tem o tom professoral. Parece que ela está falando com uma criança de seis anos.

— Você que pensa. — Mônica faz uma careta expressiva. — O vínculo está estampado na testa dessa criatura traidora, sonegadora de informações valiosas.

Finjo não ter captado a mensagem, o que de nada adianta, a não ser enfurecer mais ainda a geniosa das amigas.

— Pensou que não íamos notar seu jeito, dona Mariana? Está caidinha pelo fotógrafo japonês, isso se não estiver acontecendo algo verdadeiramente concreto, além de uma paixão platônica.

— Ele é sul-coreano — corrijo-a.

— Ah, que seja! Então, eu tenho razão, não é?

Sou inquirida por três pares de olhos ferinos. Sinto a derrota se aproximando feito uma avalanche. Negar? Para quê, né?

— Sim, você está certa.

— Rá! — Mônica joga uma almofada na minha cara, e não foi de levinho, não. — Sua tratante! Como ousa esconder isso de nós?

— Não foi por mal. Mas é ruim falar de assuntos assim por telefone.

— Ah, claro. Tipo, "meninas, estou aqui, trabalhando bastante. Mas nas horas vagas me pego com o Senhor Coreia. E aí, como estão as coisas?" — debocha ela, a única que não para de me azucrinar. As outras duas permanecem boquiabertas e mudas.

— Não é desse jeito — suspiro, voltando meus olhos para a janela, onde a cortina dança conforme o vento. — Eu gosto dele, sim, e é recíproco. Conversamos bastante, aproveitando para nos conhecer melhor. A parte da pegação é ótima, mas não tão frequente como sei que estão imaginando.

— Mesmo?! Ai, agora coloca tudo pra fora, Mari. Começou, vai até o final — Isa instiga, agarrando minhas mãos.

Deveria ser tão fácil falar de Joaquim para minhas amigas — ou para qualquer pessoa. Profissionalmente, é mesmo simples. Mas tenho a sensação de que, por mais que eu seja precisa, cirúrgica até, jamais serei capaz de transparecer a verdadeira essência dele. Isso só quem convive com Joaquim sabe, como Evandro, por exemplo. E agora, eu.

Faço o que posso para ser bem fiel à personalidade dele, exaltando suas principais qualidades, como lealdade, seu respeito imenso pelo próximo, sua capacidade de se adaptar a tantas situações, inclusive umas bem complexas.

— Estou chocada — diz Elisa, logo depois que contei sobre a preocupação de Joaquim com minha imagem no trabalho.

— Eu não. Sinto é uma baita inveja — declara Mônica, sempre polêmica. — Raridade encontrar um homem desses por aí, que não se coloca à frente das mulheres. Vejam só minha peleja.

Rimos juntas, apesar do meu estado de espírito.

— Então, quer dizer que vocês estão namorando?

— Nunca colocamos as coisas assim, Isa. O engraçado é que estou tranquila em relação a isso. Joaquim conseguiu me fazer ver que as coisas vão se conduzindo se deixamos o tempo tomar as rédeas das situações.

— Uau! Quero um homem desses para mim. Ele não tem um amigo parecido, não?

Dou uma risadinha, porque não posso dar uma resposta a essa questão.

E também porque meu celular vibra, notificando a chegada de uma mensagem, e eu vejo o nome dele escrito na tela, agitando tudo dentro de mim. Finalmente.

Mari, preciso ver você. Posso buscá-la daqui a mais ou menos meia hora?

— É ele?! Que *timing!* — comemoram as meninas.

Pode, sim. Como estão as coisas aí?

Complicadas. Conversamos melhor pessoalmente. 사랑해.

24

Não sei se vejo flores ou estrelas...

— Vou à Coreia do Sul.

Nem bem assimilo a decoração do apartamento de Joaquim, para onde ele me levou depois de me pegar em casa, já recebo essa notícia.

— Fui à editora e esclareci, na medida do possível, a situação. Sendo assim, a turnê está suspensa até que tudo se normalize, porque isso vai ter que acontecer uma hora dessas, não é?

Eu o escuto, sem interrompê-lo.

— Irei a Seul, porque acho que lá está a chave desse problema todo. Não posso simplesmente ficar aqui, de braços cruzados, tentando adivinhar qual é a dívida deixada por meu pai, enquanto os cinquenta dias passam.

Olho para ele e é impossível não notar o quanto está emocionalmente abalado.

— E sua mãe?

— Está na casa do Evandro, que aceitou recebê-la sem pedir explicações. É um excelente amigo.

Nunca duvidei disso.

Joaquim resume a conversa que teve com a senhora Lili, o que parece ter sido a parte mais difícil até agora de toda essa história. Felizmente, ela era totalmente ignorante em se tratando dos rolos do marido. Ver os dois pais envolvidos talvez fosse demais para suportar.

— Sente-se aqui — eu o chamo, deslizando as mãos pelo lugar bem ao meu lado no sofá da sala.

Não há hesitação quando Joaquim vem até mim, aconchegando-se sem pedir licença. Recosto a cabeça em seu ombro direito e entrelaço nossos braços. Só então confiro o visual do apartamento, um lugar que combina bastante com a personalidade do meu fotógrafo. As paredes têm os tijolos aparentes, sem reboco nem tinta, e sem parecer algo mal construído ou inacabado. Nelas estão dependuradas várias fotografias, que já reconheço como obras de Joaquim. Predominam os móveis de cores escuras e enfeites *vintage*. Gosto do estilo.

— Você disse, no último evento, que já fotografou mulheres. — Trago o assunto à tona mais para refrescar o clima, apesar de minha curiosidade ser autêntica. — Lá em Belo Horizonte, vi que fez fotos minhas no ringue. Posso vê-las?

Ouço o som da risada dele, grata por ter conseguido fazer isso por Joaquim.

— Acho que vai se assustar ao constatar que não foi apenas uma.

— Me deixou mais curiosa ainda.

Ele muda de posição e joga as pernas para cima do sofá, ficando de frente para mim.

— Eu mostro, se aceitar posar para minha câmera.

O pedido parece bobo, mas só eu sei o timbre que a voz dele adquire, enfatizando o quanto essa ideia é tanto louca quanto perigosa — para a proposta de irmos devagar, quero dizer. Algo muito forte mexe com meus sentimentos mais ocultos. Só não ofego para evitar constrangimento maior.

— Não sou modelo. Tenho vergonha de me expor às lentes de um fotógrafo renomado.

— Sou seu cara.

Uau! Uau! Minhas bochechas queimam — entre outras partes da minha anatomia. E ele achando que eu citar Anastasia Steele foi a mais criativa das insinuações sexuais. Joaquim que talvez não imagine o que está provocando nesse exato instante em mim.

— E como seria esse ensaio? — Dou corda, afinal não sou feita de ferro.

— Posso dar várias sugestões, dependendo do conceito que queremos abordar.

Delicadamente, ele traça as linhas do meu rosto com a ponta do indicador. Está duro manter a compostura aqui.

— Não podemos ter testemunhas — sussurro, rouca de desejo reprimido.

— Concordo. Sugiro, então, os fundos do apartamento. Tenho uma espécie de jardim de inverno lá.

Agora são os lábios dele que alcançam minha pele, massageando a região do pescoço que fica imediatamente abaixo das orelhas. Já tenho experiência suficiente para atestar que Joaquim aprecia explorar essa zona em especial.

— Gosto da ideia. Mas o que devo vestir?

Fingir inocência me dá a chance de ver a expressão mais safada que Joaquim já armou até agora. Quem dera eu tivesse registrado.

— Vou me abster de dar essa resposta, Mari, porque ela pode acabar soando indelicada.

Passo meus braços em volta de seu pescoço, apertando-me a ele.

— Não espero delicadeza hoje. Afinal, sou uma lutadora, acostumada com carga pesada.

— Mari, cuidado com essas palavras — adverte, mexendo na gola da minha blusa. — Posso interpretá-las mal.

— Entenda como quiser... Hwa-In.

— Maluca!

Ágil como um felino, Joaquim nos tira do sofá, carregando-me no colo. Meu Deus, que cena. Às vezes, penso que tudo isso faz parte de um sonho doido, motivado pelas horas que me dedico aos doramas.

— Aqui estamos.

Rá! Como nos dramas também, enganei-me achando que seguíamos para seu quarto. Ele me leva ao tal jardim, tão lindo e bem cuidado que desejo morar nele, feito a Polegarzinha.

— Fique aqui. Vou pegar minha câmera.

Uma frase normal assim não deveria gerar outra onda de calor em meu corpo. É carência que chama esse fogo todo?

Enquanto ele se ausenta, tento acalmar as batidas do meu coração. Sei que estamos caminhando para mudar o *status* desse relacionamento que evolui em um ritmo com o qual não estou acostumada. Quando namorei Romeu, foi diferente. Houve momentos de expectativa, mas nada comparado com agora. Tudo é um mistério, e essa falta de certeza torna as coisas muitos mais intensas, além de interessantes.

O jardim é bonito. Pequeno, porém aconchegante. Deve ter sido projetado por um paisagista, pois tudo combina perfeitamente bem. Tento me encaixar nesse cenário como modelo exclusiva de Joaquim, mas só enxergo uma mulher desajeitada que fará do ensaio improvisado um show de fotografias descartadas.

Rio comigo mesma. Onde foi que me meti?

Para deixar tudo ainda mais desconcertante, minhas roupas não estão nem perto de serem dignas de uma sessão de fotos. A não ser que o tema seja "peguei as primeiras peças que vi dentro do armário". Calça jeans rasgada nos joelhos, camiseta preta de malha e sapatilhas da mesma cor! Muito sensual o figurino.

— Não vou mexer na iluminação.

Dou um pulo ao ouvir a voz de Joaquim e me impressiono ao vê-lo usando uma bermuda cinza de moletom. Apenas. Está descalço e, Ave-Maria, sem camisa.

Não contenho uma risada nervosa, bem feia e estridente.

— Mas o que é isso? Estratégia para manter minha concentração?

— Ajuda? — brinca ele, piscando para mim, ao mesmo tempo que mexe na câmera. — O espaço é pequeno e assim me sinto mais confortável.

— Quanto a mim...

— Relaxa, Mari. Vou colocar uma música. Deixe o som contagiar você e esqueça que está diante de uma lente. Isso aqui é uma brincadeira e só para nós dois.

Difícil é esquecer que estou diante *dele*, seminu. Aí que mora o perigo, meu filho.

Joaquim seleciona uma *playlist* no aplicativo e conecta o celular em um pequeno amplificador. A primeira música, que não reconheço, já começa com uma batida um tanto sensual. Volto a sentir um calor de me fazer transpirar.

Então, ele chega pertinho e mexe no meu corpo, balançando meus braços e brincando com meus quadris.

— Pode fazer o que quiser enquanto clico. Vale se sentar, deitar no chão, dar pulos no ar, fazer beicinho, carão, enfim. — Sorrateiramente, seus dedos se infiltram por baixo da barra da minha camiseta, provocando ondas de arrepios. — Mas, quando olhar para minha lente, lembre que estou olhando você de volta e saiba que estarei me sentindo como se estivéssemos nas preliminares de uma noite de amor inesquecível.

Minhas pernas fraquejam. Cada frase que ouço desse homem tem mais poder que muitos toques que recebi.

— Vamos lá?

Ele me dá um selinho, tão casto que contradiz o que tem passado pela mente de Joaquim — e pela minha também, claro. Aumenta o volume da música, ganha distância, aponta sua câmera para mim e começa.

Estou sem graça, mas, ao mesmo tempo, desejosa. Ouvir a letra da canção contribuiu, porque é muito sensual.

When you're alone, do you let go?
Are you wild 'n' willin' or is it just for show?

Tento me mover ao meu bel-prazer, mas acho que existe um ímã invisível puxando meus olhos na direção de Joaquim, pois não consigo olhar para nenhuma outra direção.

I don't wanna touch you too much baby
'Cos making love to you might drive me crazy

Percebo que ele ofega cada vez que faz uma foto, e, veja bem, estou completamente vestida.

Deito na grama e espalho meus cabelos escuros em torno da minha cabeça. Joaquim paira sobre mim. Assim não perdemos o contato visual. Meus lábios estão meio latejantes, por isso, involuntariamente, acabo entreabrindo-os.

— Mari... — Joaquim solta um rosnado, enquanto se agacha.

Sou mais de falar do que fazer. Em muitas saídas com as meninas, eu me dei bem nas paqueras, especialmente naquelas que ficavam somente no plano platônico. Sensualizar nunca combinou muito com meu estilo, apesar de ter escutado muitos assovios ao longo dos meus anos treinando boxe.

Esse passado não me impede, entretanto, de querer fazer um espetáculo particular para Joaquim. Afinal, se ele disse que é "meu cara", sou a "garota dele" também.

Lentamente, ergo a barra da minha blusa, até a altura do umbigo, sem perder em momento algum o contato com a câmera.

Love bites, love bleeds
It's bringin' me to my knees
Love lives, love dies
It's no surprise

Joaquim passa as pernas em torno do meu corpo, montando sobre mim. Sei que fotógrafos são capazes de assumir qualquer posição para alcançarem o melhor ângulo, bem como estou certa de que não é o caso agora.

Ele clica uma última vez, antes de abandonar a câmera de lado.

Neste instante, estamos nos encarando sem barreiras, olho no olho. Silenciosamente, eu lhe garanto que está tudo bem, que não precisa mais me poupar, que existe algo de verdade entre nós e que sou mais do que capaz de lidar com as consequências.

Sua resposta tampouco é elaborada por meio de palavras. Primeiro, as mãos dele acabam de levantar minha camiseta e só leva alguns segundos até que eu esteja sem ela de vez. Os dedos de Joaquim passeiam por minha pele, fazendo de mim uma pessoa prestes a explodir.

— Meu respeito por você se mantém intacto — sussurra ele, rouco —, mas nem por isso posso evitar esse desejo louco que estou sentindo agora.

— Muito menos eu.

Nada mais o impede de descer seu corpo sobre o meu até que nossas bocas estejam unidas. Nós nos beijamos de um jeito épico, porque agora não precisamos nos conter.

Sei que o amo, e isso basta para mim.

— Consegui traduzir aqueles símbolos que você me enviou por último — revelo, soprando as palavras sobre os lábios carnudos de Joaquim. — Depois me ensina a escrever "eu também" em coreano.

Rindo, ele me aperta e me beija mais profundamente.

Atenção, roteiristas de séries asiáticas. Vejam só que ideia boa: vou fazer amor pela primeira vez com este homem incrível, rodeada de flores, no chão de um minúsculo jardim de inverno. Esta minha vida dá um dorama, hein?

25

Ficar de braços cruzados, esperando a vida acontecer, não leva as pessoas a lugar algum. Mas é bem cômodo e, às vezes, dá vontade de agir assim. Ou não agir.

Em relação à média de altura das brasileiras, sou considerada uma mulher alta. Mas ao olhar para minha mão colada à de Joaquim, penso em reconsiderar esse ponto de vista. Nossos dedos unidos, os meus bem mais curtos que os dele, filtram a luz do sol, que entra sem pedir licença por uma fresta na janela.

Suspiro deitada meio de lado, com as pernas entrelaçadas às dele.

— Com fome? — pergunta, com a frase reverberando em seu peito nu.

— Um pouco, mas sem coragem de me levantar daqui.

Estou cansada. Dormimos pouco durante a noite, alternando o tempo fazendo amor e conversando nos intervalos.

Nunca me apaixonei como agora. A intensidade desse sentimento é tanta que chego a ficar preocupada. Tenho medo do desconhecido que Joaquim, sem razão, está sendo obrigado a enfrentar. Embora eu esteja tentando parecer otimista, confesso que aqui, bem dentro do meu peito, cresce a angústia por não imaginar como tudo vai terminar.

Se fosse em um enredo fictício, por mais que houvesse obstáculos ao longo da história, a probabilidade maior é sempre aquela em que tudo se resolve da melhor forma possível. Já a vida real é complexa demais para se enquadrar nessa ou naquela possibilidade.

Um nó se forma na minha garganta e, ainda que me esforce para contê-las, de repente lágrimas transbordam dos meus olhos. Faço de tudo para mantê-las silenciosas, porque não quero ser mais um motivo de preocupação para Joaquim.

— Meu ego vai ficar abalado se eu me convencer de que esse choro é resultado de sua baixa avaliação do meu desempenho — brinca Joaquim.

Mas, ao se mexer na cama para me encarar, vejo que ele não está se divertindo tanto assim. Também parece triste.

— Não é nada disso, seu tonto.

— Eu sei.

Recebo um carinho no rosto, enquanto ele seca minhas lágrimas.

— Vem cá.

Volto a me aconchegar em seu peito, melancólica pela contradição do momento. Apesar de termos nos encontrado, logo, logo, precisaremos nos despedir. Quero ir para a Coreia com ele, mas tenho que ser realista. Joaquim jamais aceitará minha companhia. Se aqui, nos últimos dias da turnê, ele tentou se livrar de mim para garantir minha segurança, não será em Seul, logo lá, que se tornará permissivo de repente.

— Nunca me senti assim — declara, acariciando meus cabelos.

— Estamos juntos nessa, parceiro.

— E aquele Romeu? Acha que esqueci o cara? Ficou todo derretido para cima de você lá em Belo Horizonte.

Joaquim é um homem diferente de todos que conheci até hoje. É nítida a influência da cultura sul-coreana em sua personalidade, mesmo tendo vivido mais anos da vida aqui, no Brasil. Posso estar enganada, interpretando as coisas de maneira superficial, já que meu respaldo são as séries e alguns blogs que ando seguindo. Mas a forma menos passional de lidar com as situações em geral parece ser uma marca registrada deles, o que não significa ausência de sentimentos. Joaquim fala de Romeu de um jeito que não soa como se sentisse ciúme. Ele não age como alguém possessivo, que quer se mostrar um machão alfa. Isso não significa, tampouco, que o ciúme não exista.

Como detesto temperamentos dominadores, o estilo de Joaquim é o que mais me encanta nele. Sinceramente, talvez seja esse o verdadeiro charme dos doramas.

— Gostei dele, é claro, senão não o namoraria por dois anos. Mas o que senti por ele não se compara com meus sentimentos de agora. Isso aqui é algo completamente novo para mim, Joaquim.

— Prefiro quando diz Hwa-In.

— Agora, né? Porque antes só faltava torcer meu pescoço.

Recebo um beijo no alto da cabeça.

Penso em sua mãe e no modo como fui tratada quando nos conhecemos. Minha vontade é trazer esse assunto à tona, mas sei que não é o momento mais apropriado.

— E quanto a Suzy, hein? Vocês já tiveram algum tipo de relacionamento?

— Nunca. Não nos gostamos a esse ponto. Somos só amigos.

— *Chingu*. Essa palavra eu conheço.

— Espertinha.

Meus olhos estão quase se fechando. A exaustão, junto com o carinho nos cabelos, vai me fazer pegar no sono em breve. Então, aproveito enquanto ainda me mantenho acordada para testar meu poder de persuasão, mesmo que eu não acredite muito em um resultado favorável. Enfim, não custa tentar.

— Hwa-In, quero ir para a Coreia com você.

— De jeito nenhum!

Foi o suficiente para acabar com o clima pré-sono. Joaquim ergue o corpo e puxa o meu junto, até que estejamos sentados frente a frente.

— Mari, que maluquice é essa? Acha mesmo que sou louco a ponto de levar você, quando nem eu mesmo sei com que tipo de gente estou lidando? Indo para lá, quero acreditar que as pessoas que amo estarão seguras aqui.

— E você? — Começo a chorar de verdade agora. — Me apavoram as conjecturas que passam pela minha cabeça a cada vez que imagino você lá em Seul, correndo do tiroteio com uma venda nos olhos. Você não sabe o que encontrará lá, Joaquim.

Ele me abraça, mas não me sinto consolada.

— E por acaso, senhorita Mariana Pena, é a Mulher-Maravilha? Porque se for, juro que não terei vergonha de ser defendido por você. Até imagino a cena. — Ele tem a cara de pau de rir, pensando que me convence com essa baboseira.

— Estou com medo — confesso.

— Não vou assumir que estou cheio de coragem, mas alguma coisa tem que ser feita. Lá me encontrarei com meu amigo promotor e vamos, juntos, tentar falar com o tal Hyun-Soon, torcendo para que seja ele o autor das ameaças.

— E sua mãe? O que acha dessa decisão?

— Não tem muito o que discutir. Ela não gosta da ideia, tentou até armar uma crise de nervos. Infelizmente, Mari, esse é o único caminho que consigo vislumbrar no momento.

Eu o abraço para esconder o choro, mas minhas lágrimas, essas coisinhas traiçoeiras, caem nos ombros de Joaquim.

— Eu vou me cuidar. Prometo.

— Acho bom. Senão encho você de socos, usando minhas luvas de boxe.

— Hmmm... Talvez eu deva reconsiderar a decisão de não levar você comigo para a Coreia.

Caímos de volta na cama. Meu sono, a essa altura, evaporou.

— Acho que estou namorando a Mulher-Maravilha ou, quem sabe, a She-Ha.

— Namora? — A palavra me empolga.

Joaquim cobre meu corpo com o dele e me beija, do jeito gostoso que só ele sabe.

— E agora quero fazer amor com ela de novo.

Verdade que o clima amenizou, afinal, sentir as mãos do meu Senhor Coreia, esse tigre esfomeado, dispersa qualquer outro tipo de pensamento. Bem, em termos. Porque a voz incômoda dizendo-me que talvez esta esteja sendo nossa primeira e última vez não para de me atormentar, nem mesmo quando grito Hwa-In em alto e bom som, a ponto de estremecer as paredes.

Ele embarcou dois dias depois. Tavinho e Isa ofereceram-se para levá-lo ao aeroporto, então nós quatro partimos para Guarulhos seguidos por uma nuvem carregada de preocupações.

Joaquim deixou que eu contasse toda a história para minha irmã e meu cunhado, que assumiram a defesa dele imediatamente. Por outro lado, ficaram aliviados quando souberam que ele estava de viagem marcada para Seul e eu ficaria para trás.

Chorei litros desde então, a ponto do meu chefe ter um ataque de bondade e me oferecer uma semana de folga. Disse que trabalhei duro durante a turnê, merecendo, portanto, um pouco de descanso. Milagres acontecem.

— É uma viagem longa, hein.

Tavinho, o mestre da simpatia, aproveitou a distância até o aeroporto internacional para pautar as conversas com temas superficiais. Antes de sairmos, ainda em casa, ele me confessou estar angustiado de me ver chorar tanto.

— Bastante. Duas conexões e mais de trinta horas até chegar a Seul. Sempre termino essa viagem moído.

Ao meu lado, no banco traseiro do carro, Joaquim aperta minha mão. É como provar um pedacinho de um chocolate delicioso e ele durar pouco na boca. Essa é a sensação que me consome.

— Mari, mostra para mim aquela expressão radiante, que me deixou atordoado quando a conheci — pede, já no saguão do aeroporto.

Apertei os braços com força em torno dele, recusando-me a soltá-lo. Não quero. Não posso fazer isso.

— Não sei se fico honrado ou num cagaço só com esse medo que você está sentindo. — Joaquim não perde a oportunidade de provocar. — Parece até que está duvidando de que tudo vai acabar bem.

— Afe! — bufo. — Se eu não acreditasse nisso, já teria chamado o meu papai e os caras da academia para segurarem você por aqui.

Puxo Joaquim para um último beijo, do tipo de cinema. Algumas pessoas ao redor batem palmas e assoviam. Nem ligo.

— Trate de voltar logo.

— O mais rápido que conseguir, Mari.

— Como se diz "prometo" em coreano?

— *Naneun yagsoghanda.*

— Então, agora, tem que cumprir.

Depois de assentir e se curvar para prestar seu último cumprimento, Joaquim parte.

Choro, não porque ficaremos um tempo longe um do outro, depois de tantas semanas juntos. Não sou tão superficial assim. A distância é dura, mas é possível lidar de forma madura com a separação. O problema são as incertezas. O que ele encontrará na Coreia? Que tipo de gente vem ameaçando Joaquim? É possível se livrar de uma organização criminosa, cheia de braços e artimanhas?

— Vamos para casa, Mariana. — Isa enlaça seu braço no meu. — Vou fazer um prato para você usando uma das receitas da mamãe.

Meu privilégio é ter tantas pessoas incríveis ao meu lado. E quanto a Joaquim? Pode contar com quem?

Joaquim

Quando eu era pequeno e morava na Coreia com meus pais, certa vez ouvi uma conversa dos dois, que mais parecia uma discussão velada, com o intuito talvez de não despertar minha atenção.

Do nada, essa memória me vem à cabeça, enquanto faço a travessia entre São Paulo e Seul.

Minha mãe estava no quarto, sentada em frente ao espelho, penteando os cabelos, que na época eram compridos e muito lisos. Eu admirava sua beleza e tinha orgulho de ser seu filho. Na escola, sempre que ia me buscar, eu olhava para os meus colegas com superioridade. Nenhum deles era privilegiado como eu, que nasci de uma mulher tão bela.

Bobagens de criança, eu sei.

Antes desse dia que voltou às minhas lembranças da infância, meu pai tinha um jeito muito especial para lidar com mamãe. Comprava doces para ela e eles até dançavam pela casa às vezes, rindo como um casal de colegiais. Mas, mesmo para mim, um pirralho, era possível notar um certo desconforto pairando entre eles.

Quando minha mãe se arrumava demais, meu pai a fazia trocar de roupa. Maquiagem então, nem pensar. Só era permitido usar batom e um pouco de pó colorido no rosto em casa, caso não tivéssemos alguma visita.

Acho que essas imposições, no começo, frustravam minha mãe.

Naquele dia, diante do espelho, ela arrumava os cabelos. Foi isso o que primeiro chamou minha atenção. Até que notei lágrimas escorrendo copiosamente pelo seu rosto. Pensei em entrar no quarto e abraçá-la. Com a idade que eu tinha, acreditava que qualquer dor se resolvia com um bom abraço.

Mas não cheguei a concluir a intenção. Meu pai surgiu do cômodo ao lado, ignorando completamente minha presença, puxou minha mãe com apenas uma das mãos e gritou muito com ela.

Não lembro as palavras exatas, apesar de algumas delas terem me impressionado mais. Ele a acusou de ser a responsável por aquela situação, gritou que não era certo uma mulher casada pensar tanto na aparência e que, para continuar ao lado dele, tinha que respeitar suas regras.

A situação à que meu pai se referiu era algo totalmente desconhecido por mim. Aliás, nunca soube do que se tratava.

Pouco tempo depois, ele anunciou que estávamos de mudança para o Brasil para fugirmos de mais uma crise econômica pela qual passava o país. Conosco partiriam outras famílias, todas com a mesma motivação. Como não éramos os únicos, foi fácil me conformar.

Refletindo mais sobre a situação como um todo, hoje sou capaz de colocar perfeitamente uma linha divisória entre o pai que tive até aquele dia e o que renasceu depois. Após aquela briga no quarto, acredito que ele nunca mais voltou a ser o mesmo homem.

E minha mãe meio que murchou. A alegria trocou de lugar com uma postura rígida, que a fazia concordar, sem discutir, com todas as palavras ditas pelo meu pai.

O avião entra em uma zona de turbulência, sacudindo no espaço aéreo. Minha cabeça também se mexe e eu me pergunto por que me recordei do passado assim, tão de repente.

Deixo as lembranças de lado e tiro minha câmera da mochila. Ainda não descarreguei as fotos que fiz de Mariana no meu jardim. Então, aproveito as longas horas de voo que ainda restam para apreciar não minha arte, mas, sim, a sorte grande que tirei.

26

Difícil ignorar as aflições do outro, nem quando o outro em questão prefere me ignorar.

Mariana
Saio para dar uma malhada na academia onde costumo treinar. Acho que não foi uma decisão tão boa assim receber uma folga de Alfredo, afinal. Trabalhando não temos muito tempo para ficar pensando nas coisas. À toa, pelo contrário, minha mente só faz criar expectativas e alimentar minha ansiedade.

Conversei com Joaquim nas duas conexões que ele fez antes de chegar à Coreia do Sul.

Não tocamos no problema que ele está indo tentar resolver. Falamos sobre nós principalmente. Procurei usar um tom otimista, porque não sou uma pessoa depressiva nem desejo transmitir esse sentimento ao cara que precisa de toda a força do mundo para seguir adiante.

Só no final das duas ligações que ele quis saber se eu estava bem, abordando sutilmente o assunto que evitei de propósito. Confirmei, e é verdade. Como sempre disse meu pai, ninguém morreu e o sol reina até que a noite chegue. Ai, ai, mesmo soando incoerente, Ernesto Pena normalmente tem razão.

Vou para o saco de areia, depois de ajustar as luvas, e me concentro nos golpes. Fazia dias que eu não treinava um pouco, portanto, minhas juntas parecem meio enferrujadas.

— Força, Mariana! — incentiva Pedrão, o treinador, e eu correspondo, intensificando os socos.

Meu corpo transpira, expurgando o suor e também o estresse acumulado. Termino o treino exausta, mas me sentindo bem. Nada como um pouco de endorfina.

Prefiro deixar para tomar banho em casa, então só me seco um pouco com a toalha, pego a mochila e sigo meu caminho, optando por usar minhas pernas, em vez de pegar um ônibus ou táxi.

Sigo ouvindo música, distraída com os fones de ouvido. Até que uma chamada telefônica interrompe a sequência da *playlist*. É uma ligação de Evandro. Que esquisito!

— Oi! Há quanto tempo não nos falamos, hein!

— Vida corrida a nossa, né? — explica ele e não capto em sua voz o tom animado que sempre ouvi. — Como você está?

Estranho a pergunta porque, até onde sei, sou apenas a assessora da turnê de Joaquim, alguém que no máximo chegou ao patamar de amiga. Querer saber sobre meu estado de espírito dá a entender que ele sabe de alguma coisa. Ou estou enxergando além da realidade?

— Hmmm... bem. E você? — Finjo não saber que a senhora Lili está hospedada na casa dele.

— Acho que a deixei confusa ligando assim de repente, mas, antes de viajar, o Joaquim abriu o jogo comigo.

— Sobre as chantagens e as ameaças?

— Sobre tudo. Inclusive sobre vocês dois.

Paro de caminhar, impactada pela novidade. Pareço uma estátua no meio da calçada, ainda tentando entender o motivo da ligação.

— Antes de ir, Mari, ele me pediu alguns favores, sobretudo no que diz respeito à mãe dele.

— Você é um sujeito incrível, Evandro. Poucas pessoas estariam dispostas a abrigar alguém na própria casa, ainda mais não tendo tanto vínculo.

— Hwa-In é um bom amigo e eu devo muitas coisas a ele.

Não imagino que coisas são essas, mas fico na minha. Não é hora de especular.

— Quando deixou a mãe com minha família, nos preveniu sobre a possibilidade de ela ter uma crise de nervos. Joaquim sempre comentou, durante as viagens que fizemos juntos, que dona Lili é dada a valorizar demais as situações.

Sangue quente. As pessoas são as mesmas, no mundo inteiro.

— Ele deixou o cartão do plano de saúde dela comigo, caso precisasse passar pelo plantão do hospital. E eu acho que é o caso.

— Jura? Por quê? Ela está mal? — Meu coração dispara de nervoso. Que vontade de ver minha mãe!

— Mal, não sei. Mas também não me parece normal. Clarita está aqui na maior aflição. Penso que seria melhor levá-la ao médico. Só que ela fincou o pé e não aceita de jeito nenhum.

— Puxa, Evandro, que situação! — Retorço as mãos, incapaz de sair do lugar. Continuo imóvel, de olhos arregalados, sem focar minha vista em ponto algum.

— Será que ela não ouve você?

Só não caio na gargalhada porque seria falta de respeito. Do jeito que Lee Min-Ah me tratou, mais fácil aceitar a ajuda de um cão sarnento do que a minha.

— Não me importo de tentar, mas duvido. Não somos próximas.

Ele estala a língua. Ao mesmo tempo, me vem uma ideia que tem tudo para funcionar.

— Posso tentar falar com os vizinhos de dona Lili, lá no Bom Retiro. Ela tem muita ligação com a família da Suzy, uma amiga do Joaquim. Talvez consigam ajudar.

Peço o endereço de Evandro, enquanto abano a mão para dar sinal ao táxi que está passando. Como não tenho o número de Suzy, o jeito é ir até ela e torcer para que eu a encontre.

Chegando lá, percebo que pela foto que vi, a destruição do Lili Keopi parecia menor do que de fato é. Passo os olhos pela fachada do que antes era uma cafeteria charmosa e convidativa. Agora está semelhante a um imóvel abandonado. Dá pena de ver.

Não ouso avançar até a porta, pois não quero parecer xereta. E preciso dar um jeito de achar a família de Suzy. Então, sigo até o comércio ao lado e entro, balançando o sino pendurado na entrada, o que atrai a atenção dos atendentes para mim.

Sorrio para eles e vou ao caixa, onde uma senhora está acabando de registrar a compra de um freguês.

— Com licença — digo, assim que ela fica livre. — Meu nome é Mariana e sou amiga do Joaquim, o filho de dona Lili, a proprietária da cafeteria ao lado.

A mulher ergue a sobrancelha, mas se mantém em silêncio.

— Preciso muito encontrar os vizinhos dela, os que têm uma filha chamada Suzy. Só que não tenho o endereço, nem mesmo o telefone deles, e neste momento Joaquim está em Seul, portanto, não consigo me comunicar com ele.

Ela me avalia com atenção, certamente se decidindo se sou ou não confiável. Depois do ataque ao café, aposto que todo desconhecido passou a ser suspeito para as pessoas da região.

— Min-Ah não está em casa agora — responde a senhora, com um sotaque bastante pronunciado.

— Sim, eu sei. Foi passar uns dias com um amigo do Joaquim. E foi ele, o Evandro, que me pediu ajuda, pois dona Lili teve uma crise de ansiedade, mas não aceita ir ao hospital. Pensei que talvez a família da Suzy possa fazê-la mudar de ideia.

A expressão da mulher ameniza um pouco. Acredito que as informações que compartilho funcionam como uma espécie de passaporte da verdade. De alguma forma, acho que a convenci.

Ufa!

— Min-Ah e suas crises — comenta, soltando um muxoxo. — Falo sempre para ela que já passamos por coisas demais nesta vida. É hora de lidar com os fatos de um modo menos sério. Não acha?

— Sim. — Esboço um sorriso para enfatizar a resposta, embora não esteja assim tão de acordo com a coreana.

Duvido muito que alguém levaria numa boa uma situação tão complexa como essa pela qual a família de Joaquim está passando. No fim, prefiro guardar minha opinião para mim mesma.

— Aqui está o endereço das duas. A mãe de Suzy se chama Wang Ji-Won, mas todos a conhecem como senhora Wang ou como Wang-Wang. Brasileiro adora dar apelidos, não é?

Acho muita graça do comentário, porque o jeito da mulher é cômico. Parece uma senhorinha de mangás ou o senhor Miyagi, do filme *Karatê Kid* (o antigo), com cabelos compridos.

Agradeço a ela, prometendo voltar outro dia para comprar algum item na mercearia.

Uso o GPS do celular para me localizar, até ter certeza de que estou na frente de ambos os endereços.

Passo pela casa de dona Lili, observando com atenção os detalhes. É bonitinha, cheia de floreiras nas janelas. Mas não perco tempo demais, porque minha missão não está terminada.

Vejo o interfone no muro da vizinha e me apresso em tocá-lo. Quanto antes resolver a situação, melhor. Evandro está esperando ansioso já.

— Pois não?

— Por favor, a senhora Wang está em casa?

— Hmmm... — a voz hesita. — Quem gostaria de falar com ela?

— Sou Mariana, amiga do Joaquim, filho de dona Lili.

— Só um minuto.

A impaciência toma conta de mim enquanto espero, sem saber se fui descartada sem culpa pela dona da voz que me atendeu. Até que vejo Suzy surgir pelo portão, o que me causa um alívio imediato. Pelo menos nós nos conhecemos.

— Mariana, que surpresa!

— Olá, Suzy. Desculpe chegar assim do nada, sem avisar, procurando sua mãe, mas a situação meio que exige uma atitude rápida, então, vim com a cara e a coragem.

Ela ri, exibindo dentes tão brancos que incrementam ainda mais sua beleza. Eu poderia sentir ciúme dessa mulher, mas agora já sei que não há necessidade. Acho.

Faço uma síntese da situação, logo depois de ser convidada a entrar. A mãe dela está em casa e nos prepara um chá, participando também da conversa.

Minha aflição parece despertar o interesse das duas, que me olham com preocupação. Sei no que estão pensando e eu até não me importaria em explicar, mas terá que ser em outra hora.

Fico empolgada quando elas concordam em me acompanhar até a casa de Evandro. Mando uma mensagem a ele, avisando, enquanto pegamos um táxi. Demora um pouco, porque o trânsito da cidade, para variar, está pesado.

Penso em Joaquim, que deve estar chegando a Seul daqui a uma ou duas horas. Nem sei se vale a pena comentar com ele sobre a mãe. Já bastam as preocupações de lá.

— Dona Lili vai criar caso ao nos ver — prevê Suzy, assim que o táxi para em frente ao prédio de Evandro.

— Imaginem se eu viesse sozinha! Jamais me ouviria, porque não passo de uma desconhecida para ela.

Elas trocam olhares. Odeio quando fazem isso. A mensagem subliminar que passa entre elas é um aviso de que o assunto não me compete. Por mais discretas que às vezes soem, acho um pouco indelicado. Não quero cismar com Suzy, mas assim fica difícil.

Tão logo saímos do carro, ela segura meu braço e, longe dos ouvidos da mãe, diz:

— Não me entenda mal, Mariana. Não estou fofocando sobre você, nem mamãe. Sabemos por que dona Lili implicou quando a conheceu.

Arqueio as sobrancelhas, interessada na história.

— Ela notou, tanto quanto qualquer um que prestasse um pouco de atenção, o interesse de Joaquim em você. E como é uma mulher enraizada nas tradições, agiu daquela forma. Mas, acredite, esse tradicionalismo dela é um pouco de teatro. Lee Min-Ah é dada a um bom drama.

— Agora fiquei com medo de entrar na casa — brinco; ou não.

— Bobagem! A cara fechada dela não assusta de verdade. Quer um conselho?

— Não vou rejeitar, não.

— Quanto mais dona Lili for ríspida com você, mais finja que não está percebendo. Não fraqueje diante dela, não demonstre medo nem respeito em excesso. Como toda criança pirracenta, a coisa acaba perdendo a graça.

Caio na risada, uma gargalhada franca e gostosa. Suzy me acompanha.

Bom, vou fazer conforme ela receitou. Se nunca fugi dos punhos de papai nem dos gorilas da academia, não é uma senhora toda delicada que vai me apavorar, não é mesmo?

Espero...

Joaquim

Seul continua a mesma desde a última vez em que estive aqui. É uma cidade da qual tenho orgulho, minha terra natal. Passou por tantos percalços ao longo da história, mas soube se superar, muitas e muitas vezes.

Chegamos a ocupar uma das piores posições no *ranking* da pobreza mundial. Passamos por guerras, governos totalitários, mas, de alguma forma, a Coreia do Sul conseguiu superar a maioria de seus problemas, muito disso devido ao bem direcionado investimento na educação. Claro que o país enfrenta situações difíceis também. Nada é totalmente perfeito. Questões como desigualdade entre os gêneros, assédio moral, entre diversos outros fatores negativos atrapalham bastante nossa imagem, principalmente perante o mundo ocidental. Há problemas políticos, comuns a outras partes do mundo também.

Ainda assim, é bom pisar neste chão de novo. Apesar do motivo que me trouxe aqui, olhar para Seul me traz a sensação de que me encaixo perfeitamente a este país. É reconfortante. Reconheço que me sinto muito bem no Brasil também, mas raízes são raízes. Este aqui é o meu verdadeiro chão.

Hoje, pretendo desfrutar um pouco de um descanso merecido, pois estou um bagaço. A viagem foi terrível. E ainda tenho que lidar com a brusca mudança de fuso horário. Deixarei para amanhã a parte ruim. Protelar não é do meu feitio, acontece que sinto um pouco de medo. Então, quero passar um pouco de tempo com uma certa tranquilidade, como se minhas razões para estar na Coreia fossem outras. Pelo menos esta noite.

27

Diga-me com quem andas...

Mariana
Annyeonghaseyo, minha Mari. Em coreano, assim 안녕하세요. Essa palavra enorme significa "oi". Mas acho que o palavrão perde fácil para a palavrinha do português. "Oi" serve para quase tudo, né? E a gente fala mais rápido. Então, oi. Estamos lidando agora com essa gigantesca diferença de fuso horário. Aqui, o dia já está clareando. Aí, ainda é ontem. Daqui a pouco vou me encontrar com Seo-Joon. Não existe nenhum plano concreto, mas a ideia é conseguirmos marcar uma reunião com o tal Hyun-Soon e torcer para que ele seja o cara certo. Se sim, farei de tudo para que ele revele que dívida é essa que meu pai largou para trás. E você? Aposto que foi treinar uns socos, já que está com tempo livre. Queria ter visto. Você no ringue é um afrodisíaco natural. Fique bem. Mando notícias em breve. Saranghae.

A madrugada avança noite adentro quando leio pela centésima vez a mensagem que Joaquim enviou mais cedo. Estive tão ocupada com dona Lili e sua crise nervosa que nem consegui conferir o celular durante o dia. A essa altura, ele já deve ter encontrado o amigo.

Então, olá, Hwa-In. Essa também é uma palavra versátil, embora menos que "oi". Mas gosto mais dela porque acho a pronúncia agra-

dável. São quase duas da manhã por aqui. Não estranhe eu não estar dormindo agora. É muita coisa na cabeça e você não pode me condenar por isso ;). Sim, fui para a academia de manhã. Soquei, chutei, lutei demais... contra o saco de areia. Uma hora dessas, quero ir para o ringue com você. Topa o desafio? Assim que tiver novidades, me conte, tá? Estou com saudade. Te amo também.

Não me atrevo a falar sobre a mãe para ele. Também nem precisa. Ela já está melhor.

Giro entre os dedos a embalagem da pulseira que comprei para Joaquim em Fortaleza. Antes, fiquei constrangida e não dei a ele. Depois, a oportunidade se desfez. Agora é esperar que ele volte.

Fecho os olhos, lutando para conseguir dormir. Mas quanto mais brigo contra a insônia, mais forte ela fica, principalmente porque as cenas do meu dia anterior não saem da minha cabeça. As coisas aconteceram mais ou menos assim:

Quando a senhora Wang apareceu na frente de dona Lili, seguida por mim e por Suzy, a mãe de Joaquim, cujo rosto estava da cor de água de arroz, ficou ainda mais pálida. Recostada na cabeceira da cama, ela soltou um lamento ao ver as vizinhas, mas franziu a testa logo que me reconheceu. Fiz conforme orientou Suzy e fingi não ter reparado.

Entretanto, a mulher não quis fazer o mesmo, destacando o fato de que eu, aparentemente, destoava naquele contexto.

— Essa moça assessora Hwa-In até nos assuntos particulares?

Ah, mal sabe a jararaca em que assuntos eu ando "assessorando" o filho dela. Contenho o impulso de me exibir e, mais uma vez, faço cara de paisagem, deixando a pergunta maldosa dela no ar.

As demais pessoas no quarto, incluindo Evandro e a mulher dele, a quem fui apresentada quando entrei no apartamento, tentaram, atropeladamente, encontrar uma resposta para a dúvida. Desistiram quando perceberam que eu não fazia questão, suponho.

— Lili, você precisa dar uma passada no hospital para medir a pressão. Está com aquela aparência de novo — disse a senhora Wang, conferindo a temperatura da vizinha pondo a mão na sua testa.

— Gostaria de saber como vocês três chegaram aqui, e juntas ainda por cima. Se eu precisasse ir ao médico, teria dito.

— Mas, senhora Lili, não custa prevenir, não é? Ficando em casa nessas condições, está deixando seus anfitriões aflitos — ponderou Suzy, com toda a meiguice que lhe é peculiar.

— Ah, querida, você é muito atenciosa.

Rá! Para ela, a velha se derrete toda. Tem como ser mais óbvia?

— Hwa-In é um sortudo por ter você como...

— Amiga — interrompeu Suzy, lançando um olhar furtivo em minha direção. — Mas quem merece esse elogio é a Mariana, pois foi ela quem nos buscou e pediu para virmos ver a senhora.

No mesmo instante, dona Lili estreitou o olhar de novo, encarando-me com uma expressão de quem sabe das coisas. Lógico que minha presença naquele quarto denunciava o grau de intimidade que tenho com Joaquim. Até uma criança chegaria à conclusão certa. Como assessora, meu serviço teria encerrado junto com o término da turnê. Logo, preocupar-me com a mãe — geniosa — do meu "chefe" não soa como um comportamento natural.

— Querendo ganhar pontos comigo — resmungou ela, entredentes, como se nenhum de nós fosse conseguir escutar.

Gente, me subiu uma raiva naquela hora. Apesar do senso comum a respeito das sogras, fontes típicas de piadas e memes, sempre achei que elas são injustiçadas por essa cambada de gente maldosa. Mas eis que me aparece Lee Min-Ah para dar munição ao ideário coletivo. Haja paciência.

Todos, sem exceção, preferimos ignorar a alfinetada, enquanto as duas vizinhas se esforçavam para convencê-la a ir ao hospital. Compreendi a preocupação de Evandro com a hóspede e sua intenção de levá-la ao médico. Quando temos uma pessoa sob nossos cuidados, ainda mais alguém frágil, ficamos praticamente por conta. Mas, sendo muito sincera, para mim, havia uma boa dose de teatro nas atitudes de dona Lili. O filho não é nada parecido com ela.

Enquanto a senhora Wang e a Suzy usavam seu poder de persuasão, Evandro e Clarita me chamaram para ir à cozinha, onde nos sentamos em torno da mesa e conversamos com mais liberdade.

— É muito bom finalmente conhecer você, Mariana. Evandro me contou muitos casos — disse Clarita, servindo-me uma xícara de café junto com rosquinhas feitas em casa. — Ele sempre se impressionou com sua maneira de lidar com o Joaquim.

— Ela nunca envergou para ele. E olha que era provocada o tempo todo.

Nós três rimos. Gostoso rememorar esse tempo, que nem está tão no passado assim, embora pareça muito distante.

— Pura marra daquele menino — justificou Clarita. — Aquele lá tem um coração precioso. Ele contou o que fez por nós?

Neguei com a cabeça, forçando minha memória para ver se encontrava alguma informação que talvez tivesse ficado esquecida em algum canto. Só me lembrei de Evandro dizendo que gostaria de morar em Campinas, mas não podia.

— Nunca foi de se vangloriar por nada — completou o motorista —, apesar de aparentemente ser uma pessoa arrogante. A primeira impressão passada por Hwa-In nem sempre é muito boa.

— Tem razão. Demorei a me acostumar.

— E veja só aonde acabaram chegando.

Soltei um suspiro saudoso com o comentário, ao mesmo tempo que torcia para que Clarita me contasse a história que mencionou. E ela não me decepcionou.

— Mariana, uma de nossas filhas desenvolveu uma doença rara, que começou silenciosa. Ela sentia dores no corpo, especialmente nas juntas. No início, os médicos disseram que era por causa do crescimento, nada com que nos preocupar. Então, relaxamos um pouco. — Clarita fez uma pausa para recuperar o fôlego.

Evandro só ficou escutando, a cabeça meio reclinada para baixo.

— Com o tempo, as dores pioraram, a ponto de derrubarem a menina na cama. Ela só gemia. Não tinha forças nem para tomar banho sozinha. Até que um médico, um anjo, melhor dizendo, desconfiou de um diagnóstico e foi pesquisar. Foram muitos e muitos exames, até que ele concluiu se tratar de uma doença autoimune rara e de difícil tratamento.

— E caro. Muito caro — pontuou Evandro.

Ouvi toda a história, sensibilizada a ponto de lacrimejar. Mas Clarita me tranquilizou, para meu embaraço. (Não deveria ter sido o contrário?) Então, Evandro continuou.

— O médico tentou facilitar o tratamento para nós, mas não dependia só dele. E o plano de saúde não cobria, e ainda não cobre, quase nada. Então, um dia, andando com Joaquim em uma viagem, ele viu que eu estava deprimido e quis saber por quê. Desabafei igual a um bebê chorão. Meu Deus, que vergonha depois!

Clarita se aproximou por trás e bateu nas costas largas do marido.

— Bom, desde esse dia, Joaquim arca com as despesas do tratamento, que tem progredido bem.

— Esse é o homem que se apaixonou por você, Mariana.

Fechei os olhos ao ouvir essa frase, porque assim consegui conter as lágrimas. Não existe característica mais valiosa em um ser humano do que ter empatia pelo próximo. Mesmo se eu já não estivesse louca por Joaquim, terminaria apaixonada por ele. Esse é o meu tipo ideal de homem.

Assim que voltei a abrir os olhos, quem eu vejo me encarando feito ave de rapina? Ela mesma. Dona Lili, que parecia ter ouvido parte da conversa, se levarmos em conta a cara de quem comeu e não gostou.

— Prontinha para ir ao hospital — anunciou Suzy, tirando o foco de cima de mim.

Só por isso, já lhe sou eternamente grata. Vale a pena ter alguém assim como amiga.

Joaquim

Seo-Joon está certo de que o homem com quem vamos nos encontrar daqui a pouco é o chantagista de fato. As investigações que andou fazendo lhe deram essa certeza e, segundo meu amigo, a promotoria está com os dedos coçando para colocar as mãos no cara.

Tudo agora é questão de tempo, além de estratégia. Se eu, pelo menos, conseguir entender melhor a história do envolvimento do meu pai com a máfia e, a partir disso, saber do que se trata a tal dívida, acredito que a solução do problema aparecerá o mais rápido possível. Espero. Preciso que isso aconteça.

Quanto à outra possibilidade, ou seja, eu ser pego em uma emboscada e acabar preso ou morto... bom, melhor acreditar que essa probabilidade nem existe.

Chegamos à sede da empresa que ele administra. Conforme dados da promotoria, por trás da fachada de um negócio limpo, há muita sujeira encoberta, mas difícil de ser rastreada. Faltam provas concretas para que o sujeito seja preso — de novo. Isso já aconteceu no passado e agora Hyun-Soon é um homem mais precavido.

O edifício tem um design moderno e fica bem localizado. Olhando assim, não gera a menor suspeita. Aparências, aparências...

Na entrada, seguranças nos conduzem até a recepção, onde nos identificamos, informando o horário marcado com o presidente da empresa. O lugar não assusta nem um pouco. Pisos sofisticados, brilhantes, iluminação estrategicamente planejada, vidraças amplas, lustres enormes e muitos, muitos elevadores, em um sobe e desce que lembra um balé bem ensaiado.

Incrível como a mente da gente viaja, mesmo em situações de estresse. No que você está pensando, cara? Vai se encontrar com um chantagista e fica prestando atenção ao movimento dos elevadores?

— Relaxa, Hwa-In. Nossa missão aqui hoje é diplomática. Se chegarmos nervosos, acabaremos pisoteados. Se formos arrogantes, ele se fechará. Melhor deixar os sentimentos guardados e agir com neutralidade. — Seo-Joon usa seus anos de experiência como promotor para me aconselhar.

Ajuda, porque hoje sou oito ou oitenta, como falam os brasileiros.

A sala de Hyun-Soon fica no último andar do prédio. Ocupa praticamente todo o espaço, não fosse a pequena recepção, onde está a secretária, uma mulher impecável e formalmente vestida. Sua postura lembra um pouco Mariana, quando ela usa todo o seu profissionalismo para executar as tarefas no trabalho.

Balanço a cabeça para esquecer essa imagem. Preciso estar totalmente concentrado agora. Só assim poderei voltar em paz para Mari.

— O presidente está esperando vocês — anuncia a secretária, usando honoríficos em sua linguagem formal.

Nenhum não coreano consegue compreender as particularidades da nossa língua. Hoje, morando tanto tempo fora, percebo que as pessoas aqui na Coreia já deviam ter aberto mão de tanta formalidade. Mas quem sou eu para criticar, sendo que me mudei faz tempo?

O homem atrás da imensa mesa de madeira escura, parcialmente ocultado pela tela de um computador do tipo última geração, aparentemente nada tem de amedrontador. De meia-idade, um pouco calvo, com um par de óculos e um sorriso de lado, passa tranquilamente a impressão de ser um sujeito correto.

Mas quem disse que uma boa imagem é sinônimo de um bom caráter?

Ele movimenta a mão, indicando que nos aproximemos.

— Então, estou tendo a honra de conhecer o filho de Yoo Ji-Sub — diz, com uma voz anasalada. — Você se parece demais com seu pai, quando ele era jovem. Sabe, fomos amigos. Mas aquele traidor abandonou o barco sem ao menos se despedir.

Ele solta uma gargalhada, interrompida por uma crise de tosse seca, que tenta conter colocando um lenço sobre a boca.

— Vamos nos sentar ao redor da mesa de reuniões. Ambos tomam um chá? Ou preferem uma bebida mais forte?

O homem é polido demais. Nada nele é coerente com a ideia que fiz antes.

No caso, eu preferiria não tomar bebida alguma, mas concordamos com o chá. Estou seguindo o conselho de Seo-Joon à risca.

— Estou surpreso com sua vinda a Seul, Yoo Hwa-In. Imaginei que demoraria um pouco mais a chegar até mim.

— Contei com a ajuda do meu amigo promotor.

Hyun-Soon relanceia o olhar para Seo-Joon, mas não fixa a visão nele. Sua atenção é mantida em mim.

— Não me impressiona que tenha trazido o promotor. Pensei que seria melhor ainda, uma vez que nossa conversa revelará que minhas intenções com você são as mais inocentes possíveis. Meu jeito de abordar as pessoas é que acaba parecendo muito radical.

Meu sangue ferve.

— E tudo o que passei nos últimos dias? E quanto à cafeteria da minha família? — questiono, muito irritado. — É assim que costuma demonstrar inocência?

Ele ri torto outra vez. A calma de Hyun-Soon chega a dar nos nervos.

— Vou explicar a você como as coisas realmente são. A dívida deixada por seu pai quando ele covardemente fugiu da Coreia não é comigo. Eu sou um meio para o verdadeiro prejudicado chegar ao fim que almeja. Por ser meio recluso, ele prefere se comunicar com as pessoas usando-me como canal.

— Ameaçando, destruindo bens? — indaga Seo-Joon, até então só observando.

— Ele realmente é meio exagerado. Mas é porque se sente muito prejudicado pelas ações de Yoo Ji-Sub.

— E por que só agora ele veio atrás de mim, se meu pai saiu da Coreia há anos?

— Não foi fácil localizar vocês. O mundo é grande, meu jovem. A sorte sorriu ao meu amigo quando você se tornou um fotógrafo renomado. Aí, sim, ele pôde localizar o paradeiro de vocês, ainda que o antigo parceiro de negócios já estivesse morto.

Algo difícil de digerir me provoca náuseas. Minha carreira ajudou esses bandidos a nos encontrar, mesmo eu sendo o mais discreto possível.

— Não se martirize por isso, filho de Yoo Ji-Sub. Mais cedo ou mais tarde, a localização de sua família se tornaria conhecida.

Hyun-Soon interrompe o discurso quando seu telefone celular emite um alerta. Assim que lê a mensagem, abre, pela primeira vez, um sorriso amplo.

— Você é um rapaz de prestígio. O velho parceiro de seu pai quer conhecê-lo. Tenho certeza de que posso confirmar seu encontro com ele, certo? Sozinho dessa vez.

28

O que é a verdade? Apenas palavras que vêm à tona? Afinal, ela existe, dita ou não dita.

Joaquim
A época das cerejeiras em flor é muito esperada pelos coreanos. Elas formam inúmeros corredores coloridos pelas cidades e pelas vilas, trazendo vida e cor aos moradores. Existem até festivais para celebrar a exuberância das árvores, também fontes de inspiração para os apaixonados.

Da janela do carro que dirijo para encontrar o homem que tem a resposta para a confusão que virou minha vida do avesso, observo as pétalas que se desprendem dos galhos conforme a vontade do vento, dando a impressão de que neva em plena primavera.

Penso em Mariana, lamentando por ela não estar aqui comigo, em outra situação, claro. Ela amaria esse espetáculo da natureza, poder presenciar o que não cansa de ver nos doramas. Acho incrível e lisonjeiro o tanto que ela se maravilha ao descobrir os costumes dos sul-coreanos, pesquisando ou assistindo às séries.

De um modo geral, transparece em Mariana sua empolgação com a vida, o que é contagiante. Eu até posso ter me sentido atraído pela sua aparência quando a conheci, mas seu maior charme é a personalidade cativante, além do coração enorme.

Solto um suspiro. Estou cansado, temeroso e bastante preocupado. Rodando de carro pelas ruas de Seul, o que eu não fazia há tempos, apreciando a dança das flores de cerejeira, eu me pergunto por que o *timing* da minha vida acabou assim, tão desregulado.

Não sou um sujeito místico, caso contrário acreditaria estar pagando por alguma questão mal resolvida lá em outra vida. Certamente um xamã me diria que é por aí mesmo, caso eu resolvesse procurar um.

Entretanto, ainda que não seja muito ligado a questões metafísicas, não reprimo a lembrança de uma lenda que ouvi quando pequeno, contada por uma professora no dia em que ela levou a turma de alunos para observar a florada das cerejeiras. Segundo ela, os japoneses comparam a efemeridade dessas flores com a breve vida dos guerreiros orientais, que estavam sempre dispostos a morrer pelos seus mestres.

Ligo o som do carro e aumento o volume para me livrar desse pensamentos um tanto mórbido. Uma música estridente, provavelmente de algum grupo de meninas da onda K-Pop, entra pelos meus ouvidos, dando uma chacoalhada no meu cérebro. Era justamente dessa distração que eu precisava.

Sigo dirigindo até o endereço indicado por Hyun-Soon. Vou sozinho, conforme sua orientação. Se não aceitasse a regra, não teria a chance de conhecer o homem que trabalhou com meu pai e agora cobra a tal dívida que ele é acusado de ter deixado pendente. Mas, como não tenho aptidão para super-herói, combinei um código com Seo-Joon:

— Caso eu não apareça até o começo da noite, dê um jeito de ir atrás de mim nesse endereço. Vou tentar ligar para o seu número disfarçadamente e deixar a ligação rolando enquanto me reúno com o cara.

Muita confiança da minha parte pensar que essa estratégia funcionará, levando em conta que serei recebido por uma raposa esperta, que não costuma deixar rastros da sujeira que faz. Mas é o que tenho para me apegar no momento.

Assim que chego ao local combinado, dois seguranças mostram onde devo deixar o carro, que foi alugado para essa missão. Estaciono, portanto, em uma garagem no subsolo do prédio. Eles me escoltam, cada um de um lado, até um cômodo no terraço do edifício.

Há uma grande área, cujo piso é pintado de verde, que termina em um abismo rumo ao trânsito que flui frenético lá embaixo. Venta muito aqui em cima. Uma rajada mais forte lá na beirada pode levar alguém ao precipício. Melhor nem pensar nisso.

Sou conduzido ao interior do cômodo, que se revela maior do que eu esperava. Parece um *loft*, e talvez seja mesmo. Então percebo como venho lidando com uma mente tumultuada. Juro que acreditei que me levariam a um galpão abandonado, ermo, onde eu seria amarrado em uma cadeira bem no centro para uma sessão de tortura. Mas o ambiente chega a ser agradável.

— Ora, ora...

Escuto a voz antes de ver a pessoa. Giro o corpo e me vejo diante de um homem vestido com elegância. Posso apostar que cada item que ele usa deve custar uma pequena fortuna.

— Ao vivo é ainda mais parecido com seu pai — comenta ele, mas não há sequer uma pitada de simpatia na frase. Pelo contrário. Me ver parece causar um tremendo desgosto a esse homem. — Tão parecido que corro o risco de reviver todo o ódio que cultivei ao longo de muitos anos.

Elevo uma das sobrancelhas para demonstrar o quão pouco fiquei afetado por essa declaração, apesar de não estar habituado a gângsters, tipo de gente que só conheço na ficção. Viver como artista, fotografando o mundo por aí, é o modelo de emoção com o qual normalmente convivo. E, veja só, parece que meu pai experimentou outras emoções nada admiráveis.

— Meu pai não está vivo mais — aponto o óbvio.

— Por isso mesmo que agora minha conversa é com você.

É possível perceber a raiva dele, toda canalizada em minha direção.

— Sabe como Yoo Ji-Sub e eu nos conhecemos?

— Nem imagino, afinal nem seu nome ainda me disse qual é.

Pela primeira vez, o homem na minha frente ri. É um sorriso cheio de escárnio.

— Verdade. Então, para começar, saiba que sou Park Won-Bin. Guarde bem esse nome, para que jamais ouse brincar com o dono dele.

— Isso nem passa pela minha cabeça. Meu objetivo aqui é obter informações para que possamos chegar, se possível, a um acordo.

— Você é esperto e sabe usar as palavras a seu favor — comenta, sentando-se em uma poltrona e indicando a outra para mim. — Seu falecido pai também tinha esse talento. Embora, no caso dele, tenha usado para se safar das confusões que arrumava.

Levando em conta a vida que esse tal de Park Won-Bin leva, quem teve lábia de verdade para driblar a vida foi ele, e não meu pai, que precisou fugir.

— Faz mais de vinte anos que estou à procura de sua família — prossegue. —Yoo Ji-Sub deixou a Coreia para escapar de mim, o homem que ele traiu por um capricho. Mas nem sempre fomos adversários. Chegamos a ser grandes amigos, sabia?

Meu pai jamais mencionou sequer uma vez o nome desse homem, não perto de mim, pelo menos, o que não quer dizer nada, uma vez que guardar segredos era uma característica bem peculiar dele.

— Entramos para o submundo juntos. Éramos meninos ainda e fomos recrutados por um sujeito poderoso, que nos ofereceu uma vida mais fácil do que a que levávamos, dura e muito difícil. A casa dele era uma espécie de quartel, onde ele colocava os garotos para desenvolver técnicas de luta. Estávamos sendo preparados para ser os seus soldados.

Os olhos de Park Won-Bin se perdem, como se estivessem enxergando além do agora. Eu, por outro lado, estou preso ao rosto dele, completamente concentrado na história.

— Crescemos e ali criamos vínculos. Estabelecer um relacionamento apoiado no ódio que foi sendo fomentado em nós é algo bastante poderoso, rapaz.

— Ódio de quê? — pergunto, para não perder o raciocínio.

— Do mundo! Éramos vistos como a escória, pessoas que, para a sociedade, não tinham por que viver. Ouvíamos esse discurso todos os dias e assim passamos a acreditar nele, cegamente. Eu fui um jovem muito rancoroso e bravo. Seu pai não ficava atrás. O chefe aprovava nossas personalidades e nos incentivava a crescer dentro da organização. Só tínhamos que fazer o que ele mandava.

— Que era...

— Extorquir, enganar, roubar... A lista é grande.

O verbo matar ficou subentendido ou eles não chegaram a esse ponto? Não sei se quero realmente saber.

— Yoo Ji-Sub e eu nos tornamos homens de confiança do chefe e cada um de nós ganhou uma espécie de gerência na organização. Comandávamos equipes e éramos bem recompensados, desde que cumpríssemos as regras. A vida de repente ficou muito boa. — Ele abre um sorriso sonhador. — Aqueles que pisaram em nós no passado eram os mesmos que passaram a nos respeitar. No mundo dos negócios, a linha que separa integridade moral e desvio de conduta é muito tênue. É aquela velha história: dê poder a um homem e conheça seu verdadeiro caráter.

Por mais que eu tenha descoberto o passado do meu pai quando ele morreu, ouvir a história com mais detalhes deixa meu estômago embrulhado. Para ser sincero, eu ainda mantinha um resquício de esperança de que tudo fosse um terrível mal-entendido.

— Então, ele desistiu de tudo? — arrisco um palpite, que provoca um acesso de risadas no velho. — E fugiu devendo a você?

— Havia uma moça. — Ele respira fundo. — Ela morava perto da nossa vizinhança. Do meu ponto de vista, parecia um anjo. Seus longos cabelos negros, fartos, brilhavam mais que as estrelas no céu.

Um sinal de alerta se acende dentro de mim. Gostaria de parar o tempo para não ter que ouvir mais.

— Eu me apaixonei por ela, mas fiquei com medo de me aproximar abruptamente. Um homem como eu precisava ser cauteloso ao abordar uma mulher como aquela. Seu pai deve ter se cansado de ouvir minhas lamúrias quando saíamos para beber. Meu assunto favorito era ela. Você consegue calcular o tamanho da decepção que me atingiu quando descobri que os dois iam se casar?

Minha garganta se fecha. Não consigo processar o que estou escutando desse homem.

— Yoo Ji-Sub tinha um relacionamento com ela, o anjo que me fez pensar seriamente em abandonar a máfia. Não que ele soubesse que fosse a mesma garota por quem me apaixonei. Dizia que não imaginava. Mas o que seu pai deveria ter feito ao descobrir? Acabar tudo. Afinal, éramos como irmãos. E por que jamais havia mencionado que estava saindo com alguém?

Fico de pé, tentando controlar o enjoo. Não é possível. Não é possível.

— Não teve jeito. Ji-Sub fez um trato com o chefe e, depois de concluir o tal acordo, largou a organização e se casou com Lee Min-Ah, sua mãe.

O olhar de Park Won-Bin está cheio de rancor.

— Você é a cara do seu pai, daquele homem maldito que traiu anos de uma amizade até então inabalável — ele brada, aproximando-se perigosamente de mim. — Olhar para você traz de volta todo o ódio que me consumiu na época e que até hoje me impele a buscar vingança. Covardemente, Ji-Sub se escondeu em algum canto com ela, pois sabia que uma hora eu agiria, embora o chefe tenha me proibido de atacar. Sabe por que acabaram se mudando para o Brasil?

Posso imaginar, mas minha mente está chacoalhando. Cada frase dita por esse sujeito é loucura atrás de loucura.

— Eu acabei me tornando o chefe dos negócios anos depois. Então, passei a ter liberdade para tratar do assunto como eu bem entendesse. A proteção dada a Yoo Ji-Sub havia acabado. Sabendo disso, ele pegou você e sua mãe e partiu, com a desculpa de que a Coreia vinha enfrentando aquela crise terrível. A coincidência foi providencial, não é?

Sem que eu consiga me antecipar a ele, Park Won-Bin se lança sobre mim e agarra a gola da minha camisa, limitando o ar que respiro.

— Essa é a dívida. Não há dinheiro que pague o que o ordinário do seu pai me fez. Ele me roubou o amor da minha vida e ainda por cima ganhou a simpatia do chefe.

Eu me livro do aperto dele, empurrando-o com força, o que ouriça os seguranças. Os dois prendem meus braços, impedindo-me de me mover.

— Está delirando? Quer que eu entregue minha mãe a você e fique aliviado por ter liquidado a "dívida"?

— Ou isso ou pague pela traição de Ji-Sub.

Estreito o olhar.

— Quanto? Quer arrancar dinheiro de mim?

— Vou esclarecer melhor a situação. Em sete dias, precisa me informar a qual decisão chegou. Ou você traz sua mãe aqui ou morre. De um jeito ou de outro, a dívida estará saldada.

Perco o ar, estupefato.

— E, para não dizer que sou desumano, você ficará hospedado em um lugar tranquilo, sem interferências externas, para que pense calmamente. Me dê aqui seu celular.

Um dos gigantes arranca meu telefone do bolso e joga para Park Won-Bin.

— Desbloqueie — manda, devolvendo-o para mim.

Aproveito para interromper a ligação para Seo-Joon sorrateiramente. Minha esperança é que ele tenha ouvido tudo.

— Agora desative a função de localização do dispositivo.

Faço o que ele quer, porque estou perdendo feio de três a um — e sabe-se lá de quantos homens mais espalhados pelo edifício.

— Por enquanto, vou ficar com o aparelho.

Tão logo ele termina essa parte, minha cabeça é imediatamente coberta por um saco preto.

— Daremos um passeio agora. Pena que você não poderá apreciar a vista.

Talvez minha vida esteja chegando ao fim. O mais estranho nisso é que não sou dominado por nenhum arrependimento. Se eu morrer hoje ou amanhã, será com honra e dignidade. O que me dói é não poder desfrutar um pouco mais do meu relacionamento com Mariana. Queria ter a chance de viver com ela, sendo constantemente contagiado por aquele coração gigante. Não cheguei nem mesmo a dizer *eu te amo* em português. Acho que teria mais impacto do que *saranghae*. Ou não.

— Sei que também ama alguém. Então, deve entender minha mágoa.

— Não espere minha empatia. Amor não tem nada a ver com possessividade, muito menos com vingança.

— Mostre respeito aos mais velhos, seu traste!

Recebo um soco no estômago, arrancando o ar dos meus pulmões.

— Deixem. Esse aqui não tem a honra dos coreanos. Puxou ao pai.

29

*Se entendi direito a série, um goblin pode aparecer
do nada para salvar quem ele bem entender, certo?
Então apareça, por favor!*

O telefone chama, chama, até cair na caixa-postal. Já perdi a conta do número de chamadas que fiz desde a última vez que fiz contato com Joaquim. Isso foi antes de ele ter ido se encontrar com o homem que aparentemente é o líder da organização.

Dou voltas pelo quarto, descabelando-me de desespero, porque está óbvio que algo não saiu conforme o planejado. Essa falta de notícias não pode ser um simples problema de esquecimento. Ele não faria isso comigo.

Pior é que não tenho a quem recorrer. Como posso fazer contato com o amigo dele lá em Seul, o tal promotor, se nem mesmo sei seu nome completo?

Puxo meus cabelos com as duas mãos, desejando arrancá-los da cabeça, doida para sentir uma dor física que supere o pânico que cresce a cada minuto dentro de mim. Mas nada, infelizmente, consegue me distrair desse medo louco por Joaquim. E se ele estiver enclausurado em algum canto, sendo torturado, sofrendo das piores maneiras possíveis?

Ele pode estar até morto e nenhum de nós, aqui no Brasil, jamais ficará sabendo.

Caio de joelhos no tapete, sentindo-me uma inútil, incapaz de pensar em uma ação concreta e eficiente.

— Miguel, preciso de sua ajuda — choramingo, gravando uma mensagem de voz, porque ele não atendeu a ligação. — Joaquim está na Coreia. Foi tentar se livrar da perseguição e das chantagens, mas faz quase um dia que não consigo falar com ele. Alguma coisa muito ruim deve ter acontecido. E agora? E agora?!

Não consigo falar mais, porque só sei chorar, compulsivamente. Fico assim por alguns minutos, aproveitando a solidão no apartamento para não reprimir essa angústia louca que está quase me matando. Abraço meu celular, porque ele agora é a única lembrança física que tenho de Joaquim, já que foi um presente dele. Abro a pasta de fotos e fico repassando todas que fiz ao longo dos muitos eventos que cobri.

Em muitas delas, ele está com a testa franzida, olhando na direção de algum fã que, naquele momento, lhe fez uma pergunta. Sua seriedade não condiz com a verdadeira personalidade dele. Eu mesma me deixei enganar no começo.

Mariana, reaja! E fico de pé em um pulo.

Busco o nome de Evandro na agenda e decido saber se, por acaso, já ouviu falar no tal Seo-Joon. E, o mais importante, rezo para que, caso a resposta seja sim, que tenha o número do telefone dele. Estou prestes a tocar no ícone de iniciar uma ligação, quando meu celular emite seu som estridente de chamada. Quase o deixo cair.

Não reconheço o número, mas que se dane.

— Alô!

— *Please, I would like to talk to Miss Mariana.*

Uma voz carregada de sotaque, indicando que o inglês usado não é a língua nativa da pessoa do outro lado, invade meu ouvido. Meu coração dispara, antecipando a possibilidade de que sejam notícias sobre Joaquim.

E são:

— *I am Jang Seo-Joon and I speak from Korea.*

Pela primeira vez na vida, começo a hiperventilar, algo que sempre julguei como excesso de drama. Ao mesmo tempo que sinto alívio por ouvir o nome desse cara, o bendito amigo de Joaquim, fico histérica com o que esse contato repentino pode significar.

— *It's me* — esforço-me para colocar as palavras para fora.

Há uma pausa momentânea, rápida. Percebo, mesmo transtornada, que o coreano está elaborando a melhor estratégia para me dizer o que pretende.

— *Can I make a video call? Excuse me. I did not even introduce myself. I'm a friend of Hwa-In.*

— Ok — permito.

Assim que o vejo, tenho vontade de chorar de novo. Eu me martirizo, questionando-me se ele não foi o último a ver Joaquim com vida.

Nós nos cumprimentamos e a conversa continua do ponto que parou, em um inglês melindrado de ambos os lados.

— É um prazer finalmente conhecê-la, senhorita Mariana. Meu amigo falou bastante sobre você.

Apenas movimento a cabeça, sufocada pelas lágrimas que tento segurar.

— Infelizmente, não tenho boas notícias.

— Onde ele está?

Titubeante ao escolher as palavras de um idioma que não é o dele, Seo-Joon faz o possível para me explicar a situação sem me abalar ainda mais. Seus olhos expressam esse cuidado.

— Hwa-In foi se encontrar com o desafeto do pai dele. Antes de ir, salvou seu telefone em meus contatos e me pediu que, caso não voltasse, eu tomasse algumas providências. Uma delas é esta, avisar a você.

— Ele... não... voltou? — Minha voz sai em um fio quase inaudível.

— Não. Mas foi esperto o bastante para deixar o telefone em uma ligação para mim e eu pude ouvir toda a conversa. A justiça sul-coreana já desconfiava do homem com quem Hwa-In foi se encontrar. Pelo áudio, ele acabou se denunciando. Pelo menos, temos um pretexto para procurá-lo e até detê-lo por uns dias.

— Isso é bom. Mas e quanto ao paradeiro do Joaquim? — Para mim, é tudo o que importa.

— Está mantido preso em algum lugar. Não sabemos ainda onde, mas estamos investigando e realizando buscas.

— Por que ele está preso?! — Eu me exalto, pronta para agir (se eu pudesse).

— Porque o chefe da organização deu a ele a opção de pagar a dívida feita pelo pai ou ser morto.

— Puta que pariu!!! — solto o palavrão em português, alto, estridente, enlouquecida. — E por que ele não disse de uma vez que pagava a porcaria da dívida? Seja lá qual for a quantia, daríamos um jeito.

— Bem... — ele hesita, desviando os olhos dos meus. — Não se trata de dinheiro, senhorita Mariana.

— Não? — Franzo o cenho. — Então, é o quê?

— Entendi que o chefe quer a mãe de Hwa-In, pois ela foi a causa da discórdia entre ele o Yoo Ji-Sub.

— Caramba!!!

— *Ye*, ou melhor, yes — corrige-se quando nota que se expressou em coreano. Mas eu já tinha entendido.

Puxo as roupas do armário aleatoriamente e as jogo na mala de qualquer jeito, fingindo não estar escutando a ladainha de Isa.

— Você só pode estar ficando louca, criatura! O que pensa que vai conseguir indo assim, desembestada, para a Coreia?!

— Parada é que não posso ficar. — Pego um casaco mais grosso, porque sei, de acordo com as séries, que lá faz frio.

— Não ouviu o que Miguel disse? — Isa tira tudo de dentro da mala e joga no chão, me matando de raiva. — Mariana, as justiças dos dois países agora estão trabalhando em conjunto. Está nas mãos delas a resolução do caso. Acha que pode dar uma de Mulher-Maravilha e salvar a pátria?

Minha irmã joga os braços para o alto, inconformada.

— Não seja tão imprudente assim, pelo amor de Deus.

— Isa, eu vou, sim. Seo-Joon vai me receber. — Começo a chorar. É só isso que tenho feito desde que conversei com ele. — Em Seul, pelo menos estarei mais perto de Joaquim e não me sentirei tão inútil.

— Argh! Por que não precisa de visto para entrar na Coreia do Sul? — lamenta ela, me dando umas sacudidas.

— Se precisasse, imploraria para Miguel me ajudar a conseguir.

Seguro os braços de Isa, obrigando-a a olhar nos meus olhos.

— Irmã, entendo por que você não quer que eu vá. Mas, se fosse o Tavinho que estivesse em uma situação assim, você ficaria em casa, esperando notícias, ou moveria céus e terras para ir atrás dele?

Ela parece estar refletindo, o que já é uma pequena vitória.

Abaixo-me para pegar as roupas largadas no chão, torcendo para que minha irmã me entenda. Prefiro viajar com o apoio dela.

— Você gosta dele tanto assim, Mari?

— Pode não acreditar, mas a resposta é sim, mais do que é possível imaginar.

— Deus meu! — Isa me puxa, enlaçando-me em seus braços. — Nossos pais vão surtar. Sabe disso, né?

— Não vou contar a história toda. E eu mato você e Miguel se abrirem o bocão.

— Vai ser difícil enganá-los — ela suspira. — E a mãe de Joaquim? Já foi informada que a dívida é ela? Coitada... Que situação!

— Deixei essa missão a cargo de Evandro e Suzy. A mulher não me suporta. Achei melhor não ter que lidar com ela.

Não sei como ocorreu a conversa, porque não tive tempo de procurar saber. Eu me concentrei em correr no site da companhia aérea e reservar a passagem assim que desliguei a chamada de vídeo com Seo-Joon. Meu voo é logo mais à noite, portanto, estou correndo contra o tempo.

— Esse cara que vai esperar você lá em Seul, ele é confiável, Mariana?

— É o amigo mais próximo de Joaquim.

Acabo de fazer a mala, mas, antes de fechá-la, eu me lembro da pulseirinha de couro e chifre de boi. Sou uma pessoa que cultiva a esperança. Se não acreditasse que Joaquim será salvo, não me deslocaria para um país tão distante — ou será que iria do mesmo jeito? Vou levar o presente que comprei para ele porque meu otimismo não me permite cultivar intuições negativas. Ainda vou vê-lo com a pulseira no pulso, enquanto caminhamos de mãos dadas pelos cenários de Seul, que devo ser capaz de reconhecer, de tanto vê-los nos doramas. Tenho fé.

Joaquim

Agora, sim, o cenário é condizente com a noção cinematográfica que eu tinha sobre organizações mafiosas. Estou amarrado em um cubículo, onde me trazem comida e água uma vez por dia. Mas não são as únicas visitas que recebo. Os entregadores de alimento são professores de criança se comparados com os caras que aparecem para treinar seus golpes de luta livre em mim.

Ai, ai... eu me sinto como um saco de pancadas. Meus olhos estão inchados; a boca, cortada. A cabeça dói. Parece que tem um sino dentro dela. Mas toda essa violência é fichinha perto da angústia que dá sempre que meu celular toca e vejo o nome de Mariana aparecer.

Essa gente é profissional nas técnicas de tortura, tanto física, mas, principalmente, mental. O telefone colocado sobre uma cadeira, a alguns metros de distância, recebendo ligações o tempo inteiro, só me deixa ainda mais agitado e louco para escapar daqui. Cada instante que se esvai no espaço-tempo representa minha condenação. Não existe outra possibilidade a não ser eu ficar aqui até me matarem.

Envolver minha mãe nessa loucura é uma hipótese inexistente.

Agora, mais do que nunca, reconheço que lido com um insano. Afinal, ninguém minimamente normal exigiria a entrega de uma mulher para considerar quitada uma dívida. E quem alimentaria um rancor de mais de trinta anos porque sua paixão juvenil se casou com outro homem?

Enfim, o que esperar deste meio no qual me meti?

Pelo menos uma coisa me consola. Saber que meu pai abandonou a máfia depois que se casou com minha mãe e tentou viver dignamente é um alívio. Pena que, uma vez envolvido com criminosos, a conta a se pagar acaba sendo alta demais.

Meu celular toca de novo e, mais uma vez, é o nome de Mariana que aparece no visor. Perdi as contas da quantidade de ligações que ela fez. Antes, eu estava contando. Imagino como deve estar aflita, sem saber o que fazer. Será que Seo-Joon conseguiu contatá-la? Eu me pergunto se isso era mesmo o melhor a ser feito. Ela jamais vai se contentar em esperar sentada, quietinha em São Paulo ou em Belo Horizonte. Aquela maluca não pensa duas vezes antes de se meter em confusão. Acha que é uma super-heroína.

Fecho os olhos. Sua chamada ainda não caiu. É como se, de alguma maneira, Mariana estivesse junto comigo aqui neste cômodo minúsculo. Ela traz luz, ainda que pela tela do celular, para este ambiente sombrio, que prenuncia a morte.

— Essa merda não vai parar de tocar, não?!

Um dos capangas de Park Won-Bin invade o espaço, fazendo o maior estardalhaço. Ele é um dos que, vez ou outra, vem aqui para descer os punhos em mim.

— Reclame com seu chefe. A ideia de me torturar com o telefone foi dele.

O sujeito muda a expressão no mesmo instante, como se, ao mencionar o líder, de alguma forma ele acabasse sendo conjurado.

— Você se acha muito espertinho, não é? Daqui a pouco seu prazo expira. Quero ver esse sorrisinho cretino quando eu estiver acabando com sua vida.

— A honra será dada a você?

Ele vem até mim e desfere um soco abaixo do meu queixo. Mas, em vez de gritar, ofegar, sentir-me mal, caio na gargalhada. Rio de criar lágrimas nos cantos dos olhos. É que imagino Mariana no ringue, lutando contra esse troglodita. Já treinei *taekwondo*, por isso, tenho a noção de que ela, obstinada como é, não se deixaria envergar facilmente.

— Você só pode ser louco, cara. Rindo dias antes de encontrar o desonrado do seu pai.

— Nunca se sabe o que o futuro nos reserva. Nunca se sabe...

30

Mundo novo, aberto a inúmeras possibilidades.

Gosto de aeroportos. A maioria das pessoas que conheço, não. Reclamam da espera, da confusão, dos inúmeros trâmites, ainda mais em se tratando de voos internacionais. Aí é burocracia que não acaba mais.

Eu curto cada etapa. Não sei se é porque não cheguei a viajar de avião antes de me tornar adulta. Meus pais são pessoas simples. Nunca tiveram condições para nos dar regalias, o que não nos prejudicou em nada. Minha primeira vez voando foi há poucos anos, logo que comecei a ganhar meu próprio salário. Aí, comprei um pacote de viagem em uma agência e fui para Maceió, levando a família Pena a tiracolo. Foi o máximo.

Que saudade me bateu agora daquele tempo...

Então, hoje em dia, aeroportos são como parques de diversão para mim. Estando sozinha, melhor. Aproveito o tempo, que é sempre longo porque sou prevenida, para observar o vaivém das pessoas. Fico conjecturando sobre suas vidas, o que fazem, para onde estão indo. Minha mente voa, mergulhada nas reflexões.

Mas, dessa vez, não. Enquanto aguardo a chamada para meu voo, cultivo a aflição que me abateu desde o dia em que perdi contato com Joaquim. Nada aqui é capaz de me distrair, nem mesmo o bebê fofo que faz gracinhas no colo da mãe. Sorrio para eles e continuo presa às minhas preocupações.

Checo a previsão do tempo em Seul só para ir me habituando com o clima local — não que isso faça alguma diferença. Mamãe Pena também tem uma contribuição grande na formação da minha personalidade, não só papai. Por causa dela, tenho a mania de verificar cada pormenor daquilo que estou prestes a realizar.

Falta cerca de uma hora ainda para o embarque. Pelos cálculos da companhia aérea, serão quase trinta horas até Seul, entre voos e escalas. Nunca passei tanto tempo no céu. Pensei que ficaria nervosa. Provavelmente, se a situação fosse outra, eu estaria suando frio de medo. Nada, no entanto, consegue superar minha apreensão por Joaquim. Nem o risco de explodir no ar ou cair em um mergulho mortal nas profundezas do Oceano Pacífico.

É tanta ideia ruim que povoa minha cabeça que decido abrir o aplicativo que transmite séries asiáticas para dar continuidade ao dorama a que assistia antes de toda essa confusão. Esse se chama *Goblin* e é um dos enredos mais lindos e emocionantes que vi até agora.

Estou na cena em que a protagonista consegue sentir a espada invisível fincada no peito de Kim Shin, aquela tensão toda no ar, quando a pessoa que se senta ao meu lado me assusta ao dizer meu nome de modo estridente.

— Mariana!

Soou mais como se ela tivesse perplexa por ver uma barata.

Horrorizada com a abordagem, viro a cabeça com os olhos arregalados e engasgo ao ver o rosto de ninguém menos que Lee Min-Ah, a nada amável — e arrasadora de corações — dona Lili.

Nós duas nos encaramos por longos segundos, uma mais espantada que a outra, eu sem coragem de verbalizar o que já adivinhei. Como conseguiu se livrar dos cuidados de Evandro? Se bem que, muito provavelmente, nada pôde conter essa mulher.

Um instante depois, ela relanceia os olhos para o painel à nossa frente, mostrando o número do voo que em breve abrirá para o embarque dos passageiros.

— Você também vai?! — questiona, parecendo não acreditar que estou bem aqui. — Por Deus, o que vai fazer em Seul?

Levanto a sobrancelha, induzindo-a a adivinhar. Não está nada difícil, não é mesmo?

— Sua ligação com Hwa-In é tão forte assim? — Lili passa a mão pela testa. — Não acha que é demais?

Solto um longo suspiro, porque estou sem energia para debater qualquer tipo de assunto.

— Pelo visto, não.

A mulher agarra a bolsa entre o peito e se vira para a frente, calando-se. Volto a visualizar a tela do celular, congelada na imagem que pausei. Eu me vejo dividida entre continuar a assistir à série ou sair do aplicativo, porque, a essa altura, não sei se conseguirei me concentrar de novo. A resposta a essa dúvida surge junto com a voz de dona Lili.

— Imagino que já saiba de toda a história.

Não tenho por que mentir, então assinto, guardando o celular na mochila.

Ela abaixa a cabeça, talvez para esconder o embaraço. Apesar de não nos darmos bem, é impossível não me sensibilizar.

— E qual o motivo que está arrastando você até a Coreia? Você acredita que poderá fazer alguma coisa por meu filho?

— Eu tenho que ir. Só isso. Para a senhora, posso não ser a pessoa certa para ele, mas, independentemente das tradições, o que sinto por Joaquim é forte e verdadeiro demais para eu simplesmente ficar à margem, assistindo ao desenrolar dos acontecimentos.

— Não é o que sonhei para o futuro dele.

Dou de ombros, menosprezando seu comentário infeliz.

— Tenho certeza de que a senhora não sonhou com nada disso que está acontecendo com seu filho — rebato, muito mais corajosa para lidar com essa criatura. — Se ao menos imaginasse que tudo se desenrolaria dessa forma, teria agido diferente no passado?

— O que está insinuando? Pensa que provoquei dois homens e fiz um joguinho para vê-los brigarem por mim? — Os olhos dela lançam chamas em minha direção, mas o tom de voz está reduzido. Pelo menos, Lee Min-Ah quer evitar armar uma cena tanto quanto eu. — Eu só amei o pai de Hwa-In. Quanto ao outro, esse que se acha meu dono, era só alguém que pairava ao meu redor.

Ela retruca, mas seu desconforto por estar se defendendo é nítido. Fico com pena.

— E o que a senhora pretende fazer? Ir falar com ele? Quero dizer, se está indo para a Coreia, é porque deve ter pensado nessa possibilidade.

— Não existe nada mais valioso na minha vida que meu filho. Por ele, eu atravessaria este planeta a nado. Enfrentaria os piores adversários. É assim que estou encarando tudo.

Lembro-me, subitamente, da música do Frejat:

Eu aceitaria a vida como ela é
Viajaria a prazo pro inferno
Eu tomaria banho gelado no inverno
Por você... Por você...

Diz muito sobre essa declaração de dona Lili.

Curioso como ela se transformou em uma pessoa aparentemente mais forte, se comparada com aquela mulher que quase foi arrastada para o hospital por causa de uma crise de nervos. Sem dúvida, ela é outra pessoa.

— E você? O que pretende fazer quando chegar a Seul? Sair à procura a esmo não é algo muito inteligente.

— Jang Seo-Joon, um amigo de Joaquim, está me esperando lá. Ele é promotor e...

— Sei quem é esse rapaz. Esteve na minha casa todas as vezes em que foi a São Paulo.

Dona Lili esboça um meio sorriso. Sei que não tem nada a ver comigo. Deve estar se recordando de alguma situação alegre.

— Muito belo. — Ela sacode a cabeça ao notar o lapso. — E daí? Os dois são algum tipo de soldados do exército da salvação?

Essa mulher tem o dom de desdenhar de mim.

— Não sei, dona Lili. Não sei. Existem algumas pistas, mas é tudo muito incerto. Estou sendo sincera, porque não há plano elaborado, nem ao menos um indício de caminho claro a ser seguido. — Meus olhos marejam. Disfarço as lágrimas colocando meus óculos de grau.

Ela desiste de me pressionar.

— Já sabe qual é o número de sua poltrona? — ela pergunta, de repente.

Admiro sua capacidade de não criticar meus sentimentos. Ignorá-los é mil vezes melhor.

Mostro-lhe a passagem, apontando o lugar.

— Estamos longe. Não terá que aguentar minha rabugice pelas próximas longas, exaustivas e tensas horas.

— Yay! — Simulo uma comemoração.

Dona Lili sabe que não foi de verdade. Tenho certeza disso porque, do nada, recebo três batidinhas no dorso da mão. Mas, antes que eu reaja, ela se afasta. Para o bem de nós duas, melhor eu não tentar entender a mãe de Yoo Hwa-In.

A Seul que vejo ainda do avião faz meu coração disparar. Quando eu me perdia em blogs de viagens, traçando roteiros que gostaria de fazer pelo mundo afora, nunca passou por minha cabeça, sequer uma vez, conhecer a Coreia do Sul. Do extremo oriente, talvez só o Japão tenha entrado na minha enorme — e impossível — lista, isso porque a ideia de turismo que costumamos fazer se concentra basicamente nos destinos tradicionais.

Que grande bobagem.

Não fosse por Joaquim e meu recente vício em séries asiáticas, continuaria sonhando em conhecer apenas os lugares óbvios, perdendo a oportunidade de ampliar ainda mais meus horizontes.

Não que eu esteja turistando. Sinceramente, não tenho nem cabeça para buscar a localização dos pontos que acabei conhecendo por meio dos doramas, inclusive a região de Gangnam, o distrito comercial imortalizado por PSY na música "Gangnam Style", cujo MV é um dos mais visualizados no YouTube até hoje.

Mas, se tudo acabar bem, não sairei deste país sem antes passear um pouco pelas ruas, pelo menos da capital, fazendo o possível para assimilar o máximo da cultura local. Quanto mais um estilo de vida é diferente do meu, mais me interesso.

O avião taxia na pista, não sendo um motivo justo para que eu me emocione. Mas isso acontece. Do nada, meus olhos marejam. Entendo o porquê, já que, na minha cabeça, agora estou respirando o mesmo ar de Joaquim. É assustadora a força dos meus sentimentos por ele. Ainda que sejamos impossibilitados de ficarmos juntos um dia — agora não, pelo amor de Deus —, terá sido o amor mais intenso que senti. Destino? Se eu acreditasse nele, diria que sim.

Ajeito minha bagagem de mão no ombro, tão cansada que mal tenho forças para me manter de pé. Procurei dormir um pouco durante o voo, mas o desconforto e a preocupação não permitiram que eu caísse totalmente no sono.

Só para não perder o costume, enquanto espero as pessoas da frente esvaziarem o avião, ligo para o número de Joaquim. A ligação, como das outras vezes, não cai direto na caixa-postal, o que significa que seu telefone não está desligado nem fora da área de cobertura — se bem que na Coreia não deve existir área sem sinal, já que o país é reconhecido mundialmente pela excelência no setor tecnológico.

Que agonia é querer notícias de alguém, a ponto de enlouquecer por causa disso, e não conseguir. E eu reclamava quando tentava falar com Miguel e não tinha sucesso. As ignoradas do meu irmão são fichinha perto do desaparecimento de Joaquim. Só Deus sabe o quanto estou lutando para me manter de pé e não desmoronar de vez. Se não fosse o mantra "tenho que ser forte, tenho que ser forte", eu já teria jogado a toalha.

Quando finalmente consigo sair da aeronave, envio uma mensagem para Seo-Joon, avisando que já pousei. Ele responde em inglês, informando que está à minha espera no saguão. Ainda bem que nós dois nos viramos bem nesse idioma, do contrário estaríamos lascados.

Ao chegar ao final do corredor, vejo dona Lili. Ela acena para mim assim que me vê. Será que foi para mim mesmo?

Dou uma conferida atrás de mim para me certificar, concluindo que sou eu o foco dela.

— Estava esperando você. Imaginei que ficaria confusa por não entender o coreano.

Uau! Agora Lee Min-Ah me surpreendeu de verdade.

— E não tenho certeza se fala inglês.

Os textos das placas e dos avisos são escritos em ambas as línguas, logicamente para facilitar a vida dos visitantes que não compreendem o idioma oficial.

— Obrigada.

— É que são muitas etapas e você pode se confundir. Imigração, bagagens, raio X...

Assinto, aproveitando o movimento de cabeça para também agradecê-la. Não que ela esteja sendo um doce de uma hora para outra, mas só de ter amenizado a implicância já é algo a se considerar.

Observo dona Lili caminhando ao meu lado. Já não exibe mais a postura altiva das outras vezes em que a vi. A posição dela não é fácil. Saber que o filho está detido por um criminoso, pagando pelas ações dos pais, é de envergar qualquer mãe.

— Seo-Joon vem mesmo buscá-la?

— Já está aqui.

Sinto que ela não fez todas as perguntas que queria, já que notei a hesitação no final.

— Tenho certeza de que ele não se importará em levar a senhora também. O aeroporto é meio distante — comento, com o intuito de tranquilizá-la. — Vai ficar na casa de algum conhecido ou reservou hotel?

— Ficarei com minha irmã. Quero dizer, minha prioridade é encontrar Park Won-Bin o quanto antes.

Discretamente, ela retira um lenço do bolso e o passa pelos cantos dos olhos.

Queria ter as palavras certas para consolar essa mulher. Quem dera eu pudesse afirmar que tudo acabará bem. Estou me apegando bravamente a essa crença. Penso, no entanto, que tudo o que eu disser soará inseguro e mal articulado. Afinal, eu também estou precisando de consolo, no mínimo de umas batidinhas nas costas.

31

Acabou? Simplesmente assim?

Seo-Joon dedicou várias horas do dia me explicando em que pé as coisas estão caminhando. Depois de deixar a senhora Lili na casa da irmã, ele me levou até o hotel, onde fiz o *check-in* e larguei as bagagens, partindo, em seguida, para o prédio da promotoria.

De acordo com ele, já foi expedida uma intimação para que o empresário Park Won-Bin se apresente para depor. Então, as próximas horas são de pura expectativa, porque não é certo que o *chaebol*, o magnata, aparecerá, uma vez que, exceto pelo flagra via telefonema, não existem crimes comprovados que deponham contra ele.

Por outro lado, Hyun-Soon já se apresentou e revelou alguns fatos importantes, dando a entender que não compactua tanto assim com os métodos administrativos de seu suposto chefe.

— Tenho a impressão de que ele está de olho na presidência da organização — supôs Seo-Joon assim que saímos da cafeteria onde passamos para pegar um café antes de chegar na promotoria.

— Você ouviu que Joaquim tinha sete dias para se decidir. Acredita que tudo se resolverá antes que esse prazo expire? — Faço uma careta ao sentir o sabor do café gelado.

— Estou contando com isso, Mariana. — O jeito como ele pronuncia meu nome é engraçado.

— E quanto à senhora Lili? Ela veio para encontrar Park Won-Bin.

— Se conseguir localizá-lo.

Não para de entrar e sair gente do prédio. Consigo assistir a esse revezamento graças à janela, cuja vista aponta diretamente para o pátio de entrada do edifício. Se fosse em outros tempos, eu ficaria confusa, achando que todos os clientes têm a mesma aparência. Agora, consigo perceber as diferenças nitidamente. Não é o olho que define a etnia. Não mesmo.

— Posso estar passando dos limites, querendo ensinar um serviço que não é meu. Meu irmão é policial federal e odeia quando palpito no trabalho dele. — Sugo mais um golinho de café, tentando me acostumar com a bebida gelada. — Mas, se dona Lili veio para tentar salvar o filho, vocês não podem aproveitar a situação e combinar com ela uma maneira de atrair Park Won-Bin? Não é isso que ele quer?

— Pensei nisso. Pode ser muito arriscado, entretanto.

— Ela não vai concordar com você, Seo-Joon. A mulher está obstinada. Com ou sem ajuda, fará o que for preciso para encontrar Joaquim. Ela me disse isso com todas as letras.

Ele se põe a pensar. Compreendo que ser um homem da lei requer rigor ao seguir as regras. Mas cada minuto que vai embora representa um a menos para tentarmos salvar a vida de Joaquim.

— Daqui a pouco, isso acabará se tornando um problema diplomático — comento. — Apesar de ser coreano, ele é considerado um cidadão brasileiro, ainda mais por ser um artista conhecido, cheio de fãs. Basta uma denúncia para que o Ministério das Relações Exteriores intervenha. E aí?

Morro de medo de que a burocracia emperre o processo. Morro. Estamos lutando contra o avançar das horas.

Seo-Joon coça o pescoço.

— Complicado... — ele suspira.

Imerso em seus pensamentos, o telefone dele toca. Assim que vê o nome que aparece na tela, exibe para mim, como se eu fosse capaz de entender os caracteres do coreano.

A conversa acontece no idioma de Seo-Joon, rápido e cheio de vogais prolongadas. Enquanto fala, ele faz gestos na minha direção, tentando me incluir no assunto. Suponho que seja algo relacionado com a situação de Joaquim, mas é melhor que o promotor bonitão não espere que eu esteja entendendo alguma coisa. Não cheguei a esse ponto ainda.

— Era a senhora Lee — informa, assim que encerra a chamada. Seo-Joon está nitidamente nervoso.

Meu coração dispara. Algo me diz que o tempo da espera acabou.

— Ela conseguiu falar com Park Won-Bin, que concordou em encontrá-la amanhã.

— Fácil assim? — desconfio.

— Claro que ele deve ter elaborado uma estratégia que garanta a própria segurança. O combinado é se reunir com a senhora Lee, apenas os dois. Mas ela exigiu ver o filho. Se não puder, nada feito. A mulher não é boba.

— E ele concordou? — Meu coração está quase saltando pela boca. Nada é tão fácil assim.

— Aparentemente. Por isso a senhora Lee ligou. Ela acredita que envolver a justiça, ainda que escondido, pode gerar um resultado favorável. Ou menos perigoso — completa, evitando fixar o olhar no meu.

Sei por quê. Por mais que nós dois estejamos demonstrando otimismo, o medo está à espreita, assombrando nossos passos.

— Agora é o momento de criar uma estratégia. Deixarei você no hotel. Aproveite para descansar um pouco.

Passo as mãos pelo rosto, como se pudesse apalpar o cansaço que me faz querer desaparecer.

— Por favor, não me deixe sem notícias — peço, enquanto nos encaminhamos para fora da cafeteria. — Sabe, sou uma lutadora de boxe. Não envergo facilmente.

Seo-Joon sorri com simpatia. Sem dúvida, ele é uma ótima pessoa. Fico feliz por Joaquim ter um amigo leal como o promotor.

Agradeço pelo café quando nos despedimos na porta do hotel.

— Se demorar a aparecer, não vou te dar sossego — brinco, embora seja a mais pura verdade.

Meu cérebro não queria, mas a exaustão falou mais alto e acabei dormindo. E foi um sono só, sem sonhos ou pesadelos. Acordo com o telefone tocando insistentemente. É Isa, querendo notícias.

Faço uma síntese da situação, o que deixa minha irmã ainda mais preocupada com minha segurança. Afinal, ela tem certeza de que serei colocada em risco.

— Por tudo que é mais sagrado, não saia por aí achando que você pode resolver as coisas. Espere a ação da justiça, pacientemente. O máximo que pode fazer é torcer e rezar por Joaquim, quietinha aí no quarto de hotel.

Isa debulha seu lenga-lenga sem se interromper, fazendo o papel de mãe que ela adora encenar. Não fosse sua vida agitada, acho que já teria providenciado um bebê.

Conversar com minha irmã, ou apenas ouvi-la, me faz bem. Estou ansiosa demais. Portanto, ter o que fazer, além de pensar, ajuda.

— Isa, vou ter que desligar. Tenho outra chamada aqui e pode ser Seo-Joon.

— Seu João? — Ela cai na gargalhada.

— Palhaça! Depois ligo de novo, assim que tiver mais notícias. Beijo!

Agilizo para não perder a nova ligação, que é justamente quem eu esperava.

— Mariana! Antes de contar a você o que planejamos, quero que me prometa uma coisa.

Não é difícil prever o que Seo-Joon vai me pedir. Aperto o osso do nariz, região onde está nascendo uma incômoda dor de cabeça.

— Se estiver ao meu alcance...

— É sério. É o que Hwa-In exigiria também, se pudesse opinar. Precisa prometer que ouvirá tudo, ficará a par da ação de resgate, mas não sairá desse hotel enquanto não voltarmos a nos falar.

— Ação de resgate? — Sinto falta de ar de repente.

— A senhora Lee vai ao encontro de Park Won-Bin, conforme combinou. Ela tem plena consciência de que será nossa isca. Por meio dela, encontraremos o esconderijo e a polícia dará retaguarda para que Hwa-In seja retirado de lá.

Parece tranquilo, dito dessa maneira. Fácil, como ir ao supermercado para comprar sabão em pó. Acontece que não quero considerar as inúmeras possibilidades de insucesso, porque, caso eu me fixe nisso, talvez precise de uma dose de tranquilizante.

— Não posso mesmo ir com vocês? Prometo não atrapalhar. Nem preciso ir tão longe. Posso ficar escondida por perto — respondo. Afinal, só quero estar presente.

— Não, Mariana. É melhor assim. — Ele faz uma pausa. — Temos que estar preparados para muitos resultados. Portanto, quanto menos riscos, melhor, não acha?

Vale tudo em nome do sucesso da missão. Não serei como personagens teimosas, que prometem uma coisa, mas agem do jeito oposto. Essas atitudes são marcas dos filmes em geral. A vida real é diferente.

Ficarei no hotel, como pediu Seo-Joon, ainda que eu acabe doente de tanta ansiedade.

Joaquim

Se eu sair vivo daqui, quero me dedicar imediatamente a um novo projeto artístico. Sinto falta de fazer uma viagem apenas com o objetivo de fotografar.

Nunca estive na África do Sul, embora muitos conhecidos vivam me indicando o país. Seria interessante sair em um safári, unindo turismo com oportunidades. Então, é isso que farei. Caso consiga escapar.

Perdi a conta dos dias. Meu celular não funciona mais. A bateria já era. Nenhum dos homens de Park Won-Bin me traz qualquer tipo de notícia. Estou trancado neste cômodo, isolado do mundo. É quase como estar morto.

Penso em minha mãe. Certamente ela se culpará por tudo. E, dessa vez, não será por drama. Também penso em meu pai, sem a raiva que alimentei pelos últimos meses. Mesmo que tenha preferido viver com rigor, não aceitando comportamentos que não fossem ao encontro de suas crenças, merece crédito por ter nos afastado, a mim e a minha mãe, dos mafiosos com quem se aliou por anos e anos. Refletindo melhor agora, provavelmente aquela rigidez toda fosse sustentada pelo medo. Talvez...

Minha cabeça cai entre meus braços, apoiados nos joelhos. Não existe uma só parte do meu corpo que não esteja doendo. Às vezes, só quero que tudo termine, de um jeito ou de outro.

A porta do cubículo é aberta com estardalhaço. Nem me mexo. É como todos os malditos dias.

— Levante-se!

Um dos homens puxa meu braço, forçando-me a ficar de pé.

— Hoje você vai poder dar um passeio.

Assim como quando cheguei aqui, minha cabeça é coberta por um saco escuro de pano. Sou empurrado para fora do cômodo e praticamente arrastado até um veículo, onde me jogam no banco de trás. Bato as costelas em algo pontiagudo. Tenho a sensação de que acabei de ver estrelas.

Demora um tempo até que sinto o carro parar. Dá para perceber que o céu está claro, então ainda é dia. No Brasil, onde estão as pessoas que mais amo, a noite já chegou.

— Ande direito! — Tropeço nos meus próprios pés e acabo recebendo um chute no tornozelo por isso.

É assustador não ter noção do que está prestes a acontecer.

— Olá novamente, filho de Yoo Ji-Sub.

Alguém retira meu capuz. Pisco freneticamente até me acostumar com a claridade e a primeira pessoa que vejo é Park Won-Bin. Ele tem um sorriso radiante armado na cara que eu gostaria muito de esmurrar.

— Sabe por que está aqui?

Seus braços se abrem, apresentando o novo ambiente. Agora, sim, o lugar faz jus às imagens que conjecturei ao ser pego. Trata-se de um galpão amplo, cheio de entulhos de construção.

Não respondo. Nada posso contra esse homem, então lhe darei meu desprezo.

— Para receber uma ilustre visitante. — Ele verifica o relógio. — Daqui a pouco ela aparece.

Ela. Não me passa batido o uso do pronome feminino. Ela.

Meu sangue esfria. Quem mais haverá de ser, senão aquela que, segundo esse louco, é o motivo de meu pai ter morrido em dívida com ele?

— Sua expressão fala por si só. Já adivinhou quem veio especialmente para vê-lo, não é?

Quero voar no pescoço de Won-Bin e apertar até que lhe falte o ar.

— Seu cretino! Eu que deveria decidir sobre isso! — berro, debatendo-me feito um peixe fora d'água, mas os seguranças me retêm. — Era eu ou ela!

— Não me culpe. — Ele espalma as mãos, como se sentisse muito. — Foi a própria Lee Min-Ah quem me procurou.

— Como... — ofego. — Como ela chegou até você?

— Essa é uma pergunta que deverá ser feita para a sua mãe, não acha?

Obviamente, muita coisa aconteceu enquanto fiquei isolado do mundo. Mas, puta merda, jamais imaginei que minha mãe chegaria a esse homem sozinha e tão rápido.

— Lá está ela.

Tudo parece acontecer em câmera lenta. Won-Bin abre um sorriso para receber a mulher a quem designa como seu primeiro amor, mas ela apenas relanceia o olhar para ele. Sou eu que recebo toda a sua atenção.

— Hwa-In! Hwa-In! — Minha mãe corre, mas é detida antes de chegar até mim. — Filho! Estou aqui. — Ela fala em português, palavras misturadas com lágrimas. — Vai ficar tudo bem. — Então, muda de idioma. — Solte-o, agora mesmo! Estou aqui.

— *Omma*! — Quero abraçá-la e sacudi-la, tudo ao mesmo tempo. — Não deveria ter vindo.

A presença dela muda tudo. Se antes o único prejudicado nesta história insana era eu, sei que neste instante qualquer coisa pode acontecer.

— Você mudou muito pouco, Lee Min-Ah. Ainda parece um anjo. Esses anos todos não significam nada agora que veio até mim. Temos muito o que conversar.

Park Won-Bin parece genuinamente emocionado. Um louco.

— Então, solte meu filho. É o único jeito de conseguir minha atenção.

— Está maluca, *omma*!

Ela me encara. Sua expressão é de alguém que parece estar enviando uma mensagem subliminar.

— Vá embora!

De repente, Won-Bin explode em uma gargalhada, que ecoa pelas paredes do galpão.

— São mesmo mãe e filho, duas pessoas lamentáveis e ingênuas. — Ele fica sério. — Ninguém vai sair daqui agora. Quem dita as regras sou eu.

Os seguranças aumentam a pressão em meus braços e minha mãe é retida pelo chefe da organização, que um dia foi amigo de meu pai.

Mas outro fato inesperado ocorre, desta vez surpreendendo não apenas a mim.

— Todos parados!

O local é invadido por vários homens, alguns uniformizados; outros, não.

— Park Won-Bin, é melhor você se render.

Em vez disso, ele agarra minha mãe e encosta uma arma na cabeça dela.

— Desgraçado!!! — Eu me debato e até consigo me soltar.

Por um instante.

Porque, no segundo seguinte, uma dor excruciante me corta de cima a baixo. Apoio as mãos no abdômen, de onde parte a dor, e vejo sangue, muito.

— Hwa-In!!!

Tenho a sensação de que meu cérebro está derretendo. Minha cabeça gira, ao mesmo tempo que perco a rigidez nas pernas.

A voz da minha mãe vai sumindo, como se eu estivesse me afastando dela aos poucos ou mergulhando nem um lago profundo.

Então, tudo some e escurece.

Terá sido o fim?

32

Só não me largue nunca mais.

Joaquim
O que é o tempo? A institucionalização de um parâmetro de conduta das nossas vidas? Tenho dentista marcado às nove horas. O show começa às oito da noite. Hora da morte: três e quarenta e dois da tarde. Quando crianças, desejamos, mais que tudo, crescer. Já adultos, faríamos qualquer coisa para dar uma rasteira no tempo, esse sujeito sacana, também conhecido como Chronos, que ordena a ocorrência dos eventos para que tenhamos a sensação de que tudo não passa de uma sequência calculada. Já li certa vez que o tempo não flui; ele simplesmente é.

Não sei, portanto, se minha vida passou depressa ou se seguiu seu fluxo natural. Se vivi o que tinha que viver ou se ficarão projetos para trás. Tampouco aconteceu de eu passar minha trajetória a limpo, podendo assistir a mim mesmo enquanto envelhecia, como em um filme.

Estou aqui, à espera de algo, enquanto minha memória busca imagens aleatórias, capturadas dos momentos que compõem minha linha do tempo. Eu me vejo na antiga casa na periferia de Seul, onde dormia em um edredom no chão do quarto. Depois, já estou morando em São Paulo, estudando na escola em que aprendi a escrever em português e lutei para empregar a pronúncia certa aos termos. A maior das missões foi o som da letra R, o que me causou muita gozação dos colegas.

Mas há algo descontextualizado em meio a essas lembranças: um som ritmado, *bip bip bip*, longe, quase inaudível. Não sei de onde vem.

Vejo meu pai, com a mesma expressão séria de sempre. Ele apenas me olha por uns instantes, curva-se ligeiramente e some. E a noção que faço do tempo vai ficando cada vez mais vaga.

Mariana

Eu soube assim que li o nome Seo-Joon na tela que não receberia boas notícias. Escutar a voz dele do outro lado da linha só comprovou o que eu previa. O jeito como ele falou Mariana, o tremor descompassando cada letra, não podia significar algo diferente.

Chorei copiosamente enquanto ele me relatava os fatos.

Park Won-Bin está detido.

A senhora Lee não sofreu nenhum mal.

Hwa-In...

Caí sentada no chão ao ouvir o modo como ele pronunciou o nome do amigo. Senti naquelas poucas letras o lamento, ou até um pedido de desculpa, pelas coisas não terem acabado bem.

Assim que Seo-Joon terminou as explicações, fiz aquilo que desejava ter feito há muito tempo. Dessa vez, ele não foi capaz de me impedir. Pedi que me enviasse o nome e o endereço do hospital para onde levaram Joaquim e desci depressa para pegar um táxi. Difícil foi me comunicar com o motorista, que não falava inglês e levou uma eternidade para entender o nome do hospital, que tentei pronunciar da melhor forma possível, mas não o suficiente para soar compreensível.

Não sei... Tudo passou a ser ainda mais confuso ao meu redor desde que Seo-Joon me deixou a par do estado de saúde de Joaquim.

Eu, que já não tinha lágrimas para derramar, encontrei um novo e prolífero estoque dentro de mim.

Quando finalmente cheguei ao hospital, para meu alívio, o promotor desceu para me encontrar. Tive um contratempo na recepção, causado pela minha incapacidade de soar coerente naquele momento. Afinal, depois de dias sem notícias de Joaquim, queria vê-lo o mais rápido possível. Mas não pude. A cirurgia ainda não tinha acabado.

Faz algumas horas que estou em pé, de frente para a porta dupla, entrada do bloco cirúrgico para onde levaram Joaquim desde que foi resgatado pelos paramédicos. Não consigo mexer um músculo sequer, nem prestar atenção em mais nada.

Atrás de mim, sei que outras pessoas também aguardam notícias. Dona Lili usa o ombro da irmã como amparo.

Quando cheguei, elas choravam baixinho. Fiz um ligeiro sinal com a cabeça e passei batido. Se eu ouvir ao menos uma crítica, uma palavra irônica que seja, não respondo por mim.

Seo-Joon é o mais agitado. Ouço os passos dele ecoando pelo corredor, em um vaivém ritmado. Vez ou outra, ele para ao meu lado e fala alguma coisa. Mas nada como um "tudo vai ficar bem" ou "não se preocupe". Depois que a gente deixa de ser criança, palavras vazias são só palavras jogadas ao vento.

Não confortam de maneira alguma.

Uma televisão ligada em um canal qualquer exibe um diálogo agitado em coreano. Se fosse uma ocasião menos preocupante, eu provavelmente me interessaria. Parece capítulo de um dorama novo.

Várias pessoas têm tentado fazer contato comigo. Meu telefone não para de tocar. Até o pessoal do escritório se mostrou ansioso por notícias, já que todos souberam, por meio da editora Só Pra Ler, o que houve com o fotógrafo Joaquim Matos.

Gravei um áudio para minha família e o enviei para os demais, garantindo que avisarei quando tiver alguma novidade.

Apesar de toda a apreensão que cresce a cada minuto em meu peito, sufocando-me a ponto de doer, sou uma estranha no ninho, uma mulher não coreana que sofre pela dor de quem está sendo operado neste instante. Meu desamparo chama a atenção de quem passa por perto. Mas não percebo como me veem. Seja com curiosidade, desprezo ou indiferença, nada disso me incomoda agora.

Fecho os olhos por um momento, empenhada em aplicar a técnica de respiração do meu pai para ajudar a manter o organismo em equilíbrio, uma espécie de meditação. Mas não consigo esvaziar a mente. Por ela passam cenas de Joaquim, dos momentos em que estivemos tão juntos que nos víamos no café da manhã, no almoço e no jantar.

— Suas pernas devem estar doendo. — Seo-Joon chega de fininho, assustando-me.

— Estou bem. Minhas pernas, quero dizer.

— Logo teremos notícias. Já se passaram muitas horas.

Ele tem o dom de ser delicado sem precisar apelar para sentimentalismos. Gosto cada vez mais de Seo-Joon.

Não digo nem que sim, nem que não ao seu comentário.

Ficamos assim, lado a lado, em silêncio, ambos ouvindo o diálogo entre dona Lili e sua irmã. Escuto, mas não entendo sequer uma palavra, pois conversam em coreano.

De vez em quando, o amigo de Joaquim relanceia o olhar para mim, dando a dica de que devo estar presente no assunto das duas mulheres.

— Como ele era quando pequeno?

— Hwa-In? Hmmm, um menino normal como qualquer outro. — Seo-Joon sorri, pensativo. — Gostava de fazer desenhos deitado no chão. Ficava horas assim, perdido no mundo da imaginação.

— Sempre ligado ao mundo das artes — suspiro.

Nesse momento, um grupo de pessoas — médicos e enfermeiros, suponho — aparece pelo corredor onde fica o bloco cirúrgico.

A porta de vidro abre e todos se aproximam, enquanto apenas um deles fala.

A mãe de Joaquim se empertiga, expressando-se por meio de gestos e interjeições à medida que ouve o que o médico tem a dizer.

Estou ficando maluca tamanha minha curiosidade, já que não entendo coisa alguma do que falam. Agito as mãos, louca para me inteirar de tudo, mas Seo-Joon me pede calma, fazendo um sinal para mim.

Que aflição. Como se já não houvesse barreira suficiente impedindo-me de estar perto de Joaquim, ainda preciso ouvir de Lee Min-Ah:

— Melhor ficar aqui. Só a família pode entrar — diz, antes de seguir a equipe médica.

Algo dentro de mim explode de uma vez, como as águas contidas de uma represa. Agora já não consigo mais segurar as lágrimas que retive enquanto as notícias não vinham. Elas chegaram, afinal, mas eu ainda não sei de nada.

— Acalme-se, Mariana. — Seo-Joon bate nas minhas costas. — A cirurgia acabou e tudo correu bem. Hwa-In está sob efeito dos medicamentos, portanto ainda desacordado, mas, pelo que entendi, fora de perigo.

Aí que eu choro mesmo. De alívio, por gratidão. Ainda que dona Lili tenha me empurrado para escanteio, saber que Joaquim está a salvo me deixa muito emocionada.

— Quer tomar um café ou até comer alguma coisa? — O promotor me entrega um lenço, de modo que eu o use para secar o rosto. — Mais tarde voltamos aqui e eu dou um jeito de levar você até Hwa-In.

Não tenho muita certeza de que essa é uma boa ideia.

— Não titubeie. Você precisa se alimentar. Acha que aquele fotógrafo temperamental ficará feliz se souber que a namorada dele não come há horas?

Namorada. Ainda não me acostumei com esse *status*.

— Ok. Vamos lá — concordo, principalmente porque toda energia do mundo ainda é pouca para que eu consiga lidar com a senhora Lili, serpente asiática venenosa.

A respiração de Joaquim faz seu peito subir e descer harmoniosamente. Confiro o soro fisiológico; é importante que as gotas caiam na medida certa.

Ele está dormindo ainda, induzido pela medicação. Mas só de vê-lo assim, bem, vivo, ainda que desacordado, meu coração se enche de alegria. E pensar que poderíamos tê-lo perdido para sempre, já que o corte aberto pela punhalada no abdômen foi profundo.

Ajeito o cobertor sobre seu corpo para que fique aquecido. Nem acredito que consegui entrar no quarto, quanto mais ficar a sós com ele. Seo-Joon acabou convencendo dona Lili de ir para casa descansar, então, aqui estou, velando o sono do meu fotógrafo favorito.

Já passa de meia-noite. Não consigo calcular com precisão, mas acho que estou há mais de vinte e quatro horas sem pregar os olhos. Se eu refletir a respeito do cansaço que me abate, acho que desmonto toda, igual a um quebra-cabeça.

Faço um carinho em Joaquim, cujo rosto exibe marcas arroxeadas em razão das agressões que sofreu. Fecho os olhos, pesarosa. Não gosto nem de imaginar o que ele passou nas mãos daqueles criminosos. Com meu toque, espero transmitir-lhe conforto e amor.

Sento-me na cama do acompanhante assim que minhas pernas exigem. Ela fica bem encostada na parede, abaixo da janela virada para o pátio do hospital, na verdade um jardim bem cuidado, cheio de árvores floridas.

Tanto o colchão quanto a visão são tão convidativos que acabo me rendendo ao aconchego. Deitada, me vem à mente a ida ao café com Seo-Joon e o depois, quando ele precisou passar na promotoria e eu o acompanhei.

Se foi coincidência ou providência, não dá para ter certeza. Só sei que Park Won-Bin, a cabeça da tal organização mafiosa que infernizou a vida de Joaquim, chegava lá ao mesmo tempo que nós, escoltado por policiais.

— É ele. — Seo-Joon apontou o dedo e eu nem raciocinei. Apenas agi impulsionada pelos instintos.

Parti para cima do homem que, sem entender nada, recebeu um soco de esquerda bem na base do nariz, enquanto ouvia meus xingamentos em português.

— Espero que você mofe na cadeia, seu velho safado, e que a justiça sul-coreana seja justa mesmo, para que não permita concessões a um bandido como você!

Teria batido mais, sem piedade alguma, se Seo-Joon não tivesse me agarrado pela cintura, impedindo-me de continuar. Mas agora estou satisfeita. Dei àquele marginal engravatado o que ele merece.

Depois, ouvi um pequeno sermão, que se transformou num festival de gargalhadas. Eu e o promotor até choramos de tanto rir.

— Você é meio maluquinha, não é?

Sorrio motivada pela recordação. Sou contra violência gratuita. Não aprendi a lutar com esse objetivo. Ainda assim, não me arrependo do soco em Park Won-Bin. Tenho certeza de que papai Ernesto Pena concordará comigo.

Sei que devo monitorar Joaquim, porém vou ficando lânguida, sentindo a moleza dominar meu corpo aos poucos, a ponto de perder a consciência em um piscar de olhos.

Se dormi ou apenas cochilei, não faço ideia. Algo se mexe atrás de mim, o que me obriga a recobrar os sentidos. Abro os olhos depressa, incerta se sonhei ou realmente senti o que acho que senti. Começo a me mexer, tentando me virar na cama, mas sou retida por dois braços fortes e torneados que formam um casulo em torno de mim. As batidas desajustadas do meu coração me contam o segredo do qual acabo de desconfiar.

— Só fique assim. — Ah, essa voz. Foi por ela que me apaixonei primeiro. — Só me deixe sentir você, Mari.

Eu até me esforço, mas é complicado segurar a emoção. Quando dou por mim, estou chorando de novo, silenciosamente para não assustar Joaquim.

Lá fora, a brisa sacode as árvores, espalhando as pétalas das flores. É uma cena linda de se observar.

— Hmmm, senti tanta saudade... — Ele inspira em meus cabelos. — Nem acredito que esteja aqui.

Seu tom de voz soa ainda mais grave que o normal, sexy como sempre. Meu coração se aquece. Há dias não sabe o que é calor.

Passeio as mãos pelos braços dele, precisando mais do que nunca de seu contato, então sinto a parafernália do soro e me detenho depressa.

— *Gomawo*.

Já sei o que essa palavra significa.

— Pelo quê? — sussurro. As emoções estão me dominando.

— Por ter vindo.

Joaquim beija meu ombro. Quero tanto olhar para ele que fujo de seu abraço, pelo menos até me virar.

Nossos olhares se prendem por um longo tempo, sem que seja necessário falar. Seus dedos passeiam lentamente pelo meu rosto.

— Como é bom ver você — diz, baixinho.

— Eu que o diga. Pensei que...

Sou impedida de continuar com um beijo que é pura ternura e calmaria.

— Já passou. Já não temos mais com que nos preocupar, Mari.

Faço que sim com a cabeça, enquanto as lágrimas escorrem pelos cantos dos meus olhos. Joaquim as enxuga com os polegares, olhando fixamente para mim com um sorriso de lado.

— Senti tanto a sua falta.

— E eu a sua. — Fungo, como se estivesse gripada. — Despenquei até aqui que nem uma desvairada.

— Sua maluca. — Ele me encaixa em seu corpo, apoiando o queixo no topo da minha cabeça. — Quero sair daqui logo e levar você comigo. Temos muito o que fazer.

— Tenho que trabalhar. — E é verdade.

— Você, no momento, trabalha na minha turnê, esqueceu?

Olho para Joaquim, intrigada.

— Pretende dar continuidade à agenda de eventos?

— É claro. — Sou puxada de volta para seus braços. — Mas agora quero apenas aproveitar você aqui, nesta cama estreita, o que é ótimo, não acha?

Se acho! Melhor ainda se não estivéssemos em um hospital, mas, sim, sozinhos em algum lugar qualquer.

Quero perguntar como foram os dias em que ele ficou preso, se o maltrataram, quais pensamentos teve. Mas posso esperar. O que Joaquim espera de mim neste momento é meu conforto, então é isso que lhe darei.

Não demora muito para que ele caia no sono de novo. Eu, por outro lado, perdi completamente a vontade de fechar os olhos. Tenho medo de perdê-lo de vista novamente.

Acredito, portanto, que esta seja a hora ideal para entregar a Joaquim o presente comprado em Fortaleza. O pacotinho não sai do meu bolso desde que deixei o Brasil. Bem devagar para não atrapalhar seu sono, coloco a pulseira no seu braço e fico admirando o resultado.

Só agora consigo respirar direito. Aos poucos, meu organismo começa a entender que tudo está voltando à normalidade. Espero que as próximas emoções na nossa vida se restrinjam a eventos mais tradicionais, como ficar engarrafado no trânsito, pegar uma turbulência aérea ou ser pego por um apagão dentro do chuveiro.

33

Quantas vidas eu precisaria viver para aprender todas as línguas que gostaria de falar fluentemente? Inglês, espanhol, francês, italiano... Hmmm e, agora, coreano.

Joaquim está no meio de uma soneca, então aproveito para retomar a série que ando acompanhando. Gosto de assistir a apenas uma de cada vez, desde que todos os episódios já estejam disponíveis. Minha ansiedade não me permite ser mais o tipo de espectadora que espera os capítulos semanalmente, como acontecia antes de surgirem os abençoados serviços de *streaming*.

Olho para o relógio no notebook, já me preparando para a chegada de dona Lili, que foi até a casa da irmã para trocar de roupa. Nós duas temos agido com polidez, ambas imbuídas na mesma causa, que é o bem-estar de Joaquim. Como ele me quer por perto, ela não pode me impedir de ficar, mesmo a contragosto. É nítido o quanto se esforça para agir com o mínimo de educação, pelo menos.

E eu não fico muito atrás. Se Lee Min-Ah não fosse a mãe de Joaquim, certamente eu não me esforçaria tanto para lidar com ela, porque a mulher é complicada, viu? Nem depois de enfrentar o inferno pelo filho, a danada amenizou. Ela não se conforma por ser eu a namorada de Joaquim, e não uma coreana educada segundo seus costumes.

Quem imaginou que nos abraçaríamos emocionadas assim que soubemos que ele estava fora de perigo, pensa que a vida é um conto de fadas.

E, de tanto minha mente suscitar a fulana, eis que ela abre a porta e entra, carregando um conjunto refinado de marmitas. As vasilhas, que se encaixam umas sobre as outras, são decoradas com ramos de flores. Coisa de mãe mesmo.

— Dormiu de novo?

— Faz pouco tempo.

Começo a juntar minhas coisas. Nem por um decreto dividirei o ambiente com dona Lili. Faço de tudo para não perder a paciência, mas não sou santa. Convivência em excesso pode prejudicar o mínimo de civilidade que já alcançamos.

— Os médicos passaram por aqui?

— Sim. Tudo indica que Joaquim receberá alta hoje ainda.

Penduro a mochila nas costas e enrolo um cachecol leve no pescoço. Parece que choverá mais tarde. O clima em Seul não tem me feito muito bem.

— Boa tarde, senhora Lili.

Já consigo me ver no hotel, tomando um banho demorado e caindo na cama, onde pretendo passar algumas horas em um sono profundo. Não adianta fincar o pé e insistir em ficar com Joaquim, sendo que a mãe dele não vai com a minha cara. Disputar forças com alguém como ela é gastar energia em vão.

Deixei uma mensagem para ele, avisando onde estarei, caso realmente deixe o hospital hoje ainda. Se isso não acontecer, voltarei mais tarde.

— Não está na hora de ir para o Brasil? — Escuto, já com um pé do lado de fora do quarto. — Afinal, você tem um emprego lá, não é? Ou já foi demitida?

Sinto as batidas alteradas do meu coração, um sinal nítido de raiva iminente.

— A senhora não precisa se preocupar. Está tudo encaminhado.

Não explico que tudo é esse. Se fosse em uma situação normal, contaria sobre meu acordo com a agência, que decidiu me antecipar quinze dias de férias. Portanto, não estou dando o cano em ninguém e, quando voltar, meu emprego estará lá, me esperando.

— Aish!

É o último som que escuto antes de sair do quarto.

Que energia carregada tem essa mulher. Pergunto-me como dois homens acabaram apaixonados por ela. Se bem que ambos eram mafiosos. Logo...

Assim que estiver no Brasil, vou pedir à mamãe que me leve a algum lugar onde eu possa ser benzida. Para conviver com dona Lili, toda proteção espiritual ainda é insuficiente. Haveria de ter pelo menos uma desvantagem ao me envolver com o coreano mais lindo que existe, tanto lá como aqui, não é?

Joaquim

Não sei como essa pulseira de couro veio parar no meu braço, embora dê para imaginar uma possibilidade, levando em conta o pingente no formato de uma câmera fotográfica, talhado em um material duro. Seria osso de algum animal?

Detalhismo e delicadeza combinam com Mariana. Ela deve ter colocado a pulseira no meu braço enquanto eu dormia.

E por onde ela anda? A destemida assessora não sabe uma palavra sequer em coreano — a não ser aquelas que decorou assistindo aos doramas —, mas nem liga de sair por aí, sozinha ainda por cima, como se conhecesse Seul perfeitamente.

Minha mãe prepara a mesa com os pratos que trouxe, alheia aos meus questionamentos. Imagino por que Mariana sumiu. Ou foi induzida a sair pela senhora Lili, ou não aguenta a companhia dela mais que o necessário. Qualquer uma das alternativas faz muito sentido.

— Mãe, a senhora deveria ser mais simpática com Mariana — comento, ao mesmo tempo que pego meu celular na mesa de cabeceira. — Ela é especial para mim.

— Aposto que está com fome — desconversa. — Trouxe muita comida, suas preferidas. Sua tia me ajudou a preparar...

— *Omma*, não seja teimosa. — Fico ereto na cama, recostado na cabeceira fria. — Não pode tratar Mariana bem? Por mim...

Ela suspira, virando-se para me encarar.

Seus olhos demonstram remorso, a única expressão que me dirige desde que nos reencontramos. Minha mãe não tocou no assunto que gerou toda a confusão na qual fui envolvido, mas está claro que se culpa por tudo.

— Não é bem esse o sonho que projetei para você, meu único filho — desconversa.

— Por acaso vivemos na Idade Média? — Desvio o olhar para a janela. — Mesmo que aqui na Coreia algumas famílias induzam o casamento dos filhos, isso não faz o menor sentido para mim, mãe. Não vivo desse jeito. Melhor aceitar calmamente a situação e enxergar Mariana com bons olhos.

— Aquela menina gosta de você. Isso está mais que óbvio para mim. — Ela se aproxima e me entrega uma tigela de sopa. — Alguém que sai de São Paulo e vem até aqui, largando tudo para trás e fazendo planos de resgate como se fosse uma agente federal, só pode amar demais.

Sorrio, viajando nessa imagem. Ainda preciso escutar toda a história pela boca de Mariana.

— Mas sou como sou. Meu desejo era vê-lo estabelecido com uma moça coreana. — Ela solta um suspiro frustrado. — Com a Suzy, essa é a verdade.

— Vai ter que se acostumar com a impossibilidade desse sonho, *omma*.

Minha mãe se senta na cadeira ao lado da cama, os olhos subitamente voltados para baixo, esfregando uma mão na outra.

— Não posso mesmo me meter na sua vida. Não mais. Depois de tudo por que passou, quase morrendo inclusive, quem sou eu para dizer o que é certo ou não? — O brilho de uma lágrima me conta que agora ela está chorando. — Ainda mais a culpa de tudo sendo minha.

Tive medo dessa conversa, confesso. Eu sabia que minha mãe se culparia, quando, na verdade, o único culpado é o homem que nos guiou até essa situação.

— Não se martirize por isso, mãe. Claro que a razão de toda a confusão não é você. — Deixo a sopa de lado para segurar as mãos dela, que estão geladas.

— Não dei esperanças a Park Won-Bin. Jamais olhei sequer na direção dele. Sempre foi seu pai, Hwa-In. Mas o maldito cismou comigo, a ponto de termos que nos mudar.

— Eu já sei de tudo. Não precisa sofrer mais. Viva confortavelmente de hoje em diante, mãe.

— Promete que não vai me menosprezar.

— Claro que não. — Sorrio, para enfatizar minha resposta. — Vamos voltar às nossas vidas.

— E quanto ao Lili Keopi?

— Assim que voltarmos a São Paulo, cuidarei das reformas. Logo ele estará a todo vapor de novo.

Finalmente, minha mãe exibe um sorriso, que abre espaço no meio das lágrimas. Tenho a impressão de que ela envelheceu uns dez anos depois de tudo que enfrentamos.

— Vou me concentrar na reabertura do café — promete, enquanto assoa o nariz em um lenço de papel que encontrou em uma caixa sobre a mesa de cabeceira. — Para não me lembrar de que sua namorada é uma brasileira que acredita ser a Mulher-Maravilha ou uma heroína qualquer. *Aish*!

A mensagem dela foi clara. Disse que estava voltando para o hotel e que me esperaria lá, caso eu deixasse o hospital hoje. Enviou o endereço e deixou o resto comigo.

Pensei em não avisar que estava indo encontrá-la, mas aí acabaríamos nos perdendo um do outro, eu correndo para ela e ela voltando ao hospital a fim de render minha mãe. Logo, fui obrigado a avisar, ainda que de um jeito meio incerto:

Mari, talvez eu saia hoje mesmo. Minha mãe está comigo. Não precisa vir por enquanto. Dou notícias logo.

Não voltei a olhar o celular, com receio da sua resposta. Agora que estou aqui, vendo os números aumentarem à medida que o elevador muda de andar, nada é mais urgente do que encontrar minha Mariana.

Consegui um cartão-chave na portaria, com muito custo, usufruindo inclusive da profissão do meu amigo Seo-Joon, que fez uma ligação e tudo se resolveu em um piscar de olhos. Não me orgulho muito dessa atitude, mas foi por uma causa inocente, nada que desmereça minhas intenções.

Quando estou diante do número indicado no endereço, encosto o ouvido na porta, esperando escutar qualquer ruído que indique o que Mariana está fazendo agora. Contudo, só ouço silêncio. Será que está dormindo?

Se não a conhecesse, não invadiria o quarto dela sem pedir licença. Mas entre nós dois não existem melindres. Felizmente, mesmo quando não tínhamos nos envolvido ainda, nunca fomos de simular comportamentos para parecermos pessoas diferentes.

Entro devagar, pé ante pé, guiando-me pela luz do abajur, a única acesa no quarto. Sim, Mariana está dormindo, largada na cama com apenas metade do corpo coberto pela colcha — e ela, aparentemente, só está de calcinha e sutiã.

Daebak!

Apesar de já termos dormido juntos, é como se a visse assim pela primeira vez. Chego a ofegar — e outras coisas mais.

O ferimento provocado pela punhalada pulsa ao ritmo dos meus batimentos cardíacos. É provável que eu precise evitar esforços para que os pontos se mantenham no lugar. O médico foi bem específico na recomendação. Isso porque ele não está vendo Mariana agora, do contrário, mudaria de ideia.

Sento na cama com cuidado para não acordar minha garota, cujos cabelos estão espalhados em torno de sua cabeça. De levinho, afasto os fios que cobrem seu rosto. Estou com ciúme deles e desejo ardentemente enxergá-la direito.

Sou fotógrafo por paixão e, consequentemente, por profissão. Não fujo das oportunidades. A cena diante de mim é tão bonita que não me resta alternativa a não ser fazer uns cliques, pelo celular mesmo. Mexo no abajur, de modo que a luz gere um efeito etéreo, incrementando o cenário. Essas fotos, junto das que fiz na academia e na minha casa, já pertencem ao projeto *Mariana*, impublicável, por razões óbvias.

No meio da sessão, ela se mexe, começando a despertar. Suas pálpebras tremem, enquanto se estica como uma gata preguiçosa. *Minha* gata preguiçosa.

— Oh! — Ofega assim que me vê e dá um pulo na cama, sentando-se depressa.

Faço outra foto, capturando a surpresa em sua expressão. Linda demais.

Suas mãos rapidamente voam até mim e, com elas, Mariana confere se estou bem. Solto uma risada divertida, que morre assim que desço os olhos pelo corpo dela. O sutiã simples não esconde muita coisa.

— Oi.

— Você está bem? Podia mesmo sair do hospital? Como entrou aqui?

Estar apaixonado é algo maravilhoso. Até uma enxurrada de perguntas soa fofo quando sai da boca da pessoa que amamos.

— Não gostou de me ver? — questiono de brincadeira. — Pensei que tivesse escrito que era para eu vir para cá.

— Ai, Joaquim... — Mariana me abraça pelo pescoço, encostando o corpo apetitoso e praticamente nu no meu.

Rapaz, as coisas estão ficando cada vez mais difíceis para mim.

Ela salpica beijos em meu rosto, muitos, sem parar, enquanto ri.

Eu a ajeito sobre meu colo, posicionando-nos um de frente para o outro, ela contornando minha cintura com as pernas.

— Você está bem mesmo, de verdade?

— Mais do que imagina, Mari. Não via a hora de chegar até aqui e poder ficar sozinho com você. — Solto o ar com força. — Os últimos dias não foram fáceis. Ainda bem que eu não soube que você veio parar aqui em Seul sozinha. Como seus pais e irmãos não a impediram?

Junto os cabelos dela com uma das mãos, sem tirar os olhos dos de Mariana, que têm a cor de chocolate ao leite.

— Acha que eles conseguiriam? — Ela vê a pulseira no meu braço esquerdo. — Gostou?

— Nunca mais vou tirá-la.

A luz é ideal; o lugar, propício, então faço uma manobra rápida e termino deitado sobre Mariana. Nossa respiração se agita, misturada. Estou no meu limite.

— Você pode? — Seu rosto enrubesce de um jeito fofo e tentador. — Quero ver o ferimento.

Forte do jeito que é, ela muda nossa posição sem muito esforço. Se soubesse o quanto sua habilidade de lutadora me fascina...

— Joaquim, nem pensar. O machucado nem começou a cicatrizar ainda.

— Ah, Mari, existem muitas formas de fazermos isso. Você sabe, né? Ver você assim me faz subir pelas paredes.

Ela ri com gosto, enquanto puxa a colcha para se cobrir, mas eu a impeço a tempo.

— Será que nem olhar eu posso? Faz dias que não nos vemos, Mari...

Tudo que vejo em sua expressão é ternura. Não sei o que fiz de bom nesta vida para merecer uma mulher como Mariana.

— Não vou colocar você em risco. Nada de exercícios hoje.

— Nenhum? — Armo um beicinho, como se fosse uma criança contrariada.

Rindo, ela me empurra de volta na cama e me beija, forte e apaixonadamente, aquele tipo de beijo que não se troca com qualquer pessoa, porque é mais que duas bocas unidas. Significa uma troca de tudo o que queremos de bom um para o outro. Dá tesão, mas também uma baita sensação de amor incondicional, algo que jamais senti antes.

— Nunca disse eu te amo em português para você.

— Mas falou em coreano, mesmo quando eu não sabia o que a palavra significava.

— Eu te amo.

— *Saranghae.*

Que fofa.

— Não é bem assim que se pronuncia.

— Bobagem! Pelo menos, o sentimento é sincero.

Emocionado, prendo Mariana debaixo do meu corpo, ignorando as possíveis implicações de um esforço a mais.

— Dane-se a cirurgia! — Mordisco seu pescoço, envolvido por uma nuvem pesada de desejo. — E vamos acender a luz, porque essa é uma promessa que você ainda está me devendo. Lembra?

— Ah, *oppa*...

34

Minha vida daria um enredo de dorama.

— Sim, preciso terminar a turnê. Não posso deixar na mão o público que aprecia meu trabalho. Quantas pessoas compraram *Retratos* esperando um autógrafo?

Foi assim que Joaquim argumentou com a Só Pra Ler, que chegou a pedir à agência que soltássemos um comunicado justificando o cancelamento dos eventos não realizados. Mas ele não aceitou essa decisão e foi pessoalmente tratar do assunto com a presidente do grupo, Ângela Lisboa.

Isso aconteceu um dia depois de nosso retorno ao Brasil. Permanecemos em Seul apenas o tempo suficiente para que a cirurgia começasse a cicatrizar. Assim, a longa viagem não seria sacrificante para Joaquim.

Deu uma dorzinha no coração me despedir de Seo-Joon. Para mim, ele se tornou um amigo especial, ainda que tenhamos convivido tão pouco. Não resisti e acabei agindo ao modo brasileiro ao tascar um abraço nele em pleno aeroporto lotado. O lindo promotor só faltou cavar um buraco no chão de tão envergonhado. Lá na Coreia do Sul, essas manifestações públicas de afeto não são muito naturais.

Joaquim fingiu estar com ciúme, questionando-nos quando foi que acabamos assim tão próximos.

— Enquanto você não vinha — respondi, tentando plagiar a resposta de Lucy no filme *Enquanto você dormia*. Nenhum dos dois entendeu nada.

Balanço a cabeça, focando a vista na tela do computador, forçando-me a pensar apenas no que estou escrevendo, um *release* que o chefe nanico pediu para eu fazer de última hora. Sim, já voltei ao trabalho, e agora que tudo está em ordem, a recomendação é que eu dê conta do serviço atrasado o quanto antes.

O problema é que está difícil manter a concentração, sabendo que Joaquim marcou uma reunião aqui e deve chegar a qualquer momento. Ele quer esclarecer os fatos com Alfredo, explicando como eu acabei envolvida em sua história — não que estejamos namorando em segredo.

Ainda bem que meu expediente logo termina e eu combinei de ver as meninas. Assim, não estarei aqui quando essa conversa, no mínimo, inusitada terminar. Quero nem saber aonde isso vai dar.

Só nós 4

Meu celular notifica novas mensagens no grupo do quarteto. Discretamente, leio o conteúdo, que é apenas a cobrança de Elisa para que cheguemos na hora. Ela e eu somos as duas mais pontuais. Minha irmã e Mônica não esquentam a cabeça com horário.

Começo a organizar minha mesa, quando vejo Joaquim passar pela porta do escritório geral, onde ficam os funcionários comuns, como eu. Salas exclusivas são para as chefias. Ele pisca e vem até mim. Nem preciso comentar que meu coração sofre um ligeiro abalo. Esse cara é gato demais, meu Deus.

— Já vai? — Faz que vai me dar um beijinho, mas desiste no meio do caminho, olhando ao redor.

Resolvo a situação por ele, tomando eu mesma a iniciativa. Seu rosto fica vermelho e eu acho graça.

— Indo encontrar as meninas.

— O clube vai se reunir então? — Joaquim arma uma expressão divertida. — E pensar que foi assim que tudo começou.

— Minha boca grande e eu — brinco. Aquela noite chuvosa sempre será muito especial. — Se der, passa lá mais tarde? Você ainda não conhece Elisa e Mônica.

— Será que devo? Tenho até medo de me intrometer. Vai que elas acham que sou aquele tipo de namorado. — Joaquim reduz o tom de voz, como se estivéssemos confabulando.

— De qual tipo? Gato? Gostoso? Sensual? Isso tudo elas já sabem.

— Maluca! — Ele estala a língua e aponta para a sala do meu chefe, para onde segue com sua passada sensual.

Suspiro, algo que tenho feito muito ultimamente.

Chove daquele jeito típico de São Paulo. A chuva bate com força no para-brisa do táxi, parecendo que estamos sendo atacados por pedrinhas, vindas de todas as direções. Mal é possível enxergar meio metro adiante. O motorista se desdobra para dar conta do recado.

Quando chego ao bar onde marquei com as meninas, tomo um banho no curto trajeto entre o carro e a entrada, para meu desgosto. Devo estar parecendo um frango molhado, desenxabido da vida.

Sou a última a aparecer, contrariando meu próprio prognóstico. Não sei como, mas até as duas menos pontuais já estão por aqui. Aceno para elas, anunciando minha chegada, antes que eu vire pauta da conversa. *Nossa! Aposto que Mariana vai dar bolo de novo.* Era isso o que diriam de mim, no mínimo.

— Afe! É água que não acaba mais. — Balanço os braços assim que alcanço a mesa ocupada pelas três. — Está um gelo lá fora.

— Estávamos prestes a articular uma estratégia de busca. Chegamos a bater uma aposta. Só Elisa ganhou. — Mônica faz sinal para o garçom, apontando para mim.

— Imagino que tenham colocado à prova minha palavra — reclamo. — Só porque atrasei alguns minutos, e a culpa nem foi minha. Sabem como fica São Paulo com chuva.

Peço uma caipivodca de frutas vermelhas, com pouca vodca. Não pretendo me embebedar.

— Inacreditável que não conhecemos o maravilhoso Joaquim até hoje, viu? Elisa, não acha que a Mariana está nos esnobando?

Solto uma risadinha, mas evito comentar. Sei que a reclamação não é sincera. Mônica gosta de polemizar.

Como de costume, nós quatro logo nos envolvemos totalmente na conversa. Independentemente do assunto, sempre temos comentários a fazer. É maravilhoso como a gente funciona, ainda que tenhamos temperamentos tão diferentes.

Não sou uma pessoa cheia de grupos de amigos. No trabalho, tenho colegas, com os quais saio de vez em quando, em clima de oba, oba. Mas não existe afinidade a ponto de sermos confidentes uns dos outros. Prova disso é que jamais contei a nenhum deles minha história com Joaquim. Sabem que estamos juntos, embora não os detalhes sobre como a relação começou. Especulam, é claro. Isso até um poste é capaz de perceber. Eu, por outro lado, finjo que nada sei.

Sendo assim, meu relacionamento com Elisa e Mônica é precioso, principalmente porque minha irmã pertence a esse grupo tão seleto.

— E aquele irmão de vocês, hein? O gato marrento da Federal. Faz tempo que não o vemos.

Todas as amigas que tive na vida desenvolveram uma quedinha por Miguel. O danado sempre foi bonito. E, mais do que isso, esbanjava charme por onde passava. Seu problema é o temperamento.

Falei com ele assim que as coisas sossegaram em Seul. Ao que parece, já que não quis abrir o jogo totalmente, as investigações sobre o braço da máfia coreana no Brasil estão caminhando de modo positivo. Se for como meu irmão imagina, logo a justiça colocará as mãos nos envolvidos.

Espero... Porque, enquanto houver resquícios da organização espalhados por aí, acho que não dou conta de ficar totalmente tranquila. Joaquim diz que essa preocupação não tem o menor fundamento. Tomara. Mas sou assim mesmo, ligada às possibilidades — ainda que remotas.

— Mônica, nem mesmo a família daquele desnaturado costuma ter notícias dele. — Isa revira os olhos. — Aquele lá só faz o que quer. Espero que um dia encontre alguém que o deixe de quatro. Aí, vai pular miudinho.

— Ué, você não está bebendo, não? — Só agora notei que Isa beberica um suco qualquer. — Tem plantão mais tarde?

— Bem, não.

Seu jeito subitamente hesitante desperta em mim certa desconfiança.

— Então...

Nós três a encaramos, esperando a explicação que eu já consigo formular sozinha, movida pela esperança.

— É que... bom — ela toma mais um gole do suco —, eu estou grávida.

Diante dela, três bocas abertas soltam interjeições diversas, sendo que eu soo mais maluca.

— Fiz o teste mais e cedo e acabei de descobrir. Ainda não contei para o Tavinho.

— Isa! — Caio sobre minha irmã, abraçando-a com força, mas aí me lembro do bebê, então afrouxo o aperto. — Meu Deus! Que notícia!

Adoro bebês. Não posso ver um, que me derreto toda. Ser tia é um sonho que sempre considerei distante, mas que agora se configura bem diante dos meus olhos.

Fico emocionada. Mal posso esperar para conhecer essa criança.

— Vai ser uma loucura — Isa suspira. — Nem quero pensar daqui a nove meses. A vida que nós levamos é bem doida.

— Eu ajudo! Eu ajudo!

— Claro, porque você nem trabalha demais. — Mônica revira os olhos e eu mostro a língua para ela.

De repente, as coisas têm ficado tão emocionantes!

— Nossa! Quando nossos pais descobrirem...

— Nem me lembre. Acho que vou precisar ir a Belo Horizonte para contar pessoalmente. Coitado do Tavinho... Só de olhar para o papai ele treme nas bases.

Nós quatro achamos graça, mas somente eu sou capaz de compreender exatamente o que Isa está sentindo em relação à família Pena. Tudo pode acontecer em se tratando do senhor Ernesto. Mas penso pouco sobre isso. Minha cabeça só tem espaço para os rostinhos de bebês que se projetam sem parar e nas roupinhas que vou comprar para ele ou para ela.

Estou no meio dessa viagem, quando Joaquim me liga, avisando que, caso estejamos todas de acordo, ele já está liberado para vir nos encontrar.

— Deixa o bofe vir! — Mônica fala alto, só para ele escutar.

Começo a me sentir eufórica. Neste instante, tudo na minha vida parece apontar para o futuro. Que bons ventos nos levem adiante.

A chuva não parou nem por um minuto. Levantei da cama só para ficar assistindo a esse espetáculo da natureza. Se existe um fenômeno que me fascina é chuva, seja de qual tipo for.

Quando fininha, me dá melancolia. Parece que o céu sofre calado, em um lamento silencioso e manso, dor que não quer ser compartilhada. Se ela é forte e persistente, tem um tom eufórico. Significa que veio para lavar o mundo, renovar as energias. Já a chuva de verão, aquela barulhenta, ornamentada pelos raios e trovoadas, é escandalosa, lembra uma avó de antigamente. Só não gosto muito de chuva de granizo, aquela meliante que estraga os jardins, fura telhados e amassa carros.

Puxo a cortina para o lado, de modo que eu possa observar melhor a água despejada do céu. Encosto o nariz na janela e minha respiração forma uma nuvem de vapor no vidro. Quando eu era criança, gastava mais tempo debaixo do chuveiro só para brincar de desenhar com o dedo no box. Quase matava mamãe de raiva. Ela detesta desperdícios.

Repito meu gesto de infância e escrevo na janela. Desenho uma hashtag e a palavra *saranghae*, em uma caligrafia sofisticada. Queria mesmo era fazer os caracteres coreanos, mas acho que nem se eu viver uns duzentos anos serei capaz de aprender.

Estou tão distraída com a brincadeira que ofego assustada quando os braços de Joaquim me enlaçam por trás e sua cabeça se apoia na minha. Vim para o apartamento dele depois que nos despedimos das meninas. Dei espaço para Isa conversar mais confortavelmente com Tavinho sobre a gravidez — uma boa desculpa para eu passar a noite com meu sul-coreano favorito.

Acaricio a tatuagem que ele tem no braço direito. Suas mãos passeiam pela minha barriga, coberta pela camisa social de botão que Joaquim usou mais cedo.

— Gosto desses bíceps definidos, sabia? — provoco. — É uma visão e tanta quando você está... bem, você sabe.

Ele ri e faz um coração na janela embaçada. Dentro dele, escreve M&H.

— Tenho certeza de que minha vista é mais bela.

Giro em seus braços e o encaro. Seus olhos, que esboçam um ar de mistério, estão bem fixos nos meus.

— Preparada para voltarmos à turnê, agora como um casal de fotógrafo e assessora?

— Ansiosa. Adorei aquelas semanas viajando por aí, muito melhor do que a prisão do escritório.

Encosto a cabeça em seu peito e respiro fundo.

— Estou mais tranquilo, já que esclareci a situação com seu chefe. Só acho que eu deveria falar com seus pais também.

— Você faz parecer que vivemos em outro século. Minha irmã mora com o namorado e está grávida dele. — Sorrio ao lembrar que serei titia em breve. — Acha que implicariam com nós dois?

— Não é porque podem ou não implicar, Mari. Acho que seria uma demonstração de respeito pelas pessoas que criaram você tão bem. Não é por ser adulta agora que você deve ignorar a importância de seus pais em sua vida. — Recebo um carinho gostoso nos cabelos.

— Não ignoro. Eles são tudo para mim.

— Então, vamos lá no fim de semana. Assim você passa um tempo com a família Pena e eu presto meus respeitos.

É tão fofa essa preocupação de Joaquim em agir da melhor maneira possível.

— Venha para a cama comigo de novo? — Ele decreta o fim desse assunto, trazendo à tona algo que diz respeito apenas a nós dois.

— Não estou com sono — afirmo, dando uma de desentendida.

Joaquim me pega no colo, friccionando seu peito nu no tecido fino da camisa. Queria estar sem ela.

— E quem disse que quero dormir?

Desmoronamos juntos, embolados um no outro, sem perder o contato visual nem por um segundo sequer.

— Me diga, Mari, sou ou não sou mais legal que todos aqueles atores de doramas que você ama?

Solto um muxoxo.

— Não acho que seja uma boa esse negócio de fazer comparações. — Reviro os olhos.

— Mariana, Mariana...

— Ah, Hwa-In, não vê que estamos vivendo nosso próprio dorama? Eu iria preferir outro coreano que não fosse você? Por quê?

Rindo, ele me beija, ao mesmo tempo que desabotoa a camisa.

Se minha vida fosse enredo de uma série asiática, agora a imagem congelaria e uma música emocionante embalaria a cena final.

Ainda bem que não é. Porque nem sempre o desfecho dos doramas satisfaz completamente os espectadores. Mas o meu, bem, isso nem é o fim. Joaquim e eu estamos apenas começando. Tenho a sensação de que nosso roteiro é o maior que já existiu até hoje.

EPÍLOGO

DOIS ANOS DEPOIS...

Houve confusão desde o princípio. Deveriam fazer uma cerimônia tradicional? Mas levando em conta qual das duas culturas?

Por eles, não importava, desde que dissessem o sim no momento certo e depois pudessem curtir a festa, já que a banda contratada por Mariana era de fazer qualquer um dançar.

Acontece que nem todos os envolvidos pensavam da mesma forma e, mesmo que os noivos assegurassem que o processo em si não fazia a menor diferença para eles, seus pais não tinham a mesma opinião.

A treta toda começou com a dona Lili, que nunca foi favorável à escolha do filho em se tratando da companheira para a vida. Portanto, se não pôde interferir nesse quesito, que mal havia programar um casamento aos moldes coreanos? Na perspectiva dela, era o mínimo que merecia.

Pacientemente, Mariana ouviu a sogra, que explicou os detalhes que não deveriam faltar no casamento de seu precioso Hwa-In, do cardápio típico aos trajes das mães.

De tanto assistir aos doramas, Mariana já sabia daquilo tudo. Até pesquisas ela havia feito, movida pela curiosidade. Mas não tinha o interesse de viver a experiência, tampouco Joaquim fazia a menor questão.

Ficar sentada em uma sala durante horas, recebendo convidado por convidado, um a um, enquanto era fotografada sorrindo, como se estivesse superconfortável com aquilo? Nem pensar!

Em um dia de muito estresse, Mariana chegou a dizer que não queria mais se casar, pois estava no limite de estourar com as imposições de dona Lili.

— Vamos apenas morar juntos mesmo. Desse jeito ficarei livre dessa pressão toda.

— Deixa de ser boba, Mari. Não precisa obedecer. Você conhece minha mãe.

A paciência de Joaquim dava o equilíbrio que faltava ao tempo que antecedia o casamento. Ele não só escutava os lamentos de Mariana, como amortecia as reclamações da mãe, não deixando que elas atingissem (demais) a noiva.

O pedido de casamento surgiu no meio de um safári na África do Sul, seis meses atrás, quando os dois percorriam a savana em um jipe empoeirado. Enquanto observavam as girafas mastigando os vegetais, Joaquim fez uma foto de Mariana, embevecida diante da cena, e, em seguida, perguntou se ela aceitaria se casar com ele.

Demorou alguns agoniantes segundos para que ela processasse o pedido. Chegou a pensar que fosse uma brincadeira idiota. Mas, ao enxergar a profundidade da verdade no olhar de Joaquim, Mariana se rendeu e disse sim, pulando no pescoço dele para enfatizar a sinceridade de sua resposta.

A viagem, uma mistura de trabalho com diversão, acabou se transformando em uma lua de mel antecipada. Além das incontáveis fotos de animais nativos da região, voltaram para casa com infinitos projetos para o futuro, que incluíam um lugar para morarem juntos, as novas viagens que fariam, a construção de uma pequena academia de boxe para Mariana e, para um futuro mais adiante, filhos.

Eles trocaram alianças de noivado, contaram para suas famílias e amigos, convidaram os padrinhos, até parecia história de novela.

Bom, só parecia mesmo, porque, depois, nem tudo fluiu como esperavam.

Logo que soube da novidade, Lee Min-Ah começou a criar caso. Ela e Mariana jamais conseguiram se entender direito. Ambas organizaram uma estratégia de tolerância mútua para o bem de Joaquim, mas se evitavam o máximo que conseguiam. Assim, conviviam sem se envolver em confusão. No entanto, para a senhora Lili, casamento já era demais.

Então, no começo, tentou convencer o filho a mudar de ideia:

— Vocês podem namorar por um tempo. Mas não se case com ela, Hwa-In. Faça isso com uma boa moça sul-coreana ou pelo menos uma descendente. Pode ser brasileira mesmo.

Mesmo ouvindo esse apelo quase todos os dias, Joaquim não se estressava. Acreditava que valia mais a pena ignorar as bobagens da mãe do que discutir. Até o dia em que ela procurou Mariana e descarregou sobre a moça toda a sua contrariedade.

Foi a gota d'água. Com o apoio das amigas e da irmã, Mariana procurou Joaquim e disse que não se casaria mais.

— Não vou me sujeitar aos rancores de sua mãe. Ela não me quer como nora. Isso eu até posso tolerar. Mas como vou passar uma vida inteira escutando desaforos?

Obviamente, a intensidade dos sentimentos de Joaquim por Mariana não permitiu que os planos dos dois acabassem por causa do capricho de uma senhora muito temperamental. Sendo assim, ele deu um ultimato, alegando que sumiria da vida de sua mãe se continuasse rejeitando a mulher que ele amava.

Pronto. Fim da chateação — pelo menos explicitamente. Só a senhora Wang e outras vizinhas de dona Lili no Bom Retiro ouviam, daquele dia em diante, as lamúrias de Lee Min-Ah.

O casamento estava salvo.

Finalmente, Mariana teve licença para curtir os preparativos e dividir com mãe, irmã e amigas a alegria de organizar a cerimônia.

Tudo seria de acordo com os sonhos dela.

Ou não. Impedida de barrar o casamento, dona Lili resolveu interferir.

— Vocês não podem ignorar as tradições. Porque no meu país, as coisas são assim, assim e assim...

Pobre Mariana. Estava penando.

Então, os meses pré-casamento foram passando. A maioria das decisões ficou a cargo da própria noiva. Cansada, porém, de bater de frente, abriu mão de certas questões e permitiu que a futura sogra desse alguns pitacos.

— As mães dos noivos devem usar o *hanbok*. Afinal, é uma veste tradicional. Meu filho merece essa deferência.

Ela que usasse. Porque sua mãe, Rita Pena, jamais concordaria com esse disparate, uma vez que nasceu e sempre viveu naquele bairro familiar de Belo Horizonte. Que *hanbok* que nada. Vestiria um lindo traje de festa, cheio de rendas para parecer bem elegante.

— Lembre-se de escolher um mestre de cerimônia. É fundamental que seja alguém de confiança.

Foi nesse ponto que Rita também resolveu se manifestar mais ativamente. Até então ela agiu como a filha, mas, quando viu que as coisas começaram a sair do controle, percebeu que tinha que intervir.

— Teremos um celebrante, o padre da paróquia que frequento.

Mariana percebeu que, com mais uma combatente no campo de batalha, a guerra ganhava ares mais severos. Ou ela deixava o barco correr ao sabor dos ventos, ou se impunha, excluindo os terceiros da organização. No entanto, acabou escutando o conselho do pai:

— Finja que concorda com as duas, minha filha, mas faça do seu jeito, não importa como.

Joaquim fez coro com Ernesto Pena. No fim das contas, quem estava de fora passou a achar graça da disputa e deu até um título para ela: "Casamento tradicional coreano ou multicultural brasileiro? Eis a questão?".

— É preciso marcar o *pyebaek*, o encontro das famílias — exigia dona Lili.

Mariana nem sabia o que era, mas também não fez questão de descobrir.

— Os padrinhos também entram, casal por casal — lembrou Rita. — E a dama de honra pode ser nossa Bibi. Ela vai ficar ainda mais fofa de vestido branco.

— Já reservaram o hotel para a cerimônia?

— Claro que ela acontecerá na igreja.

— Os convidados foram avisados que os presentes devem ser em dinheiro?

— De maneira alguma! Onde já se viu isso? Cada um dá o que quiser.

— Contrataram uma banda para tocar na festa? *Aish!* Por acaso casamento é show?

— É a maneira de confraternizar com as pessoas que querem bem aos noivos, oras.

E assim as duas mães passaram as semanas que antecederam à cerimônia, digladiando-se sem trégua.

Mariana, já relaxada depois de ouvir o pai, divertia-se, como se estivesse assistindo a uma comédia.

No fim da história, a saga acabou quando a própria noiva anunciou, durante um jantar, poucos dias antes do casamento, sua decisão:

— Sou brasileira, Joaquim é coreano, mas passou a maior parte da vida aqui. Resolvemos adaptar algumas poucas tradições da Coreia do Sul, mas o resto será de acordo com nossos gostos, o meu e o dele. Espero que ninguém torça o nariz nem faça cara feia. O importante é estarmos felizes, não acham?

Ela recebeu aplausos de todos, enquanto a senhora Lili e Rita trocavam olhares avaliadores, o que não incomodou Mariana, nem um pouco.

Resolvidas todas as questões, finalmente o dia esperado chegou.

Em uma linda manhã de setembro, no gramado de um sítio alugado nos arredores de Belo Horizonte, a assessora de comunicação e o fotógrafo aparentemente taciturno disseram sim um para o outro, diante de pessoas queridas, entre elas Evandro e sua bela família, Seo-Joon, que enfrentou a longa viagem para abraçar os amigos, e até Miguel, que conseguiu se afastar do trabalho a fim de prestigiar a irmã caçula — ela havia lhe prometido uma surra no ringue, caso ele ousasse não comparecer.

Ao ver Mariana caminhar até o altar em seu singelo vestido de noiva, com um sorriso capaz de ofuscar até o sol, Joaquim se emocionou, a ponto de precisar secar discretamente uma ou duas lágrimas teimosas.

— Seja bom com minha filha, ouviu bem? Caso contrário, os caras e eu vamos atrás de você, mesmo que seja na Coreia.

O casal riu da ameaça de Ernesto. Joaquim só não admitiria que chegou a sentir medo de verdade.

Quando o padre disse as últimas palavras, nem precisou avisar que era a hora do beijo, pois os dois imediatamente uniram seus lábios, arrancando assovios de (quase) todos — alguns coreanos acabaram fechando os olhos, envergonhados com o entusiasmo do casal.

Indagada por uma amiga dos tempos de criança sobre quando Mariana descobriu que estava apaixonada por Joaquim, ela respondeu com as palavras de *Doctors*, o último dorama a que assistiu:

— Não sei bem quando comecei a amá-lo, mas tenho amado Joaquim o tempo todo. Quando você finalmente conhece "a pessoa", esquece quando o seu amor começou.

Então, ergueu o olhar e o encontrou dançando com sua pequena sobrinha no centro da pista, os dois gargalhando ao girarem fora do ritmo da música.

A linda Gabriela chegou para aumentar o número de integrantes da família Pena e encantar a titia coruja, que, além de madrinha, contava com a chance de introduzir a sobrinha no mundo do boxe. Isa não se mostrava muito favorável à ideia, mas isso era o de menos. Ninguém conseguia superar o vínculo da pequena com a tia. Dava até raiva nos demais parentes.

Bem mais tarde, deitados na cama do hotel onde passaram a noite de núpcias e de lá seguiriam para uma viagem ao Marrocos, Mariana e Joaquim só tinham olhos um para o outro, mesmo depois de dois anos de relacionamento.

— Cansada?

— Exausta. Dá para acreditar que superamos o terror dos preparativos para o nosso casamento? Nunca mais organizo nada que envolva nossas mães.

— A minha principalmente. A sua apareceu na história para tomar as dores da filha.

Mariana assentiu, aconchegando-se no peito definido de seu marido.

— Deveríamos ter nos casado em segredo — comentou Mariana, sonolenta.

— Acabou, finalmente. Agora somos só nós — disse Joaquim, mudando de posição para olhar Mariana nos olhos. — Mesmo se enjoar de mim, não vou soltar sua mão.

— Não solte mesmo. Senão eu...

— Já sei. Coloca suas luvas e manda ver.

Nenhuma vida a dois é perfeita. Eles tinham consciência disso. Mas estavam dispostos a fazer o melhor possível para manter aceso o amor que sentiam.

— Amo você — declarou ele.

— *Saranghae* — respondeu ela.

E fizeram daquela noite a primeira das milhares que pretendiam viver juntos.

AGRADECIMENTOS

Às minhas agentes, Lucia Riff e Eugenia Ribas Vieira, bem como a todos da Agência Riff, por tocarem minha carreira de modo tão otimista, com carinho e sensibilidade, o que me deixa tranquila, segura e motivada.

À galera da Astral Cultural, que me recebeu de braços abertos. Tamanho entusiasmo me conquistou de cara e me fez ter a certeza de que meu livro está em excelentes mãos.

À minha família, especialmente marido, filhos, mãe, irmã e sobrinhos, além de avó, tios, primos, sogra e cunhados, que sempre torcem para que tudo dê certo para mim e meus livros.

Às betas Aline Tavares, Ana Cláudia Fausto, Ana Luísa Beleza, Janyelle Mayara, Mayra Carvalho, Rafaela Cavalhero, Thaís Feitosa, Thaís Oliveira, Vivian Castro e Viviane Santos, minhas amigas, pessoas queridas com quem tenho o prazer de trocar ideias, reflexões, surtos, energia positiva e muito mais. Nosso grupo no WhatsApp é puro amor e alegria.

Às amadas Sídia e Dayanne, amigas queridas e indispensáveis, presentes nas alegrias e perrengues da vida.

À Glauciane Santos, por acompanhar o nascimento de mais uma história — a décima primeira já! Gratidão eterna, por tudo.

À Aline Braga, amiga de infância, companheira de república em BH, parceira de muitas histórias e, hoje, minha advogada (não resisti a deixar isso claro, miga), aquela que abraçou meus direitos como se fossem dela.

À Uiara Barzzotto, amiga escritora que o universo asiático me trouxe e que, embora more longe de mim, lá em Rondônia, está sempre pertinho do meu coração. Valeu, parceira, por ser tão presente e especial.

Às dorameiras de carteirinha, "doutas" no universo dorameiro, instigadoras do "miserikero" alheio: Angel Alves (Vai um dorama?), Lisse Cunha (@lissecunha) e Mari Costa (LoveCode). Obrigada por existirem, pelos textos preciosos, pelas resenhas perfeitas e por me tirarem muitas horas de sono e de leitura.

Aos *fansubs*, que trabalham arduamente para entregar projetos quentinhos, traduzidos com qualidade e rapidez, sustentando o vício nosso de cada dia com total dedicação (Kingdom, Fighting, Unnie, Puri Puri, Their Doramas, Start, Movie Asian e muitos outros); ao Viki, serviço de *streaming* maravilhoso (vivo sem chocolate, mas sem o Viki, jamais!).

Aos leitores espalhados por todo o Brasil e até de outros países (Portugal, Cabo Verde, Argentina, Colômbia — quem sabe até Coreia do Sul agora), blogueiros, incentivadores do meu trabalho: recebam meu abraço apertado.

Aos amigos e alunos da Escola Nossa Senhora Auxiliadora.

À Nossa Senhora Aparecida, de quem sou devota por influência do meu pai e a quem entrego meu destino.

Ao meu amado pai, *in memoriam*.

Primeira edição (setembro/2019) • Primeira reimpressão
Papel de capa Cartão Triplex 250g
Papel de miolo Pólen Soft 70g
Tipografias Adobe Devanagari
Impressão LIS